영웅시대

2부 1권 과장

영웅시대 2부 1권 과장

초판1쇄 인쇄 | 2017년 12월 11일
초판1쇄 발행 | 2017년 12월 18일

지은이 | 이원호
펴낸이 | 박연
펴낸곳 | 한결미디어

등록일자 | 2006년 7월 24일
등록번호 | 제25100-2006-152호
주소 | 서울시 마포구 모래내로 83 한올빌딩 6층
전화번호 | 02 · 704 · 3331
팩스번호 | 02 · 704 · 3330

ISBN 979-11-5916-068-4 979-11-5916-67-7(set) 04810

영웅시대

2부 1권 과장

이원호 지음

한결미디어
HANGYEOL MEDIA

저자의 말

영웅시대 2부는 직장인의 황금기인 과장, 부장 시절의 이야기입니다.

중간 간부 시절부터 조직 사회는 냉혹해지기 시작합니다. 그만큼 경쟁이 치열해지는 것입니다.

이 시점에서 출세하느냐 좌절하느냐가 결정됩니다. 음모와 배신이 공공연하게 이루어지며 패자(敗者)는 변명의 기회도 갖지 못하고 무대에서 사라집니다. 패자는 입이 없습니다. 승자(勝者)는 선(善)이며 패자는 악(惡)이 됩니다.

나는 2부에서 주인공 이광의 거침없는 출세와 당시의 해외 시장 개척을 그렸습니다. 치열하게 살아가던 시기였습니다. 중동의 사막에서, 독일의 탄광에서, 또는 월남의 정글에서 망치와 곡괭이, 그리고 총을 들고 달러를 벌어들였습니다.

한편 국내에서는 독재 정권에 맞선 또 다른 젊은이들이 처절하게 싸웠습니다. 그러면서 양쪽은 서로를 존경했고, 서로를 도왔습니다.

이광은 영웅시대의 많은 영웅들 중의 한 사람에 지나지 않습니다.

그 시대를 산 젊은이들은 다 영웅이었습니다. 모두 조국에 대한 긍지와 미래에 대한 희망으로 가득 차 있던 시기였습니다.

영웅시대는 계속됩니다.
여러분의 미래에 '희망'을 심어드리고 싶습니다.
감사합니다.

2017. 11. 20.
이원호

목차

1장 심복과 배신자

"난 목숨을 걸고 충성하지는 않아."

김성규가 소파에 등을 붙이고 말했다. 그렇다. 지금 이광은 김성규가 말한 대로 과장 진급 축하주를 김성규하고 둘이서 마시고 있다. 둘이서, 가장 먼저, 김성규가 말했지만 이것이 둘의 운명 같기도 하다. 전혀 다른 출신 배경과 학력, 경력, 외모 그리고 인생관까지 판이한 둘이 가장 근접 거리에서 겨루고 있다. 이것을 김성규가 모를 리가 없다. 김성규가 말을 이었다.

"목숨을 걸지 않아도 얼마든지 기회가 있는 세상이다, 그렇지 않냐?"

"맞다."

술잔을 든 이광이 한 모금에 위스키를 삼켰다. 이곳은 이태원의 미군 클럽, 김성규가 자주 가는 곳이다. 아가씨도 있었지만 부르지 않았다. 방음 장치가 잘 된 방이어서 방안에서는 숨소리도 들린다. 김성규가 지그시 이광을 보았다.

"그런 면에서 난 네가 이해가 안 돼. 목숨을 걸고 전쟁터로 들어가는 이유가 뭐냐? 꼭 그래야 오더를 따는 것도 아니잖아."

"그것이 너하고 다른 점이지."

쓴웃음을 지은 이광이 김성규를 보았다.

"난 태생부터 달라. 너처럼 처음부터 좋은 위치에서 시작도 못 했고 잡초만 나 있는 황무지에 버려졌다, 그렇지 않냐?"

"그렇긴 해."

"황무지를 개척하는 거야. 뱀이나 늑대를 만나는 건 어쩔 수 없지."

"지금은 기반을 굳혔잖아. 넌 자꾸 오지로 기어들어가, 누가 시키지도 않았는데."

"누가 시켜서 일하냐? 넌 그래?"

"그건 아니지만."

"오지에서 캐낼 것이 있지."

"없으면 굶어 죽어, 빠져나오지 못하고."

"난 계속할 테니까."

"너도 짐작은 하고 있겠지만"

한 모금 술을 삼킨 김성규가 이번에는 외면했다.

"난 유성에서 출세할 생각은 없다."

"외삼촌 나오셨지?"

"응."

김성규가 말을 이었다.

"지금 회사 다녀."

국제통상이다. 교도소에서 출소한 남영호는 국제통상 대표로 취임했다. 지난주다. 황근만은 아직도 교도소에 있다. 이광이 말머리를 돌렸다.

"지금도 정보는 정지현한테서 받고 있는 거냐?"

"응."

짧게 대답했던 김성규가 피식 웃었다.

"걔가 좋아하는 걸 줘야 해, 기브 앤 테이크야."

"돈이겠군."

"이젠 철저히 계산적이야."

"이번에 과장 진급을 기대했을 텐데."

"걘 안 돼, 소문이 나빠서."

"남자관계?"

김성규가 머리를 들고 이광을 보았다.

"너 지금 날 타깃으로 말하는 거야?"

"너도 포함이 되지, 인마."

"걘 많아."

"난 포함 안 돼. 그래서 내 입에서 소문이 나간 적 없다."

김성규가 제 잔에 술을 따르고는 한 모금에 삼켰다.

"이광, 난 너를 믿어."

"나도 너만큼은 믿는다."

"네가 의지가 돼."

마찬가지라고 말을 받으려다가 이광은 웃기만 했다. 그러나 이렇게 첫 진급주를 마실 만큼 중요한 상대인 것은 분명하다. 이광이 다시 김성규를 보았다. 김성규도 마주보고 있다. 저놈은 내 거울이다. 저놈을 보면 내 욕심이, 꿈이, 음모와 함정까지 보인다. 저놈도 그럴 것이었다.

"야, 축하한다."

이광의 전화를 받은 강기창이 밝은 목소리로 말했다.

"네놈이 진급할 줄 예상은 했지만 어쨌든 반갑다."

"감사합니다, 형님."

그런데 강기창은 연말에 트리톤의 전무로 승진, 지사장 마가렛에 이어 2인자가 되었다.

"내가 술 한 잔 살 테니까 언제 날 잡자."

"예, 말씀만 하십시오."

"그런데"

강기창이 숨 들이켜는 소리를 냈다. 전화기를 고쳐 쥔 이광의 귀에 강기창의 말이 이어졌다.

"너 못 들었지?"

"뭘 말씀입니까?"

"은서가 구속되었어."

"……."

"나도 지난주에야 들었는데 지금 서울구치소에 있다. 국보법에 걸린 거야, 내란 음모 혐의로."

"그럴 리가요."

"아니, 집에서 문서하고 다수의 증거물이 발견되었다고 한다."

이광이 숨을 들이켰다. 그동안 연락을 못 했던 사이에 그쪽에서는 이런 일이 벌어졌구나.

에이스무역에 1,600만 불 신용장이 도착한 것은 1월 초순이다. 신용장을 받은 대한은행은 난리가 났다. 이라크 정부가 보낸 신용장인 데다 금액이 컸기 때문이다. 이광이 대한은행 본점을 방문했을 때는 오전 11

시, 유민우와 함께였다. 지난번에도 안면을 익힌 외국부장 최현섭이 둘을 맞았는데 웃음 띤 얼굴이다.

“에이스무역이 이제는 저희들 VIP 고객입니다.”

최현섭이 이광에게 말했다.

“이렇게 깨끗한 신용장도 드물고요.”

깨끗한 신용장이란 조건이 없는 신용장이다. 물건만 배에 실리면 즉시 대금을 지급한다는 내용인 것이다. 바이어들은 별놈의 규정을 다 만들고 60일, 90일, 180일 후에 입금시킨다는 항목까지 넣지만 이 신용장은 즉시 지급이다. 이광이 야합한테서 받은 계약서 카피를 내밀었다. 2개로 된 계약서는 각각 총금액이 800만 불과 1,600만 불이다.

“이런 조건이 있습니다.”

이광이 말하자 계약서를 훑어본 최현섭이 머리를 끄덕였다.

“저희들로서는 문제가 될 이유가 없지요. 네고 하신 즉시에 지급하겠습니다.”

그러고는 웃음 띤 얼굴로 말을 이었다.

“원하신다면 그렇게 해 드리겠다는 보증서를 써드리지요.”

은행으로서는 하자 사항이 없는 것이다. 앉아서 수수료만 떼는 장사다. 위험 부담이 전무한 상태인 터라 만일 안 된다면 야합이 당장 수취은행을 바꿀 수도 있다. 그러면 그 은행은 좋아서 펄펄 뛸 것이다. 은행의 보증서까지 받아들고 은행을 나온 이광은 유민우와 함께 소공동의 한식당에서 점심을 먹었다.

“직원들이 눈치채시는 않았지?”

설렁탕을 먹으면서 이광이 불쑥 묻자 유민우가 머리를 끄덕였다.

“내가 입을 꾹 다물고 있으니까.”

"그럼 직원들이 분위기를 모르잖아? 유성에서는 형이 오더를 받아온 것으로 알고 있다고."

"그러라지 뭐."

"유성 담당 정남희가 영리하던데, 정남희가 윤지혜하고 이야기하다가 알게 될 수도 있어."

"그럴지도 모르겠는데."

이광의 얼굴에 쓴웃음이 번졌다. 이것이 유민우의 성격이다. 장점이기도 하고 단점이다. 욕심이 없고 모가 없고 그러다 보니 의심도 없고 의욕도 없다. 다만 시킨 일은 열심히, 빈틈없이 한다. 이광은 유민우의 장점만을 부추기고 고용한 셈이다.

"형 생각은 어때? 정남희가 믿을 만할까?"

"글쎄."

머리를 기울였던 유민우가 이광을 보았다. 유민우는 일성대 출신이다. 그것도 경영과다. 이광이 묻는 말뜻을 대번에 알아차리고 있다.

"걔, 욕심이 많아."

"알고 있어."

"업무는 뛰어나, 대기업에 가도 잘해낼 애야."

"욕심이 많으니까 대기업에 안 가고 에이스무역에서 일하겠지."

"배신 안 하리라고 장담 못 하겠다."

마침내 유민우가 결론을 냈다. 머리를 끄덕인 이광이 수저를 내려놓았다.

"형, 이대로 갈 수는 없어. 누군가 중간에서 에이스와 유성을 부드럽게 이어주는 사람이 필요해."

"맞아, 나도 그 생각은 했어."

"물량이 엄청 커지고 있는데 만날 내가 손을 쓸 수는 없고."

"하긴 최악의 경우는 네가 유성을 그만두면 되니까."

그랬다가 머리를 비틀었다.

"아니, 유성에서 널 그만두게 할 수도 없겠다. 네가 칼자루를 쥔 바이어인데 말이야. 수수료도 정당하게 받은 것이고, 다만 이중 국적인 것이……."

"뭐? 이중 국적?"

쓴웃음을 지은 이광이 결심했다.

"형, 정남희를 우리 심복으로 끌어들이자."

"네 심복이지."

"월요일 저녁때 걔 데리고 나와. 나하고 셋이 술 한 잔 먹고 이야기하게."

이것이 이중생활의 업보다.

오후 6시 정각이 되었을 때 이광은 구내전화를 받았다.

"예, 3과장 이광입니다."

"난데요."

백영주다. 이광의 귀에 백영주의 목소리가 이어 울렸다.

"오늘 저녁 술 한잔해요."

며칠 전 오늘쯤 만나자는 이야기는 했다.

"그럽시다."

옆쪽의 김성규 자리는 비었다. 그놈은 요즘 조이백화점 사주 딸과 바쁘다. 그때 백영주가 말을 이었다.

"어때요? 내일 휴일인데 좀 멀리 가요?"

이게 무슨 말인가? 멀리 가다니?

오후 8시 40분, 우연히 손목시계를 보았더니 그렇다. 머리를 든 이광이 백영주를 보았다. 창밖을 내다보던 백영주의 시선과 검은 유리창에서 마주쳤다. 열차 안은 조용하다. 밤열차, 지금 둘은 대전으로 내려가고 있다. 멀리 가자는 말을 듣고 이광이 서울역으로 데려간 것이다. 밤열차를 타고 자주 집에 다녀온 경험이 있는 터라 열차 시간표도 안다.

"왜요?"

백영주가 차분한 표정으로 물었다.

"아니, 고분고분 따라오는 것이 고마워서."

"날 어린애로 알아요?"

"우리가 이렇게 되리라고는 꿈도 꾸지 못했는데."

"그건 나도 마찬가지."

"동기가 뭘까?"

"당신 능력 때문이지."

"아냐, 처음부터 백영주 씨가 나한테 호감이 있었던 거야."

"기가 막혀."

백영주의 얼굴에 웃음이 떠올랐다.

"잘 알면서 억지소리 마요."

둘은 유리창을 보면서 이야기를 하고 있다. 그래서 검은 유리창이 TV 화면처럼 느껴졌다. 그러다 보니 마주보고 이야기 하는 것보다 부담이 적다.

"그래도 꽤 오래 걸린 셈이오, 만난 지 일 년 가깝게 되었으니까."

이광이 화면에 뜬 백영주를 보면서 말을 이었다.

"나한테야 백영주 씨가 꿈속의 여인이었지. 열등감을 느끼지 않았다면 이상한 놈이고."

"극복했어요?"

"누르고 사는 거요."

"그러고 어떻게 살아?"

그때 이광이 백영주의 손을 잡았다. 의자가 한쪽으로 놓인 1등석이라 쳐다보는 사람은 없다. 백영주의 손이 잠깐 굳어진 것 같더니 곧 힘이 풀렸다. 이광이 백영주의 손을 깍지 껴 쥐었다.

"긴장하고 살아야지, 그게 내 운명이기도 하고."

"아유, 말하는 것 좀 봐."

백영주가 유리창을 향해 환하게 웃었다.

"나 당신 좋아해."

"서비스로 말해주는 거야?"

"아니, 언젠가는 말해주려고 했어."

"말해봐."

"당신은 난세에 어울리는 병사 같아."

"그거야 편의공작대장으로 제대했으니까."

"그 편의점 이야기는 언젠가 들은 것 같은데."

이광이 손을 힘주어 잡자 백영주가 어깨를 더 붙였다. 밤열차가 속력을 내며 달려가고 있다.

백영주의 몸은 뜨겁고 미끈거렸으며 탄력이 넘쳐흘렀다. 가쁜 숨소리에 섞인 신음이 계속해서 터졌고 알몸의 사지가 거침없이 엉켰다가 풀어진다. 헝클어진 머리칼이 땀에 젖은 이마에 붙었고 치켜뜬 두 눈의 동공은 풀려 있다. 반쯤 벌린 입, 터지는 신음, 격렬한 몸부림. 이윽고 방안에 다시 커다란 탄성이 터지더니 길게 이어졌다. 거친 숨소리가 목구멍에서 토해지는 것 같다. 이광은 백영주의 절정이 가라앉을 때까지 부둥켜안은 채 움직이지 않았다. 깊은 밤, 말도 필요 없다. 몸 부딪침이 언어다. 몸을 부딪치면서 온갖 대화를 나눴다. 좋아?, 응, 죽겠어, 자기야, 이런 몇 마디만 나눴을 뿐 긴 말은 몸으로 했다. 이윽고 백영주의 숨결이 가라앉았을 때 이광이 옆으로 누웠다. 백영주가 이광의 가슴에 얼굴을 붙이더니 다리가 엉켰다.

"아버지가 오빠하고 합의했어."

백영주가 이광의 가슴에 입술을 댄 채 말을 이었다.

"유성을 나한테 넘기기로 말이야. 대신 오빠가 출감하면 부산에 있는 빌딩 2동을 준다고 했어."

"부산?"

"응, 건물 가치가 유성상사 지분의 2배는 돼. 오빠는 두말 않고 받아들였대."

"회장님 재산이 얼마나 많은 거야?"

"이젠 시골의 땅 얼마뿐이야."

백영주가 이광의 허리를 감아 안았다.

"내년에 내 성도 아버지 성으로 바꿀 거야."

"그럼 공식 후계자로 발표되겠군."

"그래, 하지만 내년까지는 비밀이야."

백영주가 다시 몸을 바짝 붙였다.

"우리 관계도."

"당연하지."

이광이 다시 백영주의 몸 위에 오르면서 물었다.

"이 관계도 내년까지 참고 있으라는 거야?"

"죽을래?"

이광의 어깨를 움켜쥔 백영주의 눈동자는 벌써 흐려져 있다. 이광이 몸을 굽혀 백영주의 입술에 키스했다.

"저기 온다."

유민우가 눈으로 가리킨 곳에 정남희가 다가오고 있다. 오후 6시 55분, 이곳은 소공동 국제호텔 커피숍이다. 다가온 정남희가 머리를 숙여 인사하더니 유민우 옆자리에 앉았다. 베이지색 정장 투피스 차림, 날씬한 몸매에 미모여서 시선을 끈다. 정남희는 조금 굳은 표정이다. 이제 입사 6개월, 무역 실무에 어느 정도 익숙해진 시기가 되었지만 습득이 빠른 편이다. 재치가 있고 순발력이 뛰어난 데다 치밀하다. 그것이 유민우의 평가다. 다만 욕심이 많아서 동기인 고춘식과 충돌이 잦다. 그때 유민우가 입을 열었다.

"여기, 이 과장님이 할 이야기가 있다고 해서 부른 거야."

유민우가 이광이 같이 나온다는 이야기는 하지 않은 것이다. 정남희의 시선이 옮겨졌을 때 이광이 일어섰다.

"우리 밥 먹으면서 이야기하지."

지하층 한식당 방에서 셋은 한정식에 소주를 시켜 같이 먹고 마셨다. 정남희는 주는 대로 받아 마셨는데 긴장하고 있는지 말짱했다. 이윽고 수저를 내려놓은 이광이 정남희를 보았다.

"앞으로 신입 사원 셋을 더 채용할 거야."

정남희는 눈도 깜박이지 않고 시선을 받는다. 이광이 말을 이었다.

"그럼 정남희 씨도 조수를 받게 되는 거지."

"……."

"유 전무님이 정남희 씨 능력이 뛰어나다고 인정하시더군."

"감사합니다."

"내가 에이스무역 내부 일을 이야기하고 있는 것이 좀 이상해?"

"아뇨."

"그럼?"

"두 분이 친하니까요."

"이상하다는 생각은 안 들고?"

"네."

이광과 유민우가 얼굴을 마주보고 웃었다. 그때 유민우가 말했다.

"정남희 씨, 비밀 지킬 수 있어?"

"네? 뭔데요?"

"회사 기밀이야. 이것을 에이스무역 직원으로서 지킬 수 있겠느냐고 묻는 거야."

"지켜야죠. 하지만"

어깨를 부풀렸다가 내린 정남희가 둘을 번갈아 보았다.

"법을 어기는 경우에는 곤란하겠죠?"

"그야 당연하지."

유민우가 웃었을 때 이광이 정남희를 보았다.

"에이스무역 사주(社主)는 나야."

정남희가 몸을 굳혔고 이광이 말을 이었다.

"그럼 의문이 다 풀리지?"

"……"

"에이스무역 오더는 내가 받아온 거야."

정남희의 시선이 유민우에게 옮겨졌다. 그때 유민우가 다시 웃었다.

"그래, 난 관리만 해왔어. 이제 알겠어?"

"알 것 같습니다."

정남희가 낮게 말했을 때 이광이 빈 잔에 술을 채웠다.

"자, 우리가 왜 정남희 씨한테만 그 이야기를 했는지 짐작할 거야."

이광은 정남희의 시선을 받은 순간 문득 백영주의 말이 떠올랐다. 1년간 비밀로 관리하자는 말이다. 터뜨려도 상관은 없지만 관리하는 데 조금 어색할 것이었다. 인간은 제각기 비밀을 품고 살아간다. 그때 유민우가 자리에서 일어섰다.

"자, 난 할 이야기 했으니까 네가 수습해."

이것이 유민우의 장점이고 단점이다. 어색한 분위기를 이광에게 떠넘긴 것이다. 하긴 그런 성격이 아니었다면 에이스의 바지 전무로 기꺼이 일하지는 않을 것이다. 유민우가 방을 나갔을 때 이광이 술잔을 들고 말했다.

"앞으로 유성으로 가는 오더는 직접 내 지시를 받도록 해."

"네, 과장님."

긴장한 정남희가 마른 목소리로 대답했다.

"유성 담당 윤지혜 씨하고는 잘하고 있더군."

"저기."

심호흡을 한 정남희가 조금 붉어진 눈으로 이광을 보았다.

"윤지혜 씨는 이 사실을 아나요?"

"모르고 있어."

"그럼 비밀로 지켜야겠군요."

"그래야겠지."

"잘 알겠습니다."

이광은 정남희의 긴장이 조금씩 풀리고 있다는 것을 알 수 있었다. 얼굴이 붉어진 것을 보면 술기운이 올라온 것 같다. 어쨌든 정남희는 선택을 받은 입장인 것이다. 사주(社主)의 선택이다. 그것이 범법 사실도 아닌 상황이니 출세에 영향이 있지 않겠는가? 머릿속 계산기가 그것까지는 이미 두드렸을 것이다. 이광이 잔을 들자 정남희도 따라서 드는 것을 봐도 그렇다. 신이 나 있다.

1월 중순에 이라크의 할라피와 영국의 레이놀드 오더가 왔다. 지난 선적분이 잘 팔렸기 때문에 물량이 늘어났다. 할라피는 35만 불 정도, 레이놀드는 20만 불이 조금 넘었다. 할라피는 직접 유성으로 신용장을 오픈했고 레이놀드는 에이스를 통한 로컬이다.

"올해 400만 불은 무난합니다."

할라피 담당인 안창문이 호기 있게 말했다. 이미 상반기 오더가 2백만 불이 넘게 수주된 것이다.

"하지만 4과가 가장 강력한 라이벌인데요."

김성규의 4과도 순풍 질주를 하는 중이다. 미국 시장이 개도국에 관세 할인을 해준 덕분에 물량이 몇 배로 늘어났다. 미국 시장은 품질 검사가 까다롭지만 가격이 좋고 바이어가 한 번 맺은 거래 관계는 잘 끊지 않는다. 트리톤이 그 예다. 회의실에는 안창문과 윤지혜까지 셋이 모여 있다. 오전 10시 반, 3과의 직원은 과장 이광 포함 5명, 요즘 정현애는 영업직도 떼어 맡아서 지금 공장에 검사 나가 있다. 박형우가 내부 근무를 자청한 바람에 정현애가 바라던 영업직 기회를 얻은 것이다.
그때 윤지혜가 입을 열었다.

"이번에 에이스에서 군납 오더를 엄청 받은 것 같아요."

안창문은 딴짓을 했고 이광의 시선을 받은 윤지혜가 말을 이었다.

"1천만 불 가깝게 되는 것 같아요. 에이스에 갔더니 대기업들도 로컬을 받으려고 줄을 서 있더라고요."

이광이 머리만 끄덕였고 윤지혜가 한숨을 쉬었다.

"우리도 앞으로 세일즈할 때 다른 아이템도 가져가서 오더를 받았으면 좋겠어요."

"어떻게 말이야?"

이광이 묻자 윤지혜가 똑바로 시선을 주었다.

"전문 품목만 내놓는 것이 아니라 상담할 때는 다른 품목도 가져가서 오더를 받는 거죠."

"……."

"그러고는 에이스처럼 우리 품목이 아닌 건 다른 전문 업체에 로컬을 주는 겁니다."

그때 딴짓을 하던 안창문이 끼어들었다.

"아, 우리 오더 받기도 힘든데 딴 품목을 어떻게 받냐? 꿈 깨라."

"오퍼상 역할을 하면 돼요. 오퍼상이 전문 지식을 갖고 있나요?"

윤지혜는 꺾이지 않았다. 눈을 크게 뜬 윤지혜의 얼굴을 본 이광이 문득 김성규가 한 말이 떠올랐다. 윤지혜가 섹시하다고 했던 것이다. 김성규가 윤지혜에게 치근댄 것 같지는 않다. 그놈은 지금 조이백화점 딸하고 '거래' 중이니까.

그때 안창문이 말했다.

"대기업은 가만있을 것 같냐? 말도 안 되는 소리 하고 있어."

"그럼 과장님이 바그다드에서 오더 따온 건 대기업이었기 때문인가요?"

"그만."

손을 들어 논쟁을 중지시킨 이광이 윤지혜에게 말했다.

"거기 에이스의 우리 담당 정남희는 어때? 협조는 잘 되나?"

"네, 잘 됩니다."

어깨를 편 윤지혜가 이광을 보았다.

"그쪽은 바이어인 입장이라 어쩔 수 없이 갑을 관계가 되어 있지만요."

"갑 행세를 해?"

"제가 존중해 주는 거죠. 두드러지게 위세를 부리지는 않아요."

"걔 똑똑해?"

"업무에 치밀한 편인데요. 저한테 약점을 잡히지 않으려고 그런지……."

윤지혜의 얼굴에 희미하게 웃음이 떠올랐다. 정남희, 윤지혜는 학교는 다르지만 둘 다 이성대급 대학 출신이다. 윤지혜가 을 역할을 느낀다면 자존심이 상할 것이다. 머리를 끄덕인 이광이 안창문에게 말했다.

"가서 박형우 씨한테 부자재 리스트를 가져오라고 해."

안창문이 회의실을 나갔을 때 이광이 윤지혜에게 말했다.

"네 말이 맞아. 앞으로 그런 방법으로 세일즈를 하자."

숨을 들이켠 윤지혜가 시선만 주었고 이광이 말을 이었다.

"네 자세가 영업직 사원의 자세야. 우리가 의류 전문 업체지만 기회가 있다면 통조림도 팔아야 돼."

윤지혜의 볼이 조금 상기되었다. 그 말을 해주려고 안창문을 보낸 것이다.

사무실로 돌아왔더니 옆쪽의 김성규가 말했다.
"미국 출장 결재가 났어."
결재 파일을 손으로 들어 보이면서 김성규가 말을 이었다.
"LA하고 뉴욕에서 열리는 상품 전시회에 참석하고 돌아올 거다."
"그래, 이번에도 한 건 해라."
이광이 절반은 진심을 넣어서 격려했다. 김성규는 유성에서 출장비를 받아서 국제통상 오더도 받을 것이기 때문이다. 이광과 오십보백보지만 이미 노출되었다. 이광이 백영주에게 국제통상 내력을 말해주었기 때문이다.

"왜 왔어요?"
강은서의 첫말이다. 이광의 앞쪽에 앉자마자 그렇게 물은 것이다. 그러나 시선은 내리고 있다. 이곳은 서울구치소의 면회실, 테이블 위쪽에 교도관이 앉아 기록하고 있다. 오후 2시, 이광은 회사에 바이어 사무실을 간다고 해놓고 이곳에 온 것이다. 이광이 입을 열었다.
"영치금 20만 원 넣어 놓았으니까 알고만 있어."
그 순간 강은서의 창백했던 얼굴이 금방 빨개졌다. 이를 악물었는지 볼에 근육이 잡혔다. 그러나 시선은 들지 않는다. 이광이 말을 이었다.
"내가 청부업을 하면서 구치소 사정을 잘 알게 된 거야. 그러니까 가만있어, 영치금은 물릴 수도 없으니까."
"……."

"아마 감방 안에서 간식 같은 거 단체로 들여올 때 영치금 없으면 왕따 당할걸? 감방 안에도 자본주의야."

"……."

"어쩔 수 없어. 현실을 따라야 돼."

"……."

"넌 그냥 가만있으면 돼. 네 영치금이 들어와 있는 줄은 자동으로 알게 되고 간식이나 부식은 시키지 않아도 들어가."

지금 이광의 말을 듣고 있는 교도관은 숨을 죽이고 있다. 아마 이광이 교도소를 제집 드나들 듯이 했던 별 10개짜리는 되는 줄 알았을 것이다. 다 카스파에서 학교 갔다 온 똘마니한테서 들은 풍월이다. 그때 이광이 말을 이었다.

"기창 형님하고 같이 네 변호사 선임했어. 곧 김기문 변호사라고 널 만나러 올 테니까 만나."

"싫어."

뱉듯이 말했던 강은서가 그때서야 시선을 들어 이광을 보았다. 얼굴이 아직도 빨갛다. 그때 강은서의 눈에서 주르르 눈물이 흘러내렸다. 두 줄기 눈물, 그런데 그치지 않고 줄줄 흘러내린다. 이광이 그것을 보더니 이맛살을 찌푸렸다.

"왜 울어?"

강은서가 코만 들여 마셨고 이광이 말을 이었다.

"잔소리 말고 변호사 만나. 잘하면 집행유예도 될 수 있대."

"싫어."

"어머니가 아프셔. 네가 구속된 후에 쓰러지셨어. 기창 형님은 말하지 말라 했지만."

숨을 들이켠 강은서가 이광을 보았다. 눈물이 뚝 그쳤다.

"독재 반대하다가 어머니 돌아가시게 만들래? 어머니부터 살리고 다시 해도 되잖아?"

"……."

"그게 그렇게 급하냐?"

그때 교도관이 말했다.

"시간 다 되었습니다."

강은서가 일어섰을 때 이광이 따라 일어서며 말했다.

"글고, 너 아직 내 방에 안 왔잖아?"

몸을 돌리려던 강은서가 눈을 깜박였다가 얼굴이 오늘 중 가장 빨개졌다. 그 얼굴에 대고 이광이 말했다.

"네가 빨리 와야 돼. 네가 1번이 되어야 한단 말이야."

강은서가 몸을 돌려버렸으므로 얼굴을 보지 못했다. 강은서가 방을 나갔을 때 위쪽의 교도관이 이광에게 물었다.

"저기, 대답을 해주셔야겠는데요. 뭐가 1번이 되어야 한다는 겁니까?"

40대쯤의 교도관이 진지한 얼굴로 이광의 대답을 기다렸다.

"아, 그거요?"

이광이 한숨부터 쉬었다.

"내 방에 맨 처음으로 데려간다는 말인데요."

교도관의 시선을 받은 이광도 정색했다.

"따먹으려고요."

그날 저녁에 이광이 강기창과 영등포 룸살롱에서 술을 마신다.

"고맙다."

술잔을 든 강기창이 정색한 얼굴로 이광을 보았다.

"네가 나보다 낫다."

이광이 강기창에게 면회 다녀온 이야기를 한 것이다. 강기창이 아직 아가씨도 부르지 않아서 둘뿐인데도 목소리를 낮췄다.

"걘 골수분자야."

"뭐가요?"

"독재 반대는 좋은데, 공산주의 사상에 물들어 있단 말이야. 나도 이제야 알았어."

"김 변호사가 집행유예로 빼내 주겠다고 했으니까 기다리죠."

"너한테 돈 주려고 가져왔어."

강기창이 주머니에서 봉투를 꺼내 내밀었을 때 이광이 손바닥을 펴서 막았다. 그러고는 머리까지 저으며 말했다.

"놔두십시오. 오더나 더 주세요, 형님."

김기문 변호사 비용 2백만 원은 이광이 댄 것이다. 강은서가 부담을 느낄까 봐서 강기창하고 같이 냈다고 했다.

1월 말에 대기업에 로컬을 준 250만 불 물량의 1차 군납 오더가 이라크로 선적되었다. 대기업 로컬분의 검사는 유민우가 맡았는데 차질 없이 선적된 것이다. 선적과 함께 250만 불의 20퍼센트인 50만 불이 파리 제3은행의 마드렌느소냐 구좌로 송금되었고 50만 불은 에이스무역 수수료로 떨어졌다. 대기업은 원가를 제외하고 순이익으로 15만 불 정도가 남았으니 최상급 오더가 될 것이다. 또한 250만 불 오더는 본래 2배로 신용장이 오픈되었기 때문에 500만 불을 은행에서 찾았다. 그래서 나머지 250만 불은 현찰로 이광의 구좌로 예치되었다.

"요즘은 땅값이 오히려 떨어졌습니다."

1월 말 강남, 황량한 벌판 위에 서서 윤기덕이 조금 민망한 표정으로 말했다. 오늘도 이광이 부동산업자 윤기덕과 강남의 황무지에 온 것이다. 일요일 오전이다.

"이쪽은 개발 계획이 아직 없어서요."

오후 2시, 한낮이었지만 벌판에는 인기척도 없다. 과수원이 낮은 능선 위에 펼쳐져 있었는데 배나무의 절반은 말라죽었다. 윤기덕이 손으로 과수원을 가리켰다.

"저 과수원 주인이 과수원 1만 평하고 부지 31만 평을 내놓았는데 몇 년 동안 나가지를 않습니다."

주머니에서 지도를 꺼낸 윤기덕이 땅바닥에 펼쳐놓았다. 지도에 붉은 선으로 그려진 부분이 과수원 주인이 소유한 땅이다. 이광이 물끄러미 지도를 내려다보았다. 강기창의 조언으로 강남 부지를 매입하기 시작했는데 정작 강기창은 돈이 없다는 핑계로 땅은 한 평도 구입하지 않았다. 대신 이광이 부동산에 대해서 관심이 많아졌다. 수시로 정보를 얻고 검토했는데 일을 시키는 윤기덕에게는 말하지 않았다. 지금은 이광의 정보력이 윤기덕보다 몇 배나 빠른 상황이다. 다만 모른 척하고 있을 뿐이다.

"얼마로 팔겠다는 거요?"

이광이 묻자 윤기덕이 머리를 저었다.

"사지 않는 것이 나으실 것 같은데요. 저야 수수료를 받게 되지만 제가 민망해서요."

윤기덕이 뒷머리를 손바닥으로 쓸었다.

"여긴 한강 남쪽이지만 과수원도 안 되는 황무지입니다. 강북에 투자하시는 것이……."

이광이 머리를 저었다.

"가서 주인하고 흥정해보쇼. 다 사면 얼마나 받겠느냐고."

"그럼 왕창 깎아주겠지요."

윤기덕의 두 눈에 생기가 띠어졌다. 굳이 사겠다는데 말릴 이유가 없는 것이다. 이번에는 수수료가 엄청날 것 같다.

윤기덕과 헤어진 이광이 옥천의 본가(本家)에 도착했을 때는 오후 6시가 되어갈 무렵이다. 택시에서 내린 이광이 선물 보따리를 들고 집에 들어섰더니 식구들이 모두 모여 있었다. 이제는 어엿한 자동차 서비스 공장 사장이 되어 있는 동생 이철과 유치원 교사인 여동생 이명화도 기다리고 있다. 선물을 나눠주고 떠들썩한 인사가 끝났을 때 어머니가 말했다.

"이제 광이 덕분에 집안 기반이 잡혔으니 서둘러야 할 일이 있다."

"아이구."

이광이 손부터 저었지만 어머니가 말을 이었다.

"네가 결혼을 해야 명화, 철이가 따라갈 것 아니냐? 네 동생들은 모두 결혼할 사람이 있어서 부모한테도 선을 보였다."

이광의 시선을 받은 이철과 이명화가 웃기만 했다.

"아니, 너도 그랬어?"

이광이 놀란 표정으로 이명화에게 물었을 때 대답은 어머니가 했다.

"명화가 스물다섯이야, 철이는 스물일곱, 넌 스물아홉이여."

그렇다. 제 나이는 알고 있었지만 동생들은 깜박 잊고 있었다. 이광의 시선을 받은 동생들이 빙글빙글 웃었다. 그때 잠자코 있던 아버지가 말했다.

"놔둬. 다 제가 알아서 하겠지, 서둔다고 될 일이 아녀."

"하지만 알고는 있어야 돼요."

어머니는 더 이상 다그치지 않았지만 이광에게 부담을 준 것은 사실이다. 동생 이철과 이명화가 제각기 사귀는 사람들을 데려와 부모께 보였다는 것이다. 간접적인 압력이다.

"고맙다."

밥과 함께 소주를 마시던 아버지가 불쑥 말했을 때 모두의 시선이 모였다. 아버지는 이광에게 말한 것이다.

"네 덕분에 이렇게 집안 분위기가 환해졌다."

"아이구, 아버지도."

이광이 쓴웃음을 지었지만 사실이다. 2년 반 전만 해도 모두 가난해서 쪼들리고 그늘졌다. 그것을 이광이 일으켜 세웠다. 2년 전부터 이광은 부모께 매월 50만 원씩 생활비를 보낸다. 그것만으로도 시골에서는 부자다. 어쨌든 돈은 필요하다. 잘 쓰면 행복도 찾아온다.

"어떻게 했으면 좋겠어?"

젓가락을 내려놓은 백영주가 물었다. 오후 12시 40분, 이광과 백영주는 신촌 사거리의 일식당 방에서 둘이 점심을 먹고 있다. 회사에서 멀리 떨어진 곳에서 은밀한 만남을 하는 것이다. 그러나 남녀 간의 관계 때문은 아니다. 백영주가 업무 문제로 이광을 불러내었다. 이광이 정색하고 백영주를 보았다.

"김성규가 없는 경우를 생각하면 답이 나와. 4과의 오더에 상당한 영향이 올 거야.”

예상하고 있었는지 백영주는 시선만 주었고 이광이 말을 이었다.

“미국에서 받은 오더를 다른 곳으로 빼돌리는 건 아직 없어. 섬유류는 국제통상을 통해 유성으로 돌아와.”

“…….”

“다이렉트는 그대로 오고.”

지금 백영주는 김성규를 어떻게 할 것인지를 상의하고 있는 것이다. 김성규와 국제통상에 관한 정보를 준 것이 이광이다. 놀란 백영주가 따로 확인했고 진면목을 알게 되었다. 이광이 말을 이었다.

“유성 출장비로 나가서 받은 오더를 국제통상에 주는 건 그렇지만 김성규만큼 미국 지역 실적을 올리는 전문가가 없어. 당분간은 놔두는 것이 나아.”

“…….”

“부수입이 생기는 재미로 일한다는 말도 있지 않아? 그렇게 생각하고 놔두자고.”

“1년만 놔둘까?”

불쑥 물은 백영주가 이광을 보았다. 눈동자가 반짝이고 있다.

“우리 회사가 1천만 불을 달성할 때까지 말이야.”

올해 목표를 모두 달성하면 1천만 불이 된다. 대한민국 올해 수출 목표가 10억 불인 것이다. 작년에는 5억 불을 달성했고 올해는 그 두 배다. 사회는 한쪽에서 최루탄을 쏴대는 데모가 격렬하게 일어났지만 다른 한쪽은 그야말로 ‘미친 듯이 수출’을 부르짖으면서 목표 달성을 하고 있다. 어떻게 보면 양쪽의 활기가 충천한 시대인 것이다. 회에 곁들여서 반주로 술을 시킨 터라 소주잔을 든 백영주가 지그시 이광을 보았다.

"1천만 불을 달성하면 우리 회사 기반도 굳어질 테니까 말이야. 그때까지 기다릴까?"

이광이 머리만 끄덕였다. 자신도 김성규와 마찬가지로 딴 주머니를 차고 있는 상황이다. 아니, 김성규는 제 외삼촌 회사인 국제통상의 등기도 안 된 이사 행세를 하지만 이광은 에이스무역의 사주나 마찬가지인 것이다. 김성규의 일이 바로 자신의 일을 말하는 것이나 같다. 백영주가 한 모금 소주를 삼키고 나서 말했다.

"좋아, 놔두기로 하자."

"그래, 내가 감시할 테니까."

"수시로 나한테 자기가 말해줘야 돼."

"걱정 말고."

"난 자기만 믿어."

백영주의 시선을 받은 이광이 쓴웃음을 지었다.

"알았어."

"아버지한테 자기하고 만난다고 이야기했어."

시선을 내린 백영주가 말을 이었다.

"아버지도 좋아하셨어."

이광이 소리 죽여 심호흡을 했다. 백영주가 다짐하고 있는 것이다. 부담을 준다.

그날 저녁 7시 반이 되었을 때 이광은 김방현과 마주앉아 있다. 이곳은 영등포시장 근처의 커피숍, 퇴근하고 바로 이곳으로 온 것이다. 김방현이 바로 이광에게 서류 봉투를 내밀었다. 이제는 요점만 보고하는 것에 익숙해졌다.

“윤지혜도 한 달 동안 조사했는데 만나는 남자 없고 수상한 행동도 하지 않았습니다. 회사 끝나고 친구들 세 번 만났는데 모두 학교 동창 관계였습니다.”

봉투에서 서류를 꺼낸 이광이 첨부된 사진을 보았다. 여자 동창들하고 만나는 사진들이다. 서류에는 윤지혜의 가족 관계 등이 조사되어 있었는데 며칠 전에는 정남희를 의뢰했었다. 머리를 끄덕인 이광이 주머니에서 봉투를 꺼내 김방현에게 내밀었다.

“수고했어.”

“감사합니다.”

봉투를 받은 김방현이 문득 생각이 났다는 표정을 짓고 이광을 보았다.

“정지현이 아파트를 옮겼습니다.”

“옮기다니?”

긴장한 이광이 묻자 김방현이 웃음 띤 얼굴로 말했다.

“경비한테 물어보았더니 한바탕 소란이 있었다고 합니다. 살림 차려준 남자의 집에서 찾아왔던 것 같습니다.”

동해시멘트 사주의 아들 양승기 집안일 것이다. 김방현이 말을 이었다.

“아파트는 정지현 이름으로 된 것이라 어쩔 수는 없지만 회사 나가기가 어렵겠던데요.”

이광이 머리를 끄덕였다. 요즘 정지현을 보지 못한 사이에 그런 일이 일어났는가?

"드릴 말씀이 있어요."

회의를 마친 이광이 자리에서 일어섰을 때 윤지혜가 말했다. 회의실에는 둘뿐이다. 방금 군납 오더 선적 일정을 체크했던 것이다. 다시 자리에 앉은 이광을 윤지혜가 똑바로 보았다. 긴장하고 있다. 벽시계가 오전 11시를 가리키고 있었는데 방음 장치가 잘 된 방이어서 초침 소리까지 들렸다. 윤지혜가 입을 열었다.

"전주섬유에서 안 선배가 석 달째 돈을 받고 있습니다."

저도 모르게 숨을 들이켠 이광의 얼굴에 쓴웃음이 번졌다. 리베이트 먹는 건 이광도 익숙한 터라 놀랄 일이 아니다. 다만 윤지혜의 입에서 나온 것이 긴장되었다. 윤지혜가 이제는 시선을 내리고 말했다.

"제가 전주섬유 경리하고 친한데 같이 밥 먹다가 듣게 되었어요."

"……."

"한 달에 1백만 원씩 현금으로 직접 줬다고 했습니다. 회사 자료에는 식비나 접대비로 영수증 처리를 하고요."

"……."

"'언니도 임가공 단가 올려서 리베이트 좀 챙기지 그래요?' 하는 말을 듣고 모욕감을 느꼈습니다."

"……."

"제가 안 선배를 좋아하지만 이건 아니다 싶어서 과장님께 보고 드려야겠다고 마음먹었어요."

"고맙다."

그때 다시 윤지혜가 시선을 들었다.

"그럼 안 선배는 어떻게 되는 거죠?"

윤지혜의 얼굴은 조금 상기되었고 두 눈이 번들거렸다.

"글쎄."

어깨를 부풀렸다가 내리면서 이광이 길게 숨을 뱉었다. 이광이 윤지혜에게 물었다.

"윤지혜 씨, 입사 얼마나 되었지?"

"7개월 되었습니다."

윤지혜가 바로 대답했다. 모르고 물은 것이 아니다. 생각할 시간을 벌려고 그랬다. 이윽고 이광이 말을 이었다.

"그 정도면 알 만하니까 내가 말해줘야겠구나."

긴장한 윤지혜가 침을 삼켰지만 시선을 떼지는 않는다. 눈빛이 강했고 조금 엷은 입술이 굳게 닫혔다. 눈초리가 솟아서 언제나 상큼한 분위기를 낸다.

"내가 안창문 씨한테 매달 50만 원씩 생활 보조금을 줘. 이건 내가 융통한 자금이야, 그 소스는 알 필요 없고."

"……."

"접대비, 상금 등까지 합쳐 부수입을 한 달 평균 1백 정도로 맞춰주고 있지. 그럼 월급 50까지 합쳐서 150이 돼."

"……."

"150이면 대기업 과장 월급이야, 그렇지?"

"네."

윤지혜의 목소리가 조금 떨렸다. 윤지혜에게는 엄청난 기밀이 전해지고 있는 것이다. 이광이 말을 이었다.

"그런데 또 한 달에 1백씩을 빼내고 있군. 아니, 다른 곳에서도 빼내고 있을지 모르지, 안창문이 관리하는 공장이 7개나 되니까."

"……."

"모두 내가 그렇게 교육시킨 거야. 나한테서 오염되었어."

"……."

"그렇다고 놔둘 수는 없지, 그렇지?"

"네."

이제는 시선을 내린 윤지혜가 어깨를 늘어뜨렸다. 이광이 말을 이었다.

"한 번 오염된 놈, 한 번 배신을 한 놈은 두 번, 세 번 반복하게 돼. 점점 죄의식이 엷어지거든. 점점 합리화 수단도 늘어나고."

이광은 길게 숨을 뱉었다. 자업자득이긴 하다. 모두 내가 뿌린 씨인 것이다. 안창문에게 에이스무역 건은 물론이고 군납 오더, 레이놀드 오더에 관한 것까지 알려주지 않았다. 유성에 입사한 후부터 무시당하고 견제 받으면서 지내온 덕분이기도 했다. 모두가 적인 것이다. 안창문은 이광의 입사 선배였고 그를 심복시킨 것도 집안 생활 자금을 융통해준 때문이기도 했다. 아무도 믿지 않았다. 안창문이 심복이 된 것도 자신이 줄 능력이 있었기 때문이다. 그리고 안창문에게 약점 잡힐 일은 보인 적이 없다.

다음 날 오후, 전주섬유로 내려간 기조실 감사팀은 경리로부터 수출3과 안창문에게 3개월간 매월 1백만 원씩을 현금으로 지급했다는 자술서를 받았다. 자술서와 함께 영수증을 허위로 작성 처리한 자료까지 받은 감사팀이 상경한 후에 안창문을 불렀다. 그리고 그 다음 날 안창문은 총무부로부터 3개월간 대기 발령을 받았는데 대기 장소는 집이었다. 집에서 대기하라는 것이다. 3개월간 회사는 임금의 50퍼센트를 지급할 것이고 3개월 후에 특별한 일이 없는 한 자동 퇴직이 되는 것이다. 안창문은 기조실의 심사를 받고 돌아오더니 이광에게 미안하다고 했다. 이광은 머리만 끄덕였고 안창문은 말없이 짐을 꾸리더니 과원 아무하고도 시선을 마주치지 않고 나갔다. 배신자다.

"윤지혜한테 아직 말하지 마."

에이스무역 회의실에서 이광이 정남희에게 말했다. 시선을 든 정남희에게 이광이 안창문 사건을 설명해 주었다. 윤지혜의 고발로 일어난 사건이다.

"그렇군요."

쓴웃음을 지은 정남희가 머리를 끄덕였다. 25세로 윤지혜와 동갑이지만 정남희는 바이어 입장이다. 윤지혜는 정남희가 갑(甲) 입장이라고 했다. 정남희가 말을 이었다.

"윤지혜 씨 다부져요, 순발력도 있고요. 제가 많이 배우는 입장이죠."

"너희들 둘이 기둥이 되면 좋겠는데."

"윤지혜 씨가 너무 곧은 것 같아서 걸리시나 보죠?"

정남희의 얼굴에 웃음이 떠올랐다. 그렇다, 심복이 필요하다. 믿고 맡길 심복, 직급이 올라갈수록 혼자서는 일하기 힘들다. 개인의 능력이 최대치로 발휘되고 인정을 받는 시기는 과장대리 직급일 때가 아닐까? 그때는 적진으로 뛰어드는 하사관이나 같다. 뒤에 졸병이 따를 때도 있고 없을 때도 있다. 그때의 공(功)은 빛난다. 개인의 공(功)이니까. 그러나 직급이 올라가면 뒤에 부하들이 따른다. 전처럼 앞장서서 돌진해 나가다가 '깩' 하면 뒤를 따르는 부하들도 덩달아서 '깨구락' 한다. 몰사하는 것이다. 그러니 그때부터 팀으로 움직여야 한다. 이광이 물끄러미 정남희를 보았다. 예쁘다. 오목조목한 미인, 윤지혜에 비해서 약간 작은 키, 섬세한 용모. 이광은 정남희와 윤지혜가 호흡을 맞추면 괜찮은 팀이 될 것 같다는 생각이 들었다. 윤지혜는 순발력, 기지가 뛰어나다. 일 욕심이 많고 적극적이다. 정남희는 나이에 비해 노련하고 영리하며 융통성, 포용력이 많은 것 같다. 이것은 둘의 장점만을 추린 것이다. 정남희가 시선을 주고 있다. 대답을 기다리는 것 같다. 이광이 입을 열었다.

"난 너희들 둘을 심복으로 만들고 싶어."

"심복요?"

정남희가 이를 드러내고 활짝 웃었다.

"조폭이 쓰는 말 같아요."

이광의 가슴이 뜨끔했지만 듣고 보니 맞는 말이다. 조폭이 강조하는 의리, 신의가 이곳에서도 중심이 되어야 한다.

"그렇구나."

머리를 끄덕인 이광이 지그시 정남희를 보았다.

"너도 생각을 해봐. 내가 너희들 둘을 중심으로 에이스와 유성을 운영하는 방법을 말이야."

"절 믿어 주시는 거네요?"

정남희가 웃음 띤 얼굴로 묻더니 머리를 끄덕였다.

"제가 윤지혜는 맡을게요."

그날 저녁에 이광은 영등포의 삼겹살 식당에서 안창문과 마주앉아 소주를 마셨다. 이광이 불러낸 것이다. 오후 7시 반, 여전히 북적거리는 식당에서 안주도 안 먹고 술만 삼키던 안창문이 마침내 머리를 숙이고 말했다.

"입이 열 개 있어도 변명이 안 돼. 하지만 미안해, 정말 미안해."

이광이 술잔을 들고 안창문을 보았다.

"너 전주섬유뿐만 아니라 동산섬유에서도 50씩 가져갔더구나?"

"응."

안창문이 고분고분 대답했다.

"나 같은 배신자는 죽어야 돼."

"배신했다는 건 알아?"

"그럼."

머리를 든 안창문을 본 이광이 숨을 들이켰다. 안창문의 눈에서 눈물이 흘러내리고 있었기 때문이다. 안창문이 그 얼굴로 말했다.

"망했어. 하지만 죗값을 받는 것이니까 분하지는 않아."

"……."

"후회해도 이미 늦었고."

"……."

"유혹을 이겨내지 못했어."

안창문이 머리를 저었다.

"난 담배 못 끊는 것처럼 또 할 거야."

"내가 기조실에다 이야기해서 조사시킨 거 알고 있지?"

"알아."

"너 그 돈 다 어떻게 썼냐?"

"집 한 채 샀어."

이광의 시선을 받은 안창문이 손등으로 눈물을 닦았다. 주위 테이블의 손님들이 힐끗거리고 있었지만 안창문은 상관하지 않았다.

"550만 원 주고 시흥 쪽 단독주택 30평짜리를 하나 샀다."

안창문의 두 눈에 생기가 돌았다.

"그게 남은 거야."

"이 자식, 재산 모았네."

쓴웃음을 지은 이광이 술잔을 들었다. 인간은 나름대로 제 살 궁리를 한다는 교훈을 또 배웠다. 그 돈으로 도박을 했다든지 술이나 여자한테 탕진했다는 것보다는 낫지 않겠는가? 이것이 안창문의 운명이고 그릇이다. 안창문은 집 한 채를 얻고 직장 생활을 끝냈다. 그만하면 잘한 셈인가?

태우상사 배기준 과장은 예상했던 대로 연초에 부장대리 차장으로 진급, 파워가 더 강해졌다. 2월 중순, 이광은 배기준과 다시 만났다. 이번에는 실무 협상으로 장소는 지난번에 만났던 이태원의 요정 화원, 이광은 배기준 덕분에 화원을 두 번째로 가게 되었다. 오후 7시, 방에 자리 잡은 둘은 아가씨도 부르지 않고 바로 업무 이야기부터 시작했다. 배기준이 이광에게 서류를 내밀며 말했다.

"150만 불 오더요, 모두 유성상사에서 처리할 수 있는 아이템이지."

서류를 본 이광이 숨을 들이켰다. 과연 그렇다. 모두 유성에서 생산 가능한 품목이다. 그런데 가격이 좋다. 한눈에 봐도 순이익이 20퍼센트 이상이다. 바이어를 보았더니 독일 태우 현지 법인이다. 태우에서 태우 상품을 가져가는 셈이다. 머리를 든 이광에게 배기준이 웃음 띤 얼굴로 말했다.

"현지 법인에서 우리 상품을 구입해서 현지 도, 소매상에게 넘기는 것이지."

그러니까 이런 단가가 책정되었을 것이다. 머리만 끄덕인 이광에게 배기준이 말을 이었다.

"원가 계산을 해보면 알겠지만 아마 25퍼센트 마진은 나올 거요."

"예, 부장님."

"선적과 동시에 우리한테 10퍼센트에 해당되는 15만 불을 지급할 수 있지요?"

"물론입니다."

"비자료로요. 가능하지요?"

"가능합니다."

이광이 다시 서류를 보았다. 150만 불 오더가 3개월간 50만 불씩 수출되는 것이다. 50만 불 수출할 때마다 5만 불씩 비자료로 지급해야 한다.

"참고로 말씀드리는데"

상체를 뒤로 젖힌 배기준이 웃음 띤 얼굴로 이광을 보았다.

"이건 오피셜 비자금이오. 무슨 말인지 아시겠지요?"

"아, 예."

이광이 커다랗게 머리를 끄덕였다. 회사 차원의 비자금이란 말이다. 그렇다면 더욱 안전하다. 그 순간 이광의 머릿속에서 섬광이 스쳐 가는 느낌이 들었다. 시선을 든 이광이 배기준을 보았다. 머릿속의 계산기가 번개처럼 두드려지고 있다.

"제가 15피센트로 만들어 드릴까요?"

이광이 묻자 배기준이 시선만 주었다. 배기준을 응시한 채 이광이 말을 이었다.

"10퍼센트는 오피셜로 회사에 드리고 5퍼센트는 배 부장님께 드리겠다는 말씀입니다."

그러면 15만 불은 회사로 입금되고 7만5천 불을 배기준이 먹게 되는 것이다. 그때 배기준의 얼굴에 쓴웃음이 번졌다.

"역시 이 과장은 노련하시군."

"고생을 많이 하고 자라서요."

따라 웃은 이광이 말을 이었다.

"어차피 비자금으로 나갈 것이니까 저희들은 15퍼센트나 10퍼센트나 마찬가지입니다."

"내가 이 과장한테 약점 잡혀서는 안 되죠."

배기준이 웃음 띤 얼굴로 이광을 보았다.

"이 과장도 나눠 드려야죠."

"아유, 그러지 않으셔도 되는데요."

"내가 이 자리에 오르는 데 그냥 올라온 것 같습니까? 다 앞뒤 잰 겁니다."

배기준이 말을 이었다.

"오피셜 비자금은 회사에서 정책적인 자금으로 쓰일 것이고 이 형이 만든다는 그 비자금은 담당자들한테 골고루 분배될 겁니다."

이광이 소리 죽여 숨을 뱉었다. 노련하다. 역시 빈틈이 없다. 배기준이 이제는 정색하고 말했다.

"내 위의 이사대우 부장, 내 밑의 과장까지 나눠 먹을 겁니다."

"……."

"이 형은 그 5퍼센트에서 3할을 가져가시지요. 3할을 떼고 나한테 주면 됩니다."

"저까지 끌어들이시는군요."

이광이 웃음 띤 얼굴로 말했지만 배기준은 따라 웃지 않았다.

"당연히 그래야죠. 독식해서 살아남는 놈 본 적이 없어요."

"그렇군요."

"이 형이 마련한 비자금 7만5천 불에 우리 모두 연루된 거요."

"넷인가요?"

"그렇지."

이광이 머리를 끄덕였다.

"많이 배웠습니다."

"날 어떻게 생각했는지 모르지만 난 나름대로 공평하고 솔직합니다."

이광이 다시 머리를 끄덕였다. 자신보다 한 수 위의 처신이다. 배워야 한다.

"오랜만이오."

이광이 옆에 앉은 파트너에게 인사했다. 이름이 서은하라는 것도 기억하고 있다. 업무 이야기가 끝나고 술상과 함께 아가씨들이 들어온 것이다.

"이 과장, 오늘은 2차 해."

배기준이 이제는 말을 놓는다. 파트너의 허리를 감아 안은 배기준이 떠들썩한 목소리로 말을 이었다.

"우리 지금부터 사석에서는 말 놓자. 도둑놈 사이에 가식은 떨쳐 버리자고."

"알았어, 형."

이광이 배기준에게 술잔을 건네주며 물었다.

"형, 아리부카 오더는 다음 달에 끝나. 추가 오더는 없어?"

"곧 올 거야."

잔을 받은 배기준이 웃음 띤 얼굴로 이광을 보았다.

"내가 바빠서 오퍼도 내주지 못했는데 그동안 네가 샘플까지 보내 컨펌을 받았더군."

하자드한테 보낸 것이다. 이광이 따라 웃었다.

"내가 형 대신 일해준 거지."

"아마 1백만 불 가깝게 될 거다."

"지난번에 내가 바그다드 들렀다가 암만을 거쳐서 돌아왔어."

"이야기 들었어."

한 모금 위스키를 삼킨 배기준이 눈을 가늘게 뜨고 이광을 보았다.

"우리 그룹이 아리부카 그룹하고 관계가 없었다면 오더는 다 너한테 빼앗겼을 거다."

"당연하지."

"이번 오더도 네가 어프로벌 샘플까지 컨펌 받았지만 우리 이사가 대광에 넘기려고 했었어."

대광은 유성과 동종 업체지만 규모가 10배는 큰 회사다. 그리고 태우그룹과 오랫동안 거래 관계를 이어왔다. 배기준이 말을 이었다.

"그런데 아리부카 담당자 하자드가 이 오더는 유성에 줘야 한다고 오더 시트에 써 놓았더군. 그건 우리 사장도 바꿀 수가 없는 거지."

"형, 내가 똑똑하지?"

"그러니까 내가 동생 삼은 거 아니냐?"

한 모금에 술을 삼킨 배기준이 이광에게 잔을 내밀었다.

"자, 의형제 맺은 기념주다, 마셔."

잔을 받은 이광이 한 모금에 들이켰다. 배기준은 33세, 이광보다 4년 연상으로 일성대 출신의 엘리트다. 이광의 머릿속에 문득 트리톤의 강기창이 떠올랐다. 강기창과는 다른 성격이고 다른 입장이었지만 둘 다 사부다. 배울 것이 많다.

다음 날 아침, 눈을 뜬 이광이 머리를 돌려 옆을 보았다. 낯선 여자가 얼굴을 이쪽으로 돌린 채 잠이 들었다. 여자를 유심히 보던 이광의 머릿속에 그때서야 기억이 돌아왔다. 파트너 서은하다. 서은하의 상반신은 알몸이다. 시트가 허리 아래쪽만 덮였는데 젖가슴도 다 드러났다. 유리창 밖은 아직 부옇게 밝아오는 중이었고 방안은 어둑했다. 호텔방이 아니고 가정집이다. 눈썹을 모은 이광의 머릿속에 조각으로 떼어졌던 어젯밤의 기억이 맞춰지기 시작했다. 먼저 서은하와의 섹스다. 서은하의 신음과 몸부림이 떠올랐다. 화원에서 서은하와 함께 나오던 순간도 기억이 났다. 이곳은 영등포 당산동의 연립주택이다. 벽시계가 오전 5시 반을 가리키고 있다. 갈증이 났기 때문에 눈을 뜬 것이어서 이광이 몸을 일으켰다. 그때 눈을 뜬 서은하가 가슴을 가리면서 물었다.

"물 드려요?"

"아니, 내가……."

이광이 알몸으로 냉장고로 다가가며 말했다.

"그냥 누워 자요."

물병을 들어 병째로 한참을 마시고 난 이광이 다시 침대로 돌아와 누웠다.

"어제 많이 취하셨어요."

서은하가 시트를 덮어주며 말했다. 그림 같은 얼굴에 웃음기가 떠올라 있다. 화장이 다 지워진 맨얼굴이 티 한 점 없이 매끄럽다. 이광이 팔을 뻗어 서은하의 허리를 당겨 안았다. 부드럽고 따뜻한 몸이 이광의 몸에 빈틈없이 엉켰다.

"당신 같은 미인을 안게 되다니."

감동한 이광이 서은하의 목에 입술을 붙이고 말을 이었다.

“내가 출세했다는 실감이 이제야 나네.”

“아유, 겸손하셔.”

서은하가 이광의 목을 두 손으로 감싸 안으면서 웃었다. 서은하의 숨결에서 박하 향내가 맡아졌다.

“나도 어젯밤 좋았다고요.”

“빈말이라도 고맙네.”

“6개월 동안 가게 나갔지만 오늘 두 번째로 남자하고 잔 거예요.”

“이런 영광이.”

“첫 번째는 어쩔 수 없이 대기업 사장님이었고.”

이광은 잠자코 서은하의 몸 위에 올랐다. 다음 말을 들을 필요는 없다.

신입 사원 둘이 곧 충원되었다. 안창문이 대기 발령을 받기 전부터 요청했던 것이다. 두 명 모두 국내영업본부에서 근무하던 1년 차 사원이어서 신입은 아니다. 이광이 과 회의 때 둘에게 말했다.

“너희들 둘은 일단 윤지혜, 정현애하고 팀이 되어서 일을 배우도록 해. 업무 파악 정도를 봐서 실무 배치를 할 테니까.”

충원 사원 둘은 서기석과 김여진, 둘 다 삼성대 졸, 수출부로 승진되어 올라온 셈이어서 생기를 띤 분위기다. 이광이 웃음 띤 얼굴로 과원들을 보았다. 둘러앉은 과원은 윤지혜, 정현애, 박형우, 서기석과 김여진이다. 정현애가 고졸 4년 차로 가장 고참이었고 모두 1년 미만이다.

“내가 일하는 분위기는 만들어 볼게. 하지만 나머지는 너희들 몫이야.”

지금까지 이광은 팀원들 앞에서 자세나 비전 따위를 말해준 적이 없다. 이광도 그런 말을 들어본 적이 없었기 때문이다. 그러나 이광은 말을 이었다.

"난 살아남기 위해서 일했어. 절박했기 때문에 거의 목숨을 걸 정도였지. 하지만……."

이광의 얼굴에 다시 쓴웃음이 번졌다.

"나하고 너희들은 다르겠지. 그래서 나처럼 일하라고 강요할 생각은 없어."

주위를 둘러본 이광이 말을 이었다.

"충고를 한다면 스스로 성취감을 느껴보도록 해봐. 목표를 세우는 것도 좋겠지. 이상이야."

그때 윤지혜가 물었다.

"박수 쳐도 돼요?"

"치지 마."

눈을 치켜뜬 이광이 윤지혜를 노려보고 나서 정현애를 보았다.

"앞으로 과 내에서 내 대리는 정현애 씨가 맡는다."

정현애의 얼굴이 상기되었지만 시선을 내리지는 않는다. 과 내에서 유일한 고졸, 서류 담당으로 뒤치다꺼리만 맡았던 정현애다. 김성규가 3과 대리로 함께 있었을 때는 거의 노리개 수준으로 이용당했던 정현애가 지금은 영업을 맡아 바이어 상담을 한다. 성격도 적극적으로 변해 더듬거리는 영어로 대들 듯이 대화를 나누고 밤에는 회화 학원을 다니는 것이다. 이광이 말을 이었다.

"이번 달에는 1등을 해야 돼, 분발하라고."

지난 1월에는 김성규의 4과가 1등을 했고 3과는 2등이었다. 미국 시장이 그야말로 불 일어나듯이 성장하고 있다.

오후 3시, 이광은 서울 구치소 정문 앞에 서 있다. 주위에는 사람들이 웅성대고 있었지만 소란스럽지는 않다. 이광이 다시 손목시계를 보았을 때 작은 외침들이 일어났다. 큰 소리를 내는 사람은 없다. 머리를 든 이광이 구치소 철문 사이로 안에서 나오는 남녀들을 보았다. 석방되어 출옥하는 사람들이다. 사람들에 휩쓸려 정문 옆의 샛문 앞으로 다가선 이광이 곧 강은서를 보았다. 출옥자들 사이에 낀 강은서는 왜소해 보였다. 손에 노란색 보따리를 쥔 강은서는 시선을 내리고 있어서 더 안쓰럽게 느껴졌다. 이광은 강은서가 다가올 때까지 눈도 깜박이지 않고 주시했다. 머리는 짧게 잘라 단발머리처럼 되었는데 국방색 점퍼 차림에 검정 바지를 입었다. 흰 얼굴, 화장기가 전혀 없는 얼굴은 파리했다. 이윽고 강은서가 샛문 밖으로 나왔다.

"은서야."

이광이 부르자 강은서가 머리를 들었다. 검은 눈동자가 이광을 응시한 채 깜박이지도 않는다. 주춤거리는 사이에 뒤쪽 사람들에게 밀린 강은서가 이광의 앞으로 바짝 다가왔다. 그때 이광이 강은서의 어깨를 두 손으로 감싸 안았다.

"고생했어."

안으면서 옆쪽으로 끌고 갔지만 강은서는 몸을 내맡긴 채 따라왔다. 얼굴을 이광의 가슴에 묻은 채다. 옆쪽 벽 앞으로 강은서를 데려간 이광이 상반신을 젖히면서 물었다.

"괜찮아?"

그때 이광의 시선을 받은 강은서의 눈에서 눈물이 굴러 떨어졌다.

그러나 눈을 뜬 채 깜박이지도 않는다. 이광이 다시 강은서를 껴안았다. 그러고는 말없이 등을 부드럽게 쓸었다. 한 번, 두 번, 다섯 번쯤 쓸었을 때 강은서가 이광의 가슴에서 얼굴을 떼고 말했다.

"배고파."

"응, 그래."

놀란 이광이 강은서의 보따리를 받아들고는 손을 잡고 끌었다.

"저기, 차 대기시켰다. 시내 가서 먹자."

택시를 대절해서 온 것이다. 이광의 손에 끌려오면서 강은서가 말했다.

"순댓국 먹고 싶어."

"영등포에 잘하는 집이 있어."

"잠도 실컷 자고 싶어."

"그래, 난 아직도 1번 손님을 안 받고 기다리고 있었어."

"사랑해."

갑자기 강은서가 말하는 바람에 이광은 말문이 막혔다. 바로 택시 앞이어서 대답도 못 했다.

강은서는 순댓국을 반도 안 먹었다.

"왜? 맛없어?"

한 그릇을 다 먹은 이광이 물었더니 강은서가 머리를 저었다.

"맛있어."

"근데 왜?"

"목이 메어서."

"누가 죽었냐?"

"형, 졸려."

"뭐? 형?"

이광이 자리에서 일어섰다. 다시 택시를 타고 신촌 오피스텔에 도착했을 때는 7시가 되어갈 무렵이다. 신축 오피스텔이어서 로비의 대리석 바닥은 빙판 같았고 장식은 호텔 급이다. 5층 엘리베이터에서 내린 둘은 곧 508호실 앞에 섰다. 강은서는 이제 긴장된 표정이다. 문을 연 이광이 옆으로 비켜서며 말했다.

"먼저 들어가."

주춤대던 강은서가 안으로 들어섰다. 그 순간 강은서가 숨을 들이켰다. 앞쪽 벽에 커다란 플래카드가 붙어 있었기 때문이다.

"경축 제1번 타자 강은서."

그 밑에 또 있다.

"첫날밤을 위하여."

또 있다.

"강은서 + 이광."

그 밑에 또 붉은색 하트를 그린 A4용지가 10장도 더 붙어 있다. 강은서가 입을 반쯤 벌린 채 그것들을 보더니 마침내 옆쪽에 선 이광을 향해 눈을 흘겼다.

"아이구, 유치해."

"응, 지금 보니까 그렇다."

순순히 시인한 이광이 강은서의 등을 밀어 옆쪽 소파에 앉혔다. 소파에 앉은 강은서가 그때서야 방을 둘러보았다. 크다. 40평대의 원룸식이어서 더 크게 보인다. 앞쪽에는 대형 TV가 놓였고 소파와 집기는 모두 고급 제품인 데다 품위가 있다.

"집 좋네, 형."

강은서의 입에서 감탄사가 터졌다. 그때 이광이 옆에 앉으면서 물었다.

"너 나한테 형이라고 할 거야?"

"형은 나한테 반말할 거야?"

강은서가 되물었다.

"그럼 뭐라고 불러?"

"뭐 자기야, 그런 것."

"아유, 오글거려."

"여보라고 하든지."

"웃기지 마."

"나 사랑한다고 했잖아?"

"립 서비스였어."

그때 이광이 강은서의 어깨를 당겨 안았다.

"이리와."

"싫어."

강은서가 이광의 가슴을 두 손으로 밀었다.

"이러지 마, 형."

이광이 순순히 손을 떼더니 고쳐 앉았다.

"당분간 네가 이곳을 써."

머리를 든 강은서에게 이광이 말을 이었다.

"난 곧 출장을 갈 것이고 회사 근처에 아파트 하나를 얻어놨어."

"……."

"난 오늘 밤부터 거기 가서 잘 테니까 넌 죽을 때까지 여기서 살아."

이광이 침대 옆의 옷장을 가리켰다.

"저기 옷장에 네 옷도 몇 벌 사다 놓았어. 네 사이즈를 아니까 겉옷은 맞을 거야."

"……."

"하지만 네 젖가슴 형태나 히프 사이즈는 아직 몰라서 브래지어, 팬티는 못 샀으니까 네가 직접 사."

이광이 탁자 밑에서 봉투를 꺼내 강은서 앞에 놓았다. 두툼한 봉투다.

"여기 3백만 원이다, 당분간 생활비로 써. 내가 출장 다녀와서 또 줄 테니까 돈 걱정은 말고."

몸을 일으킨 이광이 강은서를 내려다보았다.

"침대 시트도 다 새것으로 갈았고 화장실에는 칫솔, 치약도 새것으로 사 놓았다. 난 미리 내 짐 다 옮겼으니까."

몸을 돌린 이광이 문으로 다가가자 강은서가 자리에서 일어섰다.

"그럼 씻고 쉬어. 푹 자라."

이광이 문을 열고 나갈 때까지 강은서는 입을 열지 않았다.

쿠웨이트 출장 준비는 지난번 바그다드, 요르단, 카이로를 다녀온 후에 꾸준히 해 놓았다. 샘플도 미리 쿠웨이트의 무역진흥공사 앞으로 보내놓았고 어려운 비자도 초청장을 받고 나서 해결되었다. 바이어 리스트도 모아놓고 20명 가까운 바이어한테 방문하겠다는 연락을 했다. 답장이 온 바이어는 세 명뿐이었지만 실망하지 않았다. 지금까지 유성상사의 쿠웨이트 지역 수출 실적은 제로였던 것이다. 사우디는 더 그렇다. 그쪽은 바이어 리스트도 무역진흥공사에서 보유하고 있지 않았다. 그래서 윤지혜가 출장 준비를 도우면서 말했다.

"그냥 시장 조사나 하고 오세요, 과장님."

"내가 보고서에는 안 썼지만……."

다음 날 점심시간, 이광이 신촌의 한정식당 방에서 백영주와 마주앉아 점심을 먹으면서 말했다.

"쿠웨이트가 중동의 중심이 될 거야, 그것도 빠른 시간 안에."

이광이 아리부카 그룹의 수입부장 하자드로부터 들은 이야기를 했다. 그리고 세계 각국의 수출입 동향과 전망을 요약해서 말하자 백영주가 눈도 깜박이지 않고 들었다.

"아직 대기업들도 쿠웨이트에 진출하지 않았어, 우리가 선점해야 돼."

이광이 결론을 맺자 백영주가 머리를 끄덕였다.

"내가 밀어줄게, 뭐든지 말만 해."

"좋아, 오늘 여기서 한번 할까?"

"뭘?"

눈을 크게 떴던 백영주가 곧 들고 있던 젓가락 한 개를 이광에게 던졌다.

"미쳤어, 이 과장."

"안 한 지 오래됐잖아?"

"나 보면 그 생각이 나?"

"그럼, 볼 때마다."

그때 백영주의 얼굴이 붉어졌다. 시선을 내린 백영주가 말했다.

"오늘 밤 내 집으로 와."

"집으로?"

"그럼 호텔방으로 가잔 말이야?"

"좋아, 몇 시까지?"

"오늘 저녁 약속 있어?"

"응, 과원들하고."

"그럼 9시까지 올 수 있지?"

"알았어."

머리를 끄덕인 이광이 젓가락을 내려놓았다. 백영주에 대한 죄책감은 없다. 그렇다고 싫은 것도 아니다. 처음 백영주를 만났을 때부터 서로 이용하는 관계라는 선입견이 굳어졌고 지금도 그렇다. 회사를 위해서는 서로 상부상조해야 하는 관계인 것이다. 그것이 먼저다. 남녀의 관계는 그다음이다. 이것이 어떻게 결론 날지는 아무도 모른다. 신(神)만이 아실 것이다.

과원(課員)을 만난다고 했지만 거짓말이다. 오후 6시 반, 이광은 최국진의 전처 유소영을 만나고 있다. 최국진은 지금 포트사이드에서 도(?)를 닦고 있는 외로운 에이전트를 말한다. 회사 근처의 커피숍 안이다. 유소영이 만나자는 연락을 해왔기 때문인데 용건은 말하지 않았다. 그날, 포트사이드에서 카이로까지 함께 택시를 타고 온 후로 처음 만난다. 어색한 인사를 마치고 마주보고 앉았을 때 유소영이 웃음 띤 얼굴로 물었다.

"그 사람한테서 연락 자주 오나요?"

"예, 가끔."

이광이 지그시 유소영을 보았다. 미인이다. 30대 중반쯤 되었을까? 이집트에서 보았을 때보다 밝아졌고 옷차림도 더 세련되었다. 갸름한 얼굴형에 맑고 또렷한 눈, 곧은 콧날, 단정한 입술, 몸매도 날씬했고 피부도 윤기가 흐른다. 파마한 머리가 어깨까지 늘어져 있다. 그때 유소영이 말을 이었다.

"제가 난데없이 뵙자고 해서 궁금하셨죠?"

"예, 조금."

"그 사람한테서 어떤 부탁이 온 건 없나요?"

그때 이광이 되물었다.

"무슨 일로 그러시는데요?"

"이 과장님 도와드리려고 하는 거죠."

"어떤 것을 말씀입니까?"

"지금도 저한테 연락이 와요, 그 사람이 사기 친 피해자한테서요."

길게 숨을 뱉은 유소영이 말을 이었다.

"포트사이드로 도망친 것은 한국에도 돌아오지 못하고 중동, 유럽에도 발을 붙이지 못하기 때문이에요."

"……."

"그 사람 지금 포트사이드에서도 나왔어요. 그 사람 찾으러 간 사람이 저한테 말해 주었거든요."

이광이 입맛을 다셨다. 그렇다면 카이로다. 얼마 전에 최국진이 빅 오더가 될 것 같다면서 여러 종류의 샘플을 주문했기 때문이다. 그런데 샘플 수취인 주소가 카이로다. 카이로 바이어한테 직접 보내달라고 했던 것이다. 유소영이 말을 이었다.

"유럽, 중동에 나가 있었기 때문에 한국 메이커들의 약점을 잘 알죠. 샘플 떼어먹는 건 기본이고 신용장 사기, 비자 사기, 영국에서는 관광객 호텔비까지 떼어먹고 도망갔어요."

이광이 물끄러미 유소영을 보았다. 아직 이쪽은 지난번 샘플 가방을 준 것밖에 손해를 보지 않았다. 이번에 최국진에게 보낼 샘플은 꽤 많아서 보냈다면 피해가 클 것이었다. 이것이 배은망덕인가? 그때 유소영이 이광의 마음속을 읽었는지 해답을 말했다.

"궁하면 인간들은 무슨 짓이건 다 합니다, 은혜건 신의건 다 버리죠. 최국진이란 인간이 그 예죠."

이광의 가슴에 얼굴을 붙인 백영주가 더운 숨을 뱉으면서 말했다.

"정지현이 사직서를 냈어."

이광은 백영주의 어깨를 감싸 안은 채 대답하지 않았다. 예상은 했다. 정지현이 김성규가 미국 출장을 간 사이에 사직서를 낸 것도 자존심 때문일 것이다. 백영주의 숨결이 가슴을 스치고 지나갔다.

"김 과장하고도 잘 안 되었다면서? 그래서 그만둔 건가?"

"그런 모양이야."

이광이 손을 뻗어 백영주의 풍만한 젖가슴을 움켜쥐었다. 둘은 알몸이다. 방금 격렬하고도 뜨거운 정사를 마친 후여서 둘 다 나른한 상태다.

"김성규가 요즘 여자 문제는 일으키지 않는 것 같아."

젖가슴을 맡긴 백영주가 가쁜 숨을 뱉으면서 말했다.

"과장 되고 나서 정신 차린 건가?"

"글쎄."

"자기한테는 이야기 안 해?"

"여자 이야기는 이제 안 해."

이광이 백영주의 탄력 있는 허리를 당겨 안았다. 밤 12시 반, 주위는 조용하다. 이곳은 백영주가 혼자 사는 이태원의 60평대 아파트다. 물론 황학수 회장이 사주었겠지만 잘 꾸며진 고급 아파트다. 이광이 꾸민 40평대 오피스텔과는 수준이 다르다. 이광의 눈앞에 지금 오피스텔에 혼자 있을 강은서의 얼굴이 떠올랐다. 부담이 될까 봐서 이틀에 한 번 정도 전화를 했는데 오늘로 5일째다. 그때 백영주가 이광의 단단해진 남성을 움켜쥐더니 가쁜 숨을 뱉으며 말했다.

"자꾸 날 만지니까 내가 또 달아올랐잖아."

쿠웨이트로 떠나기 전날 오전에 최국진한테서 전화가 왔다. 샘플실에 가 있던 이광에게 윤지혜가 알리러 왔다.

"포트사이드의 최국진 씨라고 하는데요."

카이로에 있으면서 포트사이드를 강조하고 있다. 도둑놈이 제 발 저리는 격이다. 사무실로 나간 이광이 전화기를 귀에 붙였다.

"예, 이광입니다."

"접니다, 이 과장님. 바쁘시지요?"

예의 바르다.

"예, 거긴 새벽이겠는데, 무슨 일이세요?"

"샘플은 진행 중이지요?"

"예, 그런데요?"

"오더가 크게 터질 것 같습니다."

최국진의 목소리가 밝아졌다.

"바이어가 스타일당 미니멈 3천 타씩을 가져간다고 합니다. 그럼 50만 불 오더가 돼요."

"아, 그래요?"

"그래서 각 스타일당 샘플 오더로 100타씩 만들어서 보내주시지요.

제품이 도착하는 대로 샘플 오더 대금은 현금으로 송금하겠습니다."

"샘플 오더라도 각 스타일당 1백 타면 큰데요? 몇만 불이 됩니다."

"샘플 대금도 드리는 것이고 메인 오더는 50만 불이 됩니다, 이 과장님."

"그렇군요."

숨을 들이켠 이광이 앞쪽을 노려보았다. 그때 우연히 이쪽으로 머리를 돌린 윤지혜와 시선이 마주쳤다. 깜짝 놀란 윤지혜가 외면했다가 이상한지 다시 이광을 보았다. 이광이 호흡을 골랐을 때 다시 최국진의 말이 이어졌다.

"각 스타일별로 1백 타면 14가지 스타일이니까 1,400타가 됩니다. 샘플 오더 리스트를 텔렉스로 보내 드리지요. 샘플 오더는 소량이니까 오퍼 가격보다 10퍼센트를 더 올리겠습니다. 그럼 3만8천 불이 되지요."

"아, 그렇군요."

"샘플을 비행기로 실어주시고 항공 요금까지 추가시켜 주세요. 샘플을 받는 즉시 유성상사 구좌로 송금하겠습니다."

"알겠습니다."

"언제까지 받을 수 있을까요?"

"한 달은 걸릴 겁니다."

"그 안에는 안 될까요?"

"14가지 스타일에다 소량 샘플 오더라서요."

"알겠습니다. 빅 바이어니까 이번 샘플 오더만 되면 50만 불 오더는 보장합니다. 추가 오더도요."

"알았습니다."

"이 과장님만 믿습니다."

통화를 끝낸 이광이 심호흡을 하고 나서 윤지혜를 보았다. 윤지혜가 힐끗거리고 있다가 시선이 부딪치자 긴장했다.

“포트사이드 샘플 작업 중지해.”

“네?”

“안 되겠어. 샘플이 너무 많아.”

“알겠습니다, 그렇지 않아도 작업이 힘들었어요. 고가품인 데다 액세서리도 많아서요.”

“내가 출장 간 사이에 연락이 오면 모른다고 해, 중지시켰다고는 하지 말고.”

“예, 과장님.”

윤지혜가 고분고분 대답했다. 최국진이 사기꾼이라는 말을 할 수는 없다. 포트사이드에 샘플 가방을 통째로 넘긴 것을 다 알기 때문이다. 그렇게 말하면 소문이 금방 퍼질 것이고 바보가 된다. 그러나 분하다. 이 개자식을 어떻게 처리할 것인가? 편의공작대에 있었다면 M-1으로 금방 쏴 죽였을 텐데, 배은망덕한 놈.

오피스텔 전화번호를 누른 이광이 무의식중에 숨을 골랐다. 오후 5시 반, 내일 오전 11시 비행기를 타고 쿠웨이트로 떠난다. 쿠웨이트에서 열흘 정도 머물고 두바이, 바레인을 거쳐 20일쯤 후에 귀국한다. 쿠웨이트나 두바이, 바레인은 아직까지 미개척 지역이다. 사우디아라비아도 마찬가지, 사우디아라비아는 다음 기회에 갈 작정이다. 그때 신호음 4번 만에 응답 소리가 났다. 강은서다.

“여보세요?”

낮고 불안하고 가는 목소리, 전화는 받기만 하고 한 번도 걸어온 적이 없다.

"응, 나야. 별일 없지?"

"형, 회사야?"

강은서가 바로 물었다.

"응, 그런데……."

"형, 일루와."

"왜?"

"그냥."

상담실 안에서 이광은 혼자 앉아 있다. 전화기를 고쳐 쥔 이광이 말을 이었다.

"나, 내일 오전에 쿠웨이트 출장이야."

"……."

"20일쯤 후에 돌아와, 3월 10일쯤."

"……."

"뭐, 필요한 거 있어?"

"형, 떠나기 전에 나 만나고 가."

이제는 이광이 입을 다물었고 강은서가 말을 이었다.

"그동안 결심한 것이 있어."

"뭘?"

"오늘 저녁 여기로 와, 이야기하게."

"그래, 알았다."

급해진 이광이 말을 이었다.

"퇴근하고 바로 갈게."

오늘 저녁 과원들하고 회식을 하기로 했지만 미룰 수밖에 없다.

오후 7시 반, 과일을 사 들고 들어섰더니 강은서가 말끔한 원피스 차림으로 이광을 맞았다.

"이야, 신혼살림 하는 것 같구나."

과일 바구니를 받아든 강은서의 어깨를 감싸 안으면서 이광이 떠들썩한 목소리로 말했다.

"놔."

어깨를 흔들어 빠져나가려던 강은서의 얼굴이 빨개졌다. 강은서한테서 옅은 향내가 맡아졌다. 오늘로 8일째가 되는 날이다. 그동안 이광은 네 번 전화를 했을 뿐 8일 만에 만난다. 재킷을 벗은 이광이 잠깐 주춤거렸을 때 강은서가 받아 들고 웃었다.

"자기 집에 왔으면서 어색해?"

"분위기가 달라졌어."

과연 그렇다. 집이 깨끗해졌다. 윤이 나는 것 같다. 가구 배치도 달라졌고 커튼도 세탁했는지 환해졌다. 주방에서 김치찌개 냄새가 났다.

"형, 저녁 차릴 동안 씻어."

주방으로 다가가면서 강은서가 말했다.

"욕실에 파자마 있어."

"어이구, 옷까지 준비해놨어?"

"응, 그리고 오늘 밤 여기서 자고 가."

"정말이냐?"

"그래."

강은서가 몸을 돌려서 이광은 얼굴을 보지는 못했다.

김치찌개는 맛있었다. 강은서는 겉절이에 콩나물 무침, 멸치볶음까지 만들어 놓았는데 이광은 밥을 두 그릇이나 비웠다. 회사 근처 연립

주택을 월세로 빌려놓고 식사는 근처 식당에서 사 먹고 다녔던 것이다.
"설거지 도와줄까?"
식사를 마친 이광이 주방에 선 강은서의 옆으로 다가가 물었다.
"앞으로 우리가 살 때 설거지는 내가 맡을게, 주방 일도 분담해야지."
"저리 가 앉아 있어, 커피 타줄게."
이광이 강은서의 허리를 당겨 안았다.
"그까짓 거 생략하면 안 되냐?"
"왜?"
"설거지도 나중에 하고."
"글쎄, 왜?"
"침대로 가자."
그때 강은서가 물이 묻은 손을 이광의 얼굴에 뿌렸다.
"저리 안 가?"
이광이 물러서면서 심장 박동이 빨라졌다. 행복했기 때문이다.
"무슨 일이냐?"
커피를 마시면서 이광이 생각난 것처럼 물었을 때 강은서는 웃기만 했다.
"나 보고 싶어서 그랬어?"
다시 물었더니 강은서가 머리를 끄덕였다.
"응."
"나도 널 사랑해."
"아유."
커피잔을 내려놓은 강은서가 눈을 흘겼다. 얼굴이 다시 붉어져 있다.
"형은 그런 말 안 어울려, 하지 마."

"좋아, 그러면."

이광이 파자마 윗도리를 벗어 던졌다.

"섹스나 하자."

강은서의 신음이 그치더니 가쁜 숨소리가 이어졌다. 방안은 열기와 습기로 가득 차 있다. 이광이 강은서의 이마에 붙은 머리칼을 손끝으로 젖혀 주었다. 땀에 머리칼이 붙어 있었기 때문이다. 둘은 아직 엉킨 채 떨어지지 않았다. 한차례 거친 폭풍이 방안을 휘젓고 나간 것 같다. 그때 강은서가 두 손으로 이광의 가슴을 밀었다.

"숨 막혀."

이광이 몸을 틀어 옆으로 눕자 강은서가 상반신을 일으켰다. 그러더니 침대에 깔린 대형 타월을 걷고는 이광에게 타월을 건네주었다.

"형, 닦아."

뭘 닦으라는 건지 몰랐지만 이광이 받자 강은서가 타월을 감싸들고 욕실로 들어갔다. 그 순간 이광이 상반신을 일으키고는 불을 켰다. 그러고는 자신의 몸을 내려다보고는 숨을 들이켰다. 남성에 혈흔이 묻어 있었던 것이다. 그때서야 이광은 강은서가 침대 위에 타월을 깔아 놓은 것을 이해했다. 욕실로 타월을 뭉쳐 들고 들어간 이유도 알았다. 강은서는 첫 몸을 준 것이다.

강은서가 다시 방으로 들어섰을 때 이광은 불을 끄고 누워서 맞았다. 잠자코 침대에 오른 강은서를 이광이 끌어안았다. 강은서도 순순히 이광의 가슴에 얼굴을 붙이더니 긴 숨을 뱉었다. 강은서는 알몸에 가운만 걸친 차림이다. 이광이 강은서의 이마에 입맞춤을 하고 나서 물었다.

"내가 첫 남자였어?"

"그래. 하지만 크게 의미는 두지 마, 형."

강은서가 이광의 가슴에 볼을 붙인 채 대답했다.

"형한테 주어서 행복해."

"고맙다."

"고맙기는 쑥스럽게."

강은서가 다리 한쪽을 들어 이광의 몸 위에 걸쳤다.

"형, 나 좋았어?"

"글쎄, 나도 처음이라 비교는 안 되는데, 너무 좋았어. 이런 게 바로 쾌락이구나."

"아유, 징그러. 거짓말도 능청스럽게."

강은서가 이광의 어깨를 꼬집었다.

"형, 고마워."

"아, 그런 말 그만."

"나 학교에서 퇴직금 받기로 했어."

이광이 입을 다물었고 강은서가 몸을 더 붙였다.

"교도소 안에서 계획했는데, 형."

"응, 쿠데타 일으키려고?"

"입 다물고 내 말 들어, 형."

강은서가 입술을 이광의 가슴에 붙이더니 말을 이었다. 숨결이 가슴을 타고 지나갔다.

"나 퇴직금 갖고 독일로 유학 갈 거야."

"……"

"베를린 대학에서 받아주겠다는 연락이 왔어. 1년 동안 언어과정 거치고 4학년으로 편입하면 거기서 석사, 박사 과정까지 마칠 수 있어."

"……."

"내 모교 주임교수가 추천서를 써 주셨어. 베를린 대학교 교수로 있다가 오신 분이거든."

강은서가 이광의 허리를 두 팔로 감아 안고 머리를 들었다.

"형, 듣고 있어?"

"응."

"형이 쿠웨이트에서 돌아왔을 때는 아마 나 독일로 떠났을 거야."

"……."

"형이 준 돈하고 내 퇴직금이면 1년은 충분해. 그럼 그동안 장학금 받도록 하고 공부하면서 일할 수 있는 데도 찾아봐야지."

"……."

"형, 사랑해."

그때 이광이 강은서의 가운을 벗겼다. 강은서도 순순히 어깨를 비틀어서 가운이 벗겨지도록 돕는다.

"형, 괜찮아?"

강은서가 물었지만 이광은 잠자코 몸 위에 올랐다. 다시 강은서가 입을 열려고 했다가 신음 소리를 뱉었다. 이광이 거칠게 몸을 합쳤기 때문이다.

다음 날 아침 5시, 이광이 옷을 다 입고 나서 소파에 앉았다. 방의 불은 켜지 않았지만 창밖 거리의 조명으로 방안 윤곽은 선명하게 드러났다. 강은서는 이쪽으로 얼굴을 보인 채 깊게 잠이 들어 있다. 맨다리 한쪽이 허벅지까지 드러난 채 뻗쳐졌고 속눈썹까지 보인다. 이윽고 소리 죽여 숨을 뱉은 이광이 지갑에서 달러를 꺼내 탁자 위에 놓았다. 오늘 가져가려던 출장비다. 3,500불이다. 이 돈이면 강은서가 다시 반년을 더 생활할 수 있겠지. 이광이 주머니에서 펜을 꺼내 메모지에다 짧게 적었다.

"이거 생활비로 더 가져가. 열심히 살아, 나도 열심히 살 테니까."

그렇게 썼다가 좀 미진한 것 같아서 밑에 덧붙였다.

"우리가 어젯밤 다섯 번 했지? 신기록이다."

이렇게 써놓으니까 개운했다.

2장 쿠웨이트 리스타상사

쿠웨이트에 도착했을 때는 오후 3시 무렵, 중동(中東)이라고 부르는 이라크, 요르단, 이집트까지 상갓집 개처럼 분주하게 돌아다녔던 이광이다. 그런데 쿠웨이트 공항 청사 밖으로 나온 순간 숨이 막혔다. 더위다. 햇살이 흰 불길처럼 쏟아졌다. 땅바닥에 부딪쳐서 소리를 내는 것 같다. 쿠웨이트는 쿠웨이트 시(市)가 전부다. 도시 변두리에 사막 지대가 있지만 유전 굴뚝만 줄줄이 세워졌을 뿐이다. 예약한 콘티넨탈호텔에 짐을 내려놓은 이광이 시내 한식당에 들어섰을 때는 오후 6시 반쯤 되었다.

"어이구, 한국 분이시구먼."

이광을 본 주인이 대뜸 말했다. 대머리의 비대한 체격이었는데 50대쯤으로 보였다.

"예, 오늘 한국에서 왔습니다."

이광이 대답하자 안쪽 테이블로 안내한 주인이 웃음 띤 얼굴로 말을 이었다.

"여긴 그 얼굴이 그 얼굴이라 새로운 사람을 보면 반가워요, 한국인이 별로 없거든요."

이광이 한식당부터 찾아온 것은 정보 때문이다. 무역진흥공사에서 현지의 한식당을 정보 교환 장소로 추천해주기도 했다. 물론 사기꾼을 조심하라는 충고도 해주었다. 김치찌개를 시켰더니 주인이 물었다.

"소주가 있는데 드릴까요?"

"아유, 여기서 술 마셔도 돼요?"

놀란 이광이 되물었다. 쿠웨이트는 금주국이다. 술 마시는 것이 적발되면 태형을 당하고 추방된다. 입국 전에 비행기 안에서도 주의를 받은 것이다.

"에이, 한국 사람한테만 팔지요. 술병을 못 내놓고 생수병에다 옮겨 담아서 내놓습니다."

"경찰한테 걸리지 않습니까?"

"그런 적 없어요. 시내에서 비틀거리지만 않으면 됩니다."

"한 병에 얼만데요?"

"20불."

이광이 숨을 들이켰다. 한국 가격보다 10배 비싸다. 그러나 이광이 머리를 끄덕였다. 시장 정보를 얻으려면 술 한 병을 사 마셔야 될 것이었다. 10평쯤 되는 식당에는 한국인 손님이 10여 명 모여 있었는데 모두 작업복 차림의 건설 회사 근로자들이다. 한국의 건설 회사들이 중동 지역으로 진출하기 시작한 지 아직 얼마 되지 않았다. 이곳 쿠웨이트에도 건설 회사가 진출해 있는 것이다. 모두 볕에 탄 얼굴들이었지만 분위기는 밝았다. 떠들썩한 웃음소리가 울렸고 각 지방 사투리가 뒤섞여 있다. 플라스틱 물병과 물잔을 가져온 주인이 이광의 앞에 놓더니 앞쪽에 앉았다.

"어디서 오셨습니까?"

"전, 유성상사에서."

이광이 명함을 꺼내 내밀었다. 명함을 받은 주인이 주머니에서 멋진 디자인의 명함을 꺼내 주었다. 이름이 전윤호다.

"유성상사는 내수로 유성 브랜드를 파는 의류 회사지요?"

전윤호가 아는 체했다. 유성 브랜드로 한국 내에서는 인지도가 높은 것이다.

"쿠웨이트에 수출한 적이 있습니까?"

전윤호가 물었다.

"아뇨, 시장 조사를 나왔는데요. 쿠웨이트에는 처음 왔습니다."

"나도 의류 회사에서 쿠웨이트 찾아온 사람은 오늘 이 과장이 처음이오."

"그렇습니까?"

"내가 이 식당은 2년 전에 차렸어요. 그때는 한국 항공하고 대사관 직원이 단골이었지. 그러다가 코트라 직원이 끼었고."

이광의 물잔에 소주를 따라준 전윤호가 말을 이었다.

"여긴 나라가 코딱지만 한 것으로 지도에 나와 있어서 그런지 상사 직원들이 안 옵니다. 참 기가 막혀서."

"전 사장님은 어떻게 해서 식당을 차리게 되셨습니까?"

"내가 바레인에서 철근 장사를 했어요. 체코산 철근을 사다가 바레인에 넘겼는데 한때 잘나갔다가 철근 회사가 부도나는 바람에 나까지 거지가 되었어요. 그래서 돈 1만 불을 갖고 여기로 와서 식당을 하고 있는 겁니다."

이광이 감탄한 표정으로 머리를 끄덕였다. 외국에 다니면 그야말로 무림(武林) 고수 같은 한국인을 자주 만나게 되는 것이다. 포트사이드의 최국진도 그 부류 중 하나이긴 했다. 그러나 고수(高手)다. 배울 것이 많다. 정신을 차리고만 있으면 피가 되고 살이 되는 지식과 정보를 얻는다. 책에서 듣는 것보다 이렇게 산전수전 겪은 고수들한테서 듣는 지식이 유용하다.

"여기 시장이 어떻습니까?"

이광이 전윤호의 물잔에 소주를 따라주며 물었다. 그러자 전윤호가 쓴웃음을 지었다.

"난 돈 냄새는 잘 맡습니다. 그런데 여긴 돈 냄새가 진동해요."

전윤호가 코를 킁킁거리는 시늉을 했다.

"이 과장도 한번 맡아보시오. 이제 시장 돌아다니다 보면 맡게 될 테니까. 못 맡으면 할 수 없고."

중동(中東) 즉, 아랍 시장은 밤에 활기를 띤다. 시장은 밤에 열린다고 봐도 될 것이다. 밤은 낮에 비하여 시원하다. 그래서 밤에 주민들이 쏟아져 나온다. 이곳은 히잡으로 머리에서 가슴까지만 가리는 천을 쓴 여자가 많다. 그래서 기가 막힐 정도로 아름다운 얼굴을 볼 수도 있다. 가끔 부르카나 니캅으로 얼굴의 눈만 내놓고 온통 몸을 가린 여인들이 지났지만 시장 손님의 대부분은 여자다. 그것도 향수 냄새가 진동하는 여자들, 아름다운 여자들. 그리고 쿠웨이트 시장은 시장 규모 면에서부터 이광을 압도했다. 작은 도시로만 생각했던 쿠웨이트 시(市)의 시장은 바그다드, 암만을 압도했다. 규모는 물론이고 그 화려함에 이광은 시장 복판에 서서 감동했다. 시장 바닥은 대리석이 깔려 있다. 가게는 크고 화려한 데다 물건이 산더미처럼 쌓였고 아랍 각국에서 온 손님들로 북적였다. 흑인들이 많았는데 아프리카 지역에서 온 것 같다. 인도인들이 옆을 지나면서 독특한 억양의 인도어로 지껄였다. 이광은 힘껏 숨을 들이켰다. 그러자 맡아졌다. 돈 냄새다. 돈 냄새에 취해서 머리가 어지러울 정도였다. 아리랑 식당에서 소주를 마신 때문이 아니다. 전윤호가 예언했던 대로 돈 냄새가 맡아졌다. 진동을 한다. 이광은 발이 가는 대로 옆쪽 의류 가게로 들어섰다. 1백 평쯤 되는 가게 안은 다른 가게와 마찬가지로 앞쪽은 소매상, 안쪽은 도매업으로 나뉘어져 있다. 안으로 들어서자 종업원 하나가 물었다. 유창한 영어를 쓴다.

"무슨 일로 오셨소?"

"시장 조사를 나왔습니다."

다른 종업원들은 흑인 서너 명과 싸우듯이 이야기를 주고받았는데 흥정을 하는 것 같다. 사내가 이광을 물끄러미 보았다. 턱수염이 무성했고 티 한 점 없는 백색 쑵을 입고 있다. 머리에 쓴 꿉바도 단정했다. 사내가 다시 물었다.

"어디서 오셨는데? 저팬?"

"아니, 코리아, 남쪽."

"그래, 알지. 남쪽 코리아에서 여기로 건설 회사가 들어와 있어."

머리를 끄덕인 사내가 나시 물있다.

"쿠웨이트는 처음이지?"

"처음이야."

이광이 주위에 쌓인 제품들을 보았다. 메이드인 저팬, 프랑스, 이태리, 영국도 있다. 이광의 시선을 좇던 사내가 빙그레 웃었다.

"거긴 고가품이야, 코리안."

사내가 손으로 왼쪽을 가리켰다.

"저쪽이 중급품 코너야. 그리스, 포르투갈, 유고슬라비아, 체코산이지."

다시 사내가 소매 코너 쪽에 무더기로 쌓여 있는 곳을 가리켰다.

"저기가 저가품이지. 아프리카 도매상들이 와서 가져가는 곳인데 인도, 터키, 이집트, 중국산도 있어."

"중국산?"

놀란 이광이 사내를 보았다. 중국은 모택동이 죽은 지 얼마 안 되어서 혼란 상태다. 등소평이 자주 언론에 등장했지만 이른바 죽(竹)의 장막, 대나무 장막에 갇힌 공산주의 국가다. 그 중국 제품이 와 있다니. 그때 사내가 몸을 일으키더니 그쪽으로 다가가며 말했다.

"중국산을 보여줄까? 내가 당신한테 우스운 것을 보여주지."

그러더니 사내가 옆쪽 종업원에게 아랍어로 말했다. 그 말을 들은 종업원들이 소리 내어 웃었다. 손님들도 따라 웃는다. 사내를 따라가면서 이광도 한국말로 투덜거렸다.

"개자식들, 날아가는 새 자지를 보았나? 웃기는 왜 웃어?"

"자, 여기."

멈춰선 사내가 벽 옆에 쌓인 셔츠와 팬티를 손으로 가리켰다. 백색 내의다. 폴리백에 넣어져 있었지만 한눈에 봐도 조잡하다. 얼핏 보았는데도 폴리백 안의 제품 실밥 처리가 안 되어 있는 것이 드러났다. 라벨도 반쯤 붙인 것이 있다. 그때 사내가 제품 하나를 들더니 폴리백에서 꺼내었다.

"이것 좀 봐."

사내가 내민 제품을 본 이광이 숨을 들이켰다. 반소매 셔츠의 한쪽 소매가 없는 것이다. 그것을 본 종업원들과 손님들이 웃었다.

"또 있어."

신이 난 사내가 제품을 뒤적거리더니 다시 하나를 꺼내 들었다. 웃음소리가 더 커졌다. 이번 셔츠는 소매 두 개가 다 없다. 셔츠를 내던진 사내가 이번에는 팬티를 꺼내 들었는데 고무줄이 없다. 그래서 늘어져 있다. 그때 뒤에서 부르는 소리가 들렸으므로 사내의 쇼가 끝나고 종업원들이 제각기 몸을 돌렸다. 이광이 그쪽을 보았더니 눈처럼 흰 턱수염을 기른 사내가 서 있었다. 사내가 꾸짖듯이 묻자 이광을 안내했던 사내가 당황한 표정으로 변명을 했다. 사내가 손을 들어 저리 가라는 시늉을 하더니 이광에게 물었다.

"한국에서 왔다고?"

정확한 영어다. 이광이 심호흡을 하고 나서 대답했다.

"예. 중국이 아니라 한국입니다, 선생님."

저절로 말이 그렇게 나와 버렸다.

"중국산은 가격이 없어."

칼라프가 흰 턱수염을 손으로 쓸면서 웃었다. 상점 주인 이름이다. 이광이 명함을 내밀고 인사를 하자 칼라프도 명함을 내준 것이다. 그는 한국인을 처음 만났다고 했다. 그래서 제일 안쪽의 제 책상으로 데려간 것 같다. 칼리프가 말을 이었다.

"원가 계산 개념이 없다는 말이네. 무슨 말인지 이해가 되나?"

"모르겠는데요, 선생님."

그러자 칼라프가 이를 드러내고 웃었다.

"하긴 이해 못 하겠지. 잘 듣게, 미스터 리."

"예, 선생님."

"중국은 공산주의 국가야, 알지?"

"예, 그건 압니다."

"중국에 가본 적 없지?"

"예, 못 가봤습니다."

"난 가봤어, 두 번이나."

이광이 존경스러운 시선으로 칼라프를 보았다. 2년쯤 전에 미국의 닉슨 대통령이 중국에 가서 모택동을 만났을 때 세상은 난리가 났다. 그러고 나서 작년에 모택동이 죽은 것이다. 칼라프가 말을 이었다.

"중국도 외화를 끌어들이려고 난리가 났네. 하지만 거긴 아직도 공산주의 세상이야."

"아아, 예."

"공산주의가 뭔지 아나? 함께 일해서 함께 먹고살자는 세상이지, 알겠나?"

"아아, 예."

그쯤은 알고 있지만 신바람이 나서 이야기하는데 모르는 척해주는 게 낫다. 칼라프가 종업원에게 소리쳐 뭔가를 아랍어로 지시하고는 말을 잇는다.

"거긴 공장도 정부에서 운영하고 공장 사장도 정부 관리야, 공장장도 마찬가지고."

"아아, 예."

"아직도 하루 1만 장을 생산하건 1백만 장을 생산하건 간에 근로자 보수는 똑같이 받는다네."

"그렇습니까?"

"이걸 내가 얼마로 수입해 온 줄 아는가?"

칼라프가 중국산 셔츠 하나를 들어 보이면서 물었다. 그 셔츠는 제대로 만들어진 제품이다. 소매도 제대로 붙었고 실밥 처리도 잘 되었다. 이광의 머릿속 계산기가 돌아갔다. 100퍼센트 코튼, 싱글 니트, 중량은 타당 3파운드쯤 되겠고 수출 가격은 마진 10퍼센트 포함해서 타당 20불쯤 되겠다. 그러나 그걸 말할 수는 없다.

"모르겠는데요, 칼라프 선생님."

"이거, 타당 5불이야."

"옛?"

이광의 입에서 저절로 놀란 외침이 뱉어졌다. 타당 5불이라니 미친 놈들이다. 실 값도 안 나온다. 회사 망해 먹자고 작심한 놈들이다. 타당 10불은 손해를 보게 될 것이다. 그때 이광의 표정을 본 칼라프가 빙그레 웃었다.

"이제 이해가 가나? 미스터 리."

"뭘 말씀입니까?"

"우리가 저 쓰레기를 가게에 쌓아놓고 있는 이유를 말이네."

"아아, 예."

"우리는 저걸 무게로 팔아."

"예?"

"무게로 달아서 판단 말이네, 쓰레기처럼."

"그, 그렇군요. 하지만……."

"하지만 뭐 말인가?"

"저는 중국에서 그 가격으로 판다는 것이 이해가 안 됩니다. 여기선 그렇다고 치더라도 말입니다."

"그래서 공산주의 국가라고 하지 않았나?"

그때 종업원이 쟁반에 홍차를 담아 들고 와서 둘 앞에 놓았다. 유리

잔에 핏물 같은 홍차가 김을 올리고 있다. 아까 칼라프가 홍차를 시킨 것이다.

"자, 들게."

"감사합니다."

홍차 잔을 든 이광에게 칼라프가 말을 이었다.

"리, 내가 그 가격의 의문점을 풀어주지."

"예, 선생님."

"거기 중국에서는 그 가격으로 팔아도 아무도 뭐라고 하지 않기 때문이지."

"그렇습니까?"

"이건 비밀인데."

칼라프의 얼굴에 웃음이 떠올랐다.

"원가 타당 5불에다 2불이 더 들어가. 수입 가격은 타당 7불인 셈이야."

"……."

"타당 2불은 공장 사장에게 주는 뇌물이지."

"아아."

"내가 10만 타를 수입하면 사장은 뇌물로 20만 불을 먹는다네. 수출을 많이 할수록 사장은 부자가 되는 것이지."

이광이 심호흡을 했다. 그 반대로 중국 정부는 거지가 될 것이다. 칼라프가 한 모금 홍차를 삼키고 나서 말을 이었다.

"하지만 내 정보에 의하면 등소평이 공장들을 자본주의 체제로 전환시킨다고 하네. 그럼 그런 사장 놈들은 없어지겠지."

칼라프가 의자에 등을 붙였다.

"그때까지 우리는 서둘러서 저 쓰레기를 수입해야 되네. 아프리카 도매상들이 환장을 하고 사 가거든."

이광이 다시 심호흡을 하자 돈 냄새가 맡아졌다. 냄새가 더 진해졌다.

"저기, 저 친구를 봐."

칼라프가 눈으로 옆쪽을 가리켰다. 시선을 그쪽으로 돌린 이광이 흑인을 보았다. 장신의 흑인이다. 2미터는 될 것 같다. 중동인들도 피부가 검지만 이목구비는 번듯하다. 흑인은 대개 입술이 두껍고 콧방울이 벌어졌는데 이목구비가 반듯한 인종도 있다. 장신의 흑인은 이목구비가 반듯했고 맞춤 양복을 입었다. 머리에 꿉바를 쓰지 않은 것을 보면 무슬림이 아닌 것 같다. 칼라프가 말을 이었다.

"저 친구가 내 빅 바이어 중 한 명이야. 한 달에 3백만 불 정도를 가져간다네."

"3백만 불이나?"

놀란 이광이 칼라프를 보았다.

"어디로 가져갑니까?"

"탄자니아, 우간다, 에티오피아, 콩고까지."

칼라프가 웃음 띤 얼굴로 이광을 보았다.

"에티오피아인인데 거부(巨富)지. 저 친구가 중국산에서부터 이태리, 프랑스산 최고급품까지 의류를 가져가는 거야."

"그렇군요."

이광이 흑인의 옆모습을 보면서 한숨을 쉬었다. 저 흑인 하나가 이곳 가게에서 1년에 3,600만 불 물량을 수입해 가는 것이다. 그렇다면 이 가게의 매출액은 도대체 얼마인가? 시장에는 이런 가게가 수백 개나 있다. 그때 칼라프가 웃음 띤 얼굴로 말했다.

"놀랐나?"

"예, 선생님."

"내가 이런 이야기를 해주는 이유를 아나?"

"예, 압니다."

"안다면 말해보게."

"첫째로 제가 경계할 대상이 아니기 때문일 것입니다."

"그건 맞아. 또 있나?"

"여긴 샘플 보이고 오퍼 내는 시장이 아니라는 것을 알려 주신 거죠."

"옳지."

칼라프가 머리를 끄덕였다.

"한국인 머리가 잘 돌아가는군."

"감사합니다, 선생님."

"옛날부터 쿠웨이트는 도매시장이었어, 석유가 나오기 전부터 말이네."

"몰랐습니다, 선생님."

"석유가 나오고 나서 시장이 커졌지. 돈이 쏟아지니까 도매상의 영업 범위도 커진 거야."

"그렇군요."

"난 몇억 불을 굴리고 있어. 정부에서 자금 지원을 해준 돈으로 장사를 해서 한 달에 수백만 불씩 이윤이 남아. 그 돈을 재투자하는 거지."

숨을 들이켠 이광은 이제 돈 냄새에 취해서 쓰러질 지경이 되었다. 그래서 식은 홍차 잔을 내려놓고 자리에서 일어섰다.

"칼라프 선생님, 공부 많이 했습니다. 내일 다시 와도 되겠습니까?"

"언제든지."

칼라프가 머리를 끄덕였다.

"나는 보통 수준밖에 안 돼. 나보다 더 큰 상인들이 수백 명이야."

시장 안쪽의 가게는 칼라프의 가게보다 두 배는 되었다. 종업원이 20여 명, 그중 인도인이 대여섯이다. 칼라프의 가게에도 인도인이 두어 명 있었는데 대개 앞쪽에서 소매 일을 거들었다. 이광이 안쪽으로 들어갔더니 아랍계 직원이 손을 저었다.

"오퍼 안 받아, 나가!"

대번에 동양인 세일즈맨을 알아본 것이다. 마치 껌 파는 거지를 내쫓는 것 같다. 이광이 주춤거리자 직원이 옆에 있던 폴리백에 쌓인 옷 하나를 던졌다. 옷이 이광의 다리에 맞고 떨어졌다.

"야, 이 시발놈아."

이광이 웃으면서 사내에게 말했다.

"개새끼, 손모가지를 확 분질러 버릴까 보다."

한국말이다.

"뭐라고 했어?"

사내가 영어로 물었지만 이광이 다시 말했다.

"너 오늘 자다가 디진다고 했다, 이 개자식아."

"오파 안 받는다니까?"

다시 이광이 머리를 끄덕이며 한국말을 했다.

"그래, 알았어, 시발놈아."

이광이 몸을 돌렸을 때 바로 앞쪽에 서 있는 여자와 시선이 마주쳤다. 히잡을 썼는데 이목구비가 동양 여자다. 그런데 이광을 향해 웃고 있는 것이다. 이광이 머리를 돌려 뒤쪽을 보았지만 여자가 웃음을 보내는 상대는 없다. 그러나 상대는 자신이 아닐 것이므로 발을 떼어 여자의 옆을 지났다. 그때 여자가 말했다.

"욕 얻어먹어도 싸죠."

그 순간 이광이 숨을 들이켰다. 여자가 한국말을 했기 때문이다. 놀라 걸음을 멈춘 이광에게 여자가 다시 한국말을 했다.

"여기 도매상들은 배가 불러서 그런지 불친절해요."

"아이구, 한국 분이세요?"

이광이 묻자 여자가 몸을 돌리면서 말했다.

"네, 여기 압둘라 병원 간호사로 일하고 있어요."

"아이구, 반갑습니다."

이광이 반가운 나머지 머리부터 숙였다.

"전 유성상사 이광이라고 합니다."

근처 아랍 식 찻집으로 들어간 둘은 뜨거운 홍차를 시켜놓고 마주보고 앉았다. 여자 이름은 오은주, 압둘라 병원에서 근무한 지 3년째라고 했다.

"병원에 한국 간호사가 넷 있어요. 그래서 외롭지는 않아요."

오은주가 사근사근 말했다. 둥근 얼굴에 눈이 가늘었고 엷은 입술이 단정했다. 미인은 아니지만 부드러운 인상에 몸매가 날씬했다.

"외출해서 가끔 건설 회사 근로자분들을 만나면 반갑죠. 몇 달 전에는 사고가 나서 우리 병원에서 한 명이 치료를 받았던 적도 있었죠."

"그동안 한국은 몇 번 가셨어요?"

"비행기 요금 아까워서 어떻게 가요? 3년 동안 한 번도 안 갔어요."

"휴가는 있을 거 아닙니까?"

"전쟁 일어나기 전에는 차로 이라크에 다녀왔는데 지금은 그냥 여기서 쉬어요."

"결혼하셨어요?"

"결혼했으면 나왔겠어요? 하기 전에 돈 벌어야죠."

오은주가 눈썹을 모으고 이광을 보았다.

"쿠웨이트 처음이라고 하셨죠?"

"네, 시장 조사차."

"여기 돈 많아요. 한국 상사원들이 많이 와서 돈 가져가면 좋겠어요."

"어떻게 압니까?"

"3년 동안 살았는데 그걸 모르겠어요? 정말 부러워서 화가 난다구요. 우린 석유도 안 나오고 인구도 많아서 굶은 때도 많았는데, 여긴 개도 소고기를 안 먹고 비싼 통조림만 먹는다고요."

"에이, 설마."

"어느 호텔에 계세요?"

"콘티넨탈호텔요."

"혼자?"

"그럼요."

오은주가 시선을 내렸지만 이광은 아까부터 심장 박동이 빨라져 있었다. 입안에 고인 침을 삼킨 이광이 물었다.

"같이 가지 않으실래요?"

오은주가 시선을 들지 않았다. 입도 열지 않았지만 화장기가 없는 볼이 상기되어 있다. 헛기침을 한 이광이 말을 이었다.

"내가 미쳤죠?"

그때 머리를 든 오은주가 이광을 보았다.

"아뇨, 나도 그 생각을 했는데요 뭐."

"그럼 갑시다, 같이."

오은주가 손목시계를 보더니 말했다.

"12시에는 가야 돼요, 2시부터 야간 근무거든요."

오은주의 몸은 부드럽고 따뜻했으며 탄력이 넘쳐흘렀다. 이광은 오은주의 몸 안으로 끝없이 빨려 들어가는 느낌을 받는다. 오은주 또한 적극적이다. 처음에는 수줍어서 부득부득 불을 끄고 나서야 옷을 벗더니 알몸이 되고 나서는 자신이 먼저 체위도 바꾸었다. 폭풍이 휘몰아쳤다가 가라앉기를 두 번이나 하고 나서 둘은 부둥켜안은 채 가쁜 숨결을 뱉었다.

"아유, 좋았어."

오은주가 이광의 가슴에 얼굴을 붙이면서 말했다. 더운 숨결이 가슴을 스치고 지나갔다.

"나 이거 안 한 지 4년이 되었어."

오은주가 이광의 허리를 두 팔로 감아 안으면서 말을 이었다.

"병원의 인도 놈 의사가 자꾸 치근대지만 안 했어, 징그러워서."

"왜?"

"난 인도 놈들은 싫어. 인도식 영어도 왠지 듣기가 싫고."

"다른 간호사 동료들도 그래?"

"둘은 애인 만들었어, 나하고 또 하나는 참고."

"어떻게?"

"자위를 하든가."

오은주가 허리를 당겨 안으면서 큭큭 웃었다.

"그러다가 오늘 운 좋게 자기 만난 거지."

"내가 대박 난 거지."

"언제 떠나?"

"여기서 사오 일 더 있을 거야."

"잘됐네. 내일은 내가 저녁때부터 와도 돼? 자기가 원한다면 자고 갈게."

"그럼 내가 고맙지."

"고맙긴 뭘."

다시 큭큭 웃은 오은주가 탁자 위의 시계를 보더니 이광의 밑으로 파고들었다.

"자기야, 한 시간 남았어."

"어유, 얼마나 굶었기에."

"자기 준비가 다 되어서 그러는 거야."

이광이 오은주의 몸 위로 오르면서 입술에 키스를 했다. 오은주가 두 팔로 이광의 목을 껴안더니 정성껏 입을 열어 맞으면서 말했다.

"자기야, 행복해."

그 순간 이광은 가슴이 메었다. 이유는 모른다.

"안녕하쇼."

이광이 인사를 하자 사내는 웃기만 했다. 어젯밤 이광이 쫓겨났던 대도매상 안이다. 그러나 안으로는 못 들어가고 바깥쪽 소매상 중간쯤에 서 있다. 한낮, 오후 2시쯤 되었다. 기도 시간이 지나고 가게를 열었지만 시장 거리는 텅 비었다. 짐꾼들만 머리에 산더미 같은 짐을 지고 지나갈 뿐이다. 가게 안에도 아랍계 직원은 보이지 않았고 잡일을 하는 인도계 서너 명만 오가고 있다. 이광이 상품을 정리하는 인도계 직원 옆으로 다가가 섰다.

"헤이, 나 기억하쇼?"

"아, 그럼요."

허리를 편 사내가 이를 드러내고 웃었다. 아랍인이나 인도인은 겉만 얼핏 보면 짙은 수염을 기르고 피부가 검어서 30, 40대로 보인다. 그러나 찬찬히 보면 어린 티가 드러난다. 사내는 30대 초반쯤으로 보였다.

"어젯밤 쫓겨 나갔지 않습니까?"

"그 자식 개자식이었어, 그렇지 않소?"

"사장의 사촌의 아들이오, 그자가."

"난 한국 대통령의 사촌의 친구하고 같은 동네에 사는 사람이야."

그러자 사내가 흰 이를 드러내고 웃었다.

"난 미스터 리, 코리안이고, 남쪽이오. 당신은?"

"난 프라카시요, 인도인이지."

"여기서 일한 지 얼마나 되었소?"

"8년."

다시 일을 시작한 사내가 말을 이었다.

"그런데 무슨 용건이오?"

"시장 정보를 좀 알고 싶어서. 그냥 시장 이야기만 듣고 싶은데, 프라카시."

"보시다시피 내가 바쁩니다, 미스터 리."

사내는 손놀림이 빨랐고 정확했다. 제품을 스타일별, 사이즈별로 정돈하는데 빈틈이 없다. 이광이 옆에 서서 구경했다. 방금 어제 찾아갔던 도매상에 들렀다가 이곳으로 온 것이다. 가게 주인 칼라프는 만나지 못했지만 조카인 아물을 만나 30분이나 이야기를 하고 왔다. 아물은 가게의 인도인 종업원 월급이 5년 미만은 월 200불, 5년에서 10년 사이의 인도인은 월 500불 정도를 받는다고 했다. 10년 이상은 매니저가 되든지 해직이 되든지 둘 중 하나가 된다고 했다.

"프라카시, 짐 정리 끝나고 나하고 밖에서 이야기 좀 합시다."

이광이 바짝 다가서서 말했다.

"내가 시간당 20불을 드리지, 시장 이야기 듣는 대가로 말이오."

머리를 든 프라카시에게 이광이 웃어 보였다.

"당신 인상이 좋아서 내가 부탁하는 거요."

잠시 후에 둘은 어젯밤 오은주하고 들렀던 찻집에 마주앉았다. 프라카시와 20불에 합의를 한 것이다. 홍차를 시킨 이광이 웃음 띤 얼굴로 프라카시를 보았다.

"프라카시, 당신 가게 1년 매출이 얼마나 돼요?"

"대략 2억 불 정도가 됩니다."

이광이 숨을 들이켰다. 올해의 한국 수출 목표가 60억 불 정도였기 때문이다. 그러나 매년 2배, 3배씩 성장하고 있다. 매년 경제 성장률 10퍼센트 이상을 기록하는 나라는 전 세계에서 3, 4개뿐이었다. 한국이 그중 하나다. 이광이 신입 사원이었을 때 10억 불이 조금 넘었던 한국의 수출 실적이 3년 만에 60억 불을 목표로 잡고 있다. 그야말로 전 국민이 신(神)이 들린 듯이 '수출, 수출, 수출이 살길이다!'를 외치며 세계로 뛰고 있다. 또한 '독재타도! 민주주의 확립!'을 외치며 거리는 무장 경찰과 데모대로 뒤덮여 최루탄 연기로 국민이 눈물을 쏟고 다닌다. 그것도 활기다. 이광이 민주 투사 강은서를 돌보아 주는 것도 같은 배에 타고 있기 때문이다. '대한민국호'라는 배. 프라카시가 말을 이었다.

"고가품은 내국(內國) 시장용이라 마진은 높지만 물량이 적어요. 중급품은 중동 지역으로 재수출이 되는데 전체 물량의 30퍼센트 정도, 60퍼센트가 중저가품으로 아프리카로 나갑니다."

"아프리카로……."

"중저가품 메이커는 인도, 파키스탄, 방글라데시, 터키, 그리스, 유고 등인데 나라마다 장단점이 있지요."

"중국산은?"

프라카시가 웃음 띤 얼굴로 머리를 저었다.

"정상적인 회사라면 그런 쓰레기를 사 와서 파는 게 아닙니다."

"중국산을 원하는 사람들도 있던데……."

"중국산을 사가는 놈들도 사기꾼이죠. 소비자를 무시하는 것입니다."

프라카시가 정색하고 이광을 보았다.

"소비자는 싼값이라도 정상적인 상품을 구입할 권리가 있습니다. 그런 상품을 판매하는 놈들은 상인(商人) 자격이 없습니다."

이광이 들이켠 숨을 천천히 내쉬었다. 맞는 말이다. 소비자도 권리가 있다. 이 인도인들은 특별하다. 이광이 머리를 끄덕였다.

"맞는 말이오. 내가 오늘 좋은 공부를 했어."

"프라카시, 당신의 꿈은 뭐요?"

이광이 물었을 때는 한 시간쯤이 지난 후다. 찻집에 손님들이 많아졌고 거리의 행인들도 늘어나 있다. 그때 프라카시가 쓴웃음을 짓고 이광을 보았다. 그런데 먼 곳을 보는 것처럼 초점이 멀어져 있다. 그 얼굴로 프라카시가 대답했다.

"조그만 가게의 매니저가 되는 것이었는데 이제 포기했습니다."

"왜?"

"인도인 매니저는 드물어요. 경쟁률이 아마 수천 대 일쯤 될 겁니다."

"아니, 왜 그렇습니까?"

"인도인이 너무 많거든요. 하급 잡부부터 부랑자도 많아서 인식도 좋지 않아요."

"그런가?"

"국력(國力)이 개인의 인격에도 반영됩니다, 미스터 리."

프라카시의 검은 눈동자가 똑바로 이광을 응시했다.

"처음 이곳에 온 당신이 모범을 보여야 뒤에 들어오는 코리안이 선입견 때문에 고생을 안 하게 돼요."

"충고 고맙소."

"내가 돈 받은 값을 했습니까?"

"충분해요. 그런데……."

이광이 다시 프라카시를 보았다.

"당신은 꿈 이야기를 하다 말았어. 매니저를 포기하면 뭘 할 거요?"

"이 가게에서 8년 있었으니까 아마 내년이면 해고되겠지요. 내가 지금 월 450불을 받는데 그 월급으로 잡일을 시킬 인도인 3명은 고용할 수 있으니까."

프라카시가 말을 이었다.

"뭄바이로 돌아갈 수는 없고 여기서 잡일이라도 해야지요. 그래야 뭄바이로 돈을 보낼 수 있으니까."

"다시 처음으로 내려가는 거요?"

"정년이 된 겁니다."

"가게라도 할 수는 없소? 아니면 에이전시 일이라도? 그 경력이 아깝지 않소?"

"돈도 없고 정부에서 허가증 받기가 하늘의 별을 따기보다 어렵습니다. 지금까지 인도인이 가게를 낸 경우는 하나뿐인데, 그것은……."

프라카시의 눈동자 초점이 다시 멀어졌다.

"쿠웨이트 상인의 양자가 된 사람이지요."

"그렇군."

머리를 끄덕인 이광이 손을 내밀었다.

"프라카시, 떠나기 전에 다시 봅시다."

"오전에 오시면 돈 안 받고 이야기를 하지요. 별것도 아닌 이야기를 하고 돈 받기가 멋쩍습니다."

프라카시가 쑥스럽게 웃었다.

호텔로 돌아왔을 때는 오후 5시가 되어갈 무렵이다. 씻고 6시가 되기까지 기다렸던 이광이 전화기를 들고 버튼을 눌렀다. 그러자 신호음 세 번 만에 곧 응답 소리가 들렸다.

"아이와."

보급관 야합 준장이다.

"장군, 저 이광입니다."

"오, 미스터 리."

야합의 목소리가 밝아졌다.

"지금 쿠웨이트에 있나?"

"예, 사흘째 있습니다."

야합에게 쿠웨이트 출장을 간다고 했던 것이다.

"장군, 쿠웨이트 정부에 아는 인사가 있습니까?"

이광이 묻자 야합이 바로 대답했다.

"많아. 우리 사령관 각하께선 더 많으실 거네. 무슨 일 있나?"

전화기를 귀에 붙인 이광이 호흡을 조절했다. 어제 대도매상에서 쫓겨난 후부터 생각이 굳어지기 시작해서 프라카시를 만난 후에는 설계도가 선명해졌다. 이광이 입을 열었다.

"쿠웨이트에 가게를 하나 오픈하고 싶습니다, 도소매상 가게로 말입니다."

"그렇군."

야합 또한 머리 회전이 빠르다. 그래서 장군이 되었겠지. 야합이 이광의 뒷말을 이었다.

"우리가 쿠웨이트 도매상에서 구입하는 것이 더 편리하지."

"이곳 시장이 큽니다, 장군."

"더 커질 거네. 거기 자금력이 사우디 못지않거든. 거기에다 거기 장사꾼들이 뛰어나지."

"제가 이곳에서 중동과 아프리카 지역으로 장사를 하려고 합니다."

"내가 도와줄 일이 뭔가?"

"가게를 내려면 정부 허가를 받아야 합니다."

"당연하지."

야합이 술술 말을 이었다.

"가게 등록, 허가 절차를 알아보고 나서 신청 서류를 만들어 놓게. 그럼 내가 보좌관을 보낼 테니까."

"알겠습니다, 장군."

"우리야 계속 만날 사이 아닌가? 그쯤은 어려운 일도 아니야."

그러고는 야합이 덧붙였다.

"쿠웨이트하고 우리는 양국 간 사이가 좋다네. 서로 협조하는 관계지."

다시 시장에 나갔다가 호텔에 돌아왔을 때는 오후 8시가 되어갈 무렵이다.

"여기야!"

로비를 걷던 이광이 뒤에서 부르는 여자 목소리에 몸을 돌렸다. 한국말, 오은주다. 분홍색 히잡을 쓴 오은주가 환하게 웃는 얼굴로 다가왔다. 그리고 그 옆에 또 한 명 동양 여자가 있다. 같은 간호사 친구일 것이다. 다가온 오은주가 옆에 선 친구를 소개했다.

"어제 말했던 내 친구."

"안녕하세요, 박서영입니다."

역시 히잡을 쓴 여자가 맑은 목소리로 인사했다. 갸름한 얼굴, 피부는 볕에 타 그을렸지만 윤기가 난다. 곧은 콧날, 서글서글한 눈매의 미모다. 둘 다 긴소매 셔츠에 바지 차림이었지만 박서영이 키가 더 컸다. 그때 오은주가 말했다.

"자꾸 따라오겠다고 하지 뭐야? 불쌍해서 데려왔어."

"잘했어."

이광이 웃음 띤 얼굴로 박서영을 보았다.

"잘 오셨습니다. 오늘 저녁은 제가 사지요."

"아뇨, 밥 얻어먹으려고 온 건 아닌데."

박서영이 눈웃음을 쳤다.

"한국 남자 보려고 왔어요. 은주가 너무 자랑을 하길래."

"무슨 자랑요?"

이광이 오은주를 보았더니 붉어진 얼굴로 눈을 흘겼다. 별 이야기를 다 한 눈치다. 이광은 둘을 데리고 2층 일식당으로 들어섰다. 호텔에는 한식당이 없고 중식당과 일식당, 이태리와 프랑스 식당까지 있다. 방에 들어가 회와 초밥, 우동까지 시켰더니 박서영이 가격을 보고 놀라 말했다.

"다 합쳐서 4백 불이 넘어요. 우리 한 달 월급이라고요."

"아유, 서영 씨는 걱정 안 해도 돼요."

이광이 웃으면서 주문을 마치고 종업원을 내보냈다.

"이럴 때 돈 써야 되는 겁니다. 여기선 술도 못 마시잖아요?"

그렇게 말했지만 머릿속에 '아리랑식당'이 떠올랐다. 돈 냄새를 맡으라는 전윤호의 얼굴도 스치고 지나갔다.

"우리 오늘 근무 안 해."

오은주가 밝은 표정으로 말했다.

"늦게까지 놀다가 가도 되지?"

"자고 가도 돼."

이광이 웃음 띤 얼굴로 둘을 번갈아 보았다.

"난 소파에서 잘 테니까."

소파에서 잠이 들었던 이광이 문이 닫히는 소리에 눈을 떴다. 방안은 어둡다. 12시쯤 불을 끄고 셋이 잠을 청했으니 새벽이 되었을 것이다. 무심코 머리를 들어 침대 쪽을 본 이광이 상반신을 일으켰다. 검은 머리통이 하나뿐이다. 이광은 가슴이 뜨거워진 느낌을 받았다. 박서영이 자리를 피해 준 것이다. 둘만의 시간을 만들어 주려는 배려다. 몸을 일으킨 이광이 침대로 다가갔다. 이젠 둘이니 거칠 것이 없다. 시트를 들칠 것도 없이 젖혀버린 이광이 오은주의 허리를 뒤에서 감아 안았다.

"기다렸어?"

그때 오은주의 몸이 굳어진 느낌이 들었다. 그리고 향수 냄새가 다르다. 숨을 들이켠 이광이 오은주의 어깨를 잡아 이쪽으로 돌렸다.

"아니!"

이광이 놀란 외침을 뱉었다. 박서영이다. 박서영이 누워 있다. 반팔 셔츠에 반바지 차림의 박서영은 시선을 내린 채 움직이지 않았다. 그 순간 이광이 정신을 차렸다. 생각이 정리된 것이다. 오은주가 박서영에게 양보를 하고 나갔다. 셋이 있었을 때의 분위기도 떠올랐다. 이광이 박서영을 내려다보았다. 아직도 이광은 박서영의 허리를 두 손으로 감싸 안고 있다. 박서영의 피부 촉감이 느껴졌다. 가쁜 숨소리도 들린다. 숨을 들이켰던 이광은 자신의 몸도 욕정으로 달아올라 있는 것을 알았다. 이광이 박서영의 반바지 후크를 풀면서 물었다.

"괜찮아요?"

박서영은 대답하지 않았지만 시선을 반쯤 내린 채 엉덩이를 들어서 바지가 벗겨지도록 돕는다. 이광이 팬티를 끌어내리자 박서영은 손을 뻗어 이광의 바지를 끌어내렸다. 방안에 가쁜 숨소리만 들리더니 곧 박서영의 신음이 터졌다. 이광은 이제 서둘지 않았다. 박서영의 몸을 더 뜨겁게 만들어 주려는 듯이 천천히 움직였다.

"아, 자기야."

마침내 박서영의 입에서 탄성 같은 말이 터져 나왔고 그다음부터 방안에 폭풍우가 휘몰아치기 시작했다. 이광은 몰두했다. 폭풍이 그쳤다가 다시 솟아났고 또 가라앉았다가 일어나는 동안 둘은 하나가 되었다.

그래서 하나가 된 둘은 한동안 엉킨 채 떨어지지 않았다. 이윽고 이광이 박서영의 입술에 입을 맞춰 인사했을 때 박서영은 대답처럼 사지로 다시 엉켜 주었다.

오전 10시, '마흐다 상회' 건너편 건물의 그늘에 서 있던 이광이 다가오는 프라카시를 보았다. 아직 가게는 문을 열지 않았다. 프라카시가 맨 먼저 나온 종업원이다. 셔터가 내려진 가게 문을 열던 프라카시가 인기척에 머리를 돌리더니 이광을 발견하고 빙그레 웃었다.

"부지런하시네요, 미스터 리."

"당신도 제일 빠르군."

"또 들을 이야기가 있습니까?"

"그래요, 프라카시."

"어제 그 찻집에서 기다리시면 바로 가지요."

문을 열면서 프라카시가 말했다.

"오늘은 돈 받지 않겠습니다."

잠시 후에 둘은 이곳도 금방 문을 연 찻집에서 마주앉아 있다.

"미스터 리, 궁금한 것이 뭡니까?"

프라카시가 검은 얼굴을 들고 이광을 보았다.

"당신은 치밀한 성품인 것 같군요, 미스터 리."

"프라카시, 먼저 물을 게 있는데."

정색한 이광이 말을 이었다.

"난 아직 당신을 몰라, 프라카시."

"당연하지요."

프라카시의 얼굴에 웃음이 떠올랐다.

"우린 만난 지 이틀밖에 되지 않았어요. 만나서 이야기한 것은 한 시간이 조금 넘었을 뿐입니다, 미스터 리."

"한국 속담에 첫인상이 인생을 좌우한다고 했어. 당신 인상이 좋았어, 프라카시."

"인도 속담에 웃으며 만난 사람은 전생에서 3천 번 인연이 있었다고 하지요."

"인도 쪽은 과장이 심하군."

"그런데 뭐가 궁금합니까?"

"프라카시, 내 가게 매니저가 될 생각은 없나?"

이광이 묻자 프라카시가 얼굴이 차츰 굳어지더니 숨 세 번을 쉬고 나서 되물었다.

"당신 가게가 있습니까?"

"가게를 세우려고 해."

"어디에 말입니까?"

"여기, 쿠웨이트 시장에."

"무슨 가게요?"

"마흐다 상회 같은 수출입 가게."

그때 프라카시가 눈썹을 모으고 이광을 보았다.

"당신은 코리안 아닙니까?"

"그렇지."

"이곳에 코리안은커녕 일본인도 가게를 세울 수 없어요. 정부에서 허가를 안 해줍니다."

"정부의 추천을 받으면 된다고 하더군, 특별한 경우지만 말이야."

"글쎄, 그 정부 추천을 어떻게 받습니까? 별을 따는 것보다 더 어렵다니까요."

"만일 내가 추천을 받아 가게를 세운다면 매니저가 돼주겠나?"

"가게만 세운다면 매니저 희망자가 구름처럼 몰려들 것입니다."

이야기를 나누다 보면 진심이 묻어나오는 경우가 많은 법이다. 프라카시도 그렇다. 워낙 불가능한 이야기를 나눈다고 생각한 모양인지 본심이 나와 버렸다. 그 말을 들은 이광이 천천히 머리를 끄덕였다. 과연 서둘 필요가 없다. 어쨌든 프라카시한테서 또 조언을 얻었다. 가게 등록부터 해놓자.

그날 오후 3시가 되었을 때 콘티넨탈호텔 라운지에 말쑥한 양복 차림의 아랍인 두 명이 들어섰다. 기다리고 있던 이광이 둘을 맞았다.

"잘 오셨습니다."

이광이 앞에 선 사내와 악수를 나누면서 웃었다.

"아닙니다. 저는 지시만 받고 왔을 뿐입니다, 미스터 리."

콧수염을 단정히 기른 사내가 웃음 띤 얼굴로 인사했다. 사내는 이라크 정보국 소속 알리 중령이다. 동부군 사령관 카심 중장의 지시를 받고 쿠웨이트를 비공식 방문한 것이다. 로비 안쪽 커피숍에 들어가 앉았을 때 알리가 먼저 입을 열었다.

"제가 오기 전에 미리 손을 써 놓았습니다. 지금 저하고 쿠웨이트 정부 청사로 가시지요. 5시에 담당자를 만나기로 약속했습니다."

알리가 눈으로 옆에 앉은 사내를 가리켰다.

"이분이 쿠웨이트 정보국 대위입니다. 우리하고 같이 가 주실 겁니다."

그때서야 사내가 웃음 띤 얼굴로 이광에게 명함을 내밀었다.

"하다드입니다. 앞으로 어려운 일이 있으시면 저한테 연락을 주시지요."

"감사합니다."

알리의 수행원인 줄 알았더니 쿠웨이트 정보국 장교였던 것이다. 그때 하다드가 말했다.

"이번 경우는 이라크 정부가 추천한 인사에 대한 특별 케이스로 사업장 허가를 내주게 되는 경우입니다. 미스터 리는 이라크 정부에 납품을 하시는 입장이니 자격이 있으십니다."

이광이 쿠웨이트 정부 청사를 나왔을 때는 오후 6시 반이다. 이광의 손가방에는 가게 등록 서류가 들어 있었는데 보증인이 '쿠웨이트 정보국'이었다. 신청인은 '이라크 국방부'였고 신청 내역은 '군수품 및 기타 잡화 공급'이다. 이제 '하늘의 별 따기'보다 어렵다던 쿠웨이트 시장 안 가게가 아직 장소 건물도 구하지도 않은 상태에서 확정되었다.

"장소는 저희들이 알아봐 드리지요."

하다드 대위가 청사 앞에서 이광과 헤어지기 전에 말했다.

"내일 오전에 만날 때 알려 드리겠습니다."

"감사합니다."

"저도 하다드 대위하고 할 이야기가 있어서 내일 뵙지요."

알리 중령이 말하더니 손을 내밀었다.

"내일 오전 11시쯤 호텔에서 뵙겠습니다."

오후 8시가 되었을 때 호텔방의 전화벨이 울렸다. 기다리고 있던 이광이 전화기를 들었다.

"여보세요."

"리, 나야."

야합 준장이다. 야합이 말을 이었다.

"방금 알리한테서 보고받았어. 잘 끝났다니 다행이야."

"감사합니다, 장군."

"쿠웨이트 시장의 도소매장 사업, 과연 착상이 좋아. 우리도 이용할 수 있겠어."

"이쪽 규모가 엄청나게 큽니다."

"우리도 알고는 있었는데 손을 쓸 수가 없었지. 과연 코리안의 순발력이 대단해."

"모두 장군 덕분입니다."

"사령관께서도 칭찬하셨어."

"감사합니다."

이광이 심호흡을 했다. 서로 이용하는 것이다. 당시에는 윈윈(win-win)이란 유행어도 없었지만 비즈니스의 기본은 서로 이용하는 것이다. 양쪽이 다 좋다면 그것은 자선봉사단체의 물물교환에서나 가능한 일이다. 이광은 '카심과 야합' 측의 보다 편리하고 규모가 큰 사업에 쿠웨이트 가게가 안성맞춤이라는 생각을 한 것이다. 그리고 이광의 사업에도 이곳이 기폭제 역할을 할 것이다. 그때 야합이 말했다.

"미스터 리."

"예, 장군."

"알리는 내 심복이야."

"예, 장군."

“다음부터는 이런 이야기 안 할 테니까 미스터 리가 알아서 처리하게.”

“예, 장군. 그런데 무엇을 말입니까?”

“알리에게 수고비로 5만 불쯤 주게.”

“예, 장군.”

“우리 풍습에 믿는 사람한테는 선물을 받아. 알리는 받을 거야.”

“예, 준비하겠습니다.”

“그리고 거기 쿠웨이트 정보국 장교한테도 5만 불쯤 주게.”

“알겠습니다.”

“그런데 참, 가게 이름을 ‘리스타’라고 지었다면서?”

야합의 목소리에 웃음기가 띠어졌다.

“이름이 멋지군, 기억하기도 쉽고.”

이광(李光)의 이름을 조금 바꾼 것이다.

쿠웨이트 시장 안의 시티은행은 오후 11시까지 오픈한다. 이광은 은행에 들러 현금으로 15만 불을 찾았다. 은행에는 70만 불 정도가 입금되어 있는 것이다. 군납 오더가 400만 불 가깝게 선적되었기 때문이다. 따라서 카심 몫으로 400만 불이 따로 입금되어 있고 70만 불 정도는 이미 파리 제3은행으로 송금되었으며 에이스무역도 수수료 70만 불을 받은 상태다. 은행 직원은 1만 불 뭉치 15개를 검은 비닐봉지에 담아 주었는데 그것을 들었더니 왠지 멋쩍었다. 그런데 가만 보니까 은행에서 돈을 찾은 사람들은 아예 두 손으로 돈뭉치를 감싸 안고 거리로 나간다. 한 손에 가득 쥐고 가는 사람도 있다. 이광은 뭉치가 15개나 되었기 때문에 비닐봉지를 준 것이다. 마치 과일이 담긴 봉지를 들고 가는 것처럼 인파를 헤치고 호텔로 돌아오던 이광이 문득 아리랑식당 전윤호의 말이 떠올랐다.

"여기서 언놈이 은행에서 돈을 찾아오다가 돈뭉치 3개를 떨어뜨렸는데 한참이 지나서 온 길을 돌아갔더니 3뭉치가 길에 그대로 있더라는 거요. 대낮에 사람들이 벅적거리는 길에 말이오."

그러고는 덧붙였다.

"남의 돈 훔치면 여기서는 광장에서 칼로 손모가지를 절단하지. 나도 보았어."

이광은 소주를 마시면서 들은 터라 술 마시고 하는 '뻥'인 줄 알았다. 그런데 지금 비닐봉지를 덜렁거리면서 거리를 걷다 보니 그 말이 실감난다.

호텔방에 돌아와 씻고 나왔을 때 전화벨이 울렸다. 오후 9시 반이다. 전화기를 귀에 붙인 이광이 응답했을 때 한국말이 울렸다.

"나야, 자기야."

오은주다. 오늘 아침에 박서영은 얼굴을 붉히고는 도망치듯이 방을 나갔다. 그때 오은주가 말을 이었다.

"내가 12시쯤 들러도 돼? 그때 끝나는데."

밤 11시가 되었을 때 이광이 전화기를 들었다. 한국은 새벽 5시가 된다. 버튼을 누르고 신호음을 들으면서 이광이 호흡을 맞췄다. 신호음 한 번 동안에 숨 한 번을 쉬는 것이다. 그렇게 네 번, 다섯 번, 일곱 번, 열 번이 되었을 때 갑자기 코가 매워지더니 눈에 눈물이 고였다. 숨을 열다섯 번 쉬었을 때 이광은 전화기를 귀에서 떼고 신호음이 스무 번 울릴 때까지 기다린 후에 전화기를 내려놓았다. 집에 전화를 한 것이다. 오피스텔은 비었다. 강은서가 독일로 떠난 것이다. 쿠웨이트에 온 지 일주일째 되는 날이다. 그 일주일간 단 하루도 강은서를 잊은 적이 없다. 심지어 오은주, 박서영과 섹스를 할 때도 강은서를 생각했다. 쿠웨이트에 온 지 사흘쯤 되었을 때는 강은서가 아직 떠나지 않고 오피스텔에 있을 것 같아서 전화를 못 했다. 목소리를 듣는 것이 불편했기 때문이다. 떠나는 사람한테 또 작별 인사를 하란 말인가? 쪽지 써 놓고 인사를 했으면 됐다. 그러다가 목소리라도 듣고 싶은 생각에 자다가 벌떡 일어난 적도 있다. 그렇게 일주일을 보낸 것이다. 그리고 이제 강은서가 떠났다. 손등으로 눈물을 닦은 이광은 손목시계를 보았다. 12시에 오은주가 온다고 했기 때문이다.

방에 들어서자마자 이광의 목에 두 팔을 감은 오은주가 입술을 내밀고 키스를 해달라는 시늉을 했다. 들고 온 가방은 방바닥에 내던져 버렸다. 이광도 거칠게 오은주를 들어올려 소파 위에 던지듯이 내려놓았다. 서너 발짝만 떼면 침대였지만 소파에 눕힌 것이다. 둘은 말도 나누지 않았다. 서로의 옷을 서둘러 벗겼는데 거친 숨소리만 방안을 울렸다. 곧 방안에 오은주의 비명 같은 신음 소리가 울려 퍼졌다. 오늘 밤의 오은주는 서둘렀고 거칠었다. 또한 거침없이 이광에게 덤볐는데 마치 야수 같았다. 이광도 몰두했다. 오히려 오은주를 압도하고 더 거칠게 부딪쳤기 때문에 방안은 신음과 탄성으로 가득 찼다. 오은주가 입을 열었을 때는 폭풍이 두 번이나 휩쓸고 지난 후다. 이제 둘은 침대 위에 알몸으로 엉켜 있었는데 이광의 팔을 베고 누운 오은주가 천장을 향한 채 말했다.

"놀랐지?"

지난밤 박서영을 남겨두고 빠져나간 것을 말하는 것이다. 이광의 시선을 받은 오은주가 가슴에 얼굴을 붙였다. 다리 한쪽이 이광의 몸 위로 비스듬히 올려졌다.

"미안해, 자기야."

"천만에, 내가 고맙지."

"정말?"

"아, 그럼."

"하긴."

오은주의 숨이 길게 가슴 위로 지나갔다. 이광이 오은주의 어깨를 당겨 안았다.

"내가 화내기를 기대했어?"

"아니, 그냥."

오은주가 이광의 허리를 팔로 감아 안더니 낮은 목소리로 말했다.

"서영이한테 '내가 나가줄까?'라고 슬쩍 물었더니 가만있는 거야. 그것을 보고 가슴이 미어졌어."

"……."

"저것이 얼마나 외로웠으면 저럴까 하는 생각도 들었고."

"……."

"어제 돌아오더니 나한테 고맙다고 열 번은 더 말했어."

"……."

"이젠 견딜 만하다고. 계약 기간이 2년 남았거든."

"잘 살아라."

"언제 귀국해?"

"며칠 더 있다가."

"우린 서로 필요해서 만난 거야, 그지?"

"그럼. 더 욕심 부리면 나쁜 놈이지."

"자긴 참 좋은 남자야."

"내가 편의공작대 출신이다."

"무슨 편의점?"

이광이 심호흡을 하고 나서 오은주의 엉덩이를 움켜쥐고는 화제를 바꿨다.

"넌 할수록 기술이 느는 것 같아."

"정말? 나 좋았어?"

"그래, 끝내줬어."

"서영이도 잘해?"

"너보다는 못해."

"내일은 서영이 보낼까?"

"마음대로."

"가만 보니까 좋은 모양이야."

오은주가 이광의 허리를 꼬집었다. 다시 이광이 몸 위에 오르자 오은주가 어깨를 움켜쥐었다. 벌써 얼굴이 상기되었고 숨소리가 가빠져 있다. 이광은 쿠웨이트에 '리스타' 가게를 오픈한다는 이야기는 하지 않기로 마음먹었다. 길면 양쪽이 다 상처받는다.

"하다드를 시장에서 만나기로 했습니다."

방으로 들어선 알리 중령이 말했다. 오전 11시, 알리가 로비에서 전화를 했기에 잠깐 방에서 보자고 한 것이다. 이광이 알리에게 자리를 권하고는 손가방을 가져와 앞쪽 탁자에 놓았다. 손가방은 호텔 상가에서 샀다. 돈뭉치를 비닐봉지에 담아 줄 수는 없는 노릇이다. 알리의 시선이 손가방에 내려갔다가 이광에게로 옮겨졌다. 담담한 표정이다. 그때 이광도 자연스러운 표정으로 말했다.

"5만 불 넣었습니다."

알리의 시선을 받은 이광이 웃었다.

"장군께서 그러시더군요. 믿는 사람의 선물은 받는 것이 전통이라고 하셨습니다."

"받지요."

따라 웃은 알리가 손을 뻗어 손가방을 들었다.

"우리는 같은 배를 탄 입장이기도 합니다."

자리에서 일어선 알리가 이광에게 물었다.

"하다드한테 줄 사례금도 준비했지요?"

"예, 5만 불 준비했습니다."

"그도 받을 겁니다."

알리가 흰 이를 드러내고 웃었다.

"받지 않으면 동료가 아니지요."

공생공사(共生共死)다. 같은 배를 타고 있는 것이다.

하다드는 시장 중심부에 위치한 새 건물 1층에서 기다리고 있었는데 오늘은 눈처럼 흰 숩을 입었고 터번인 쿠피야를 썼다. 날씬한 몸매가 어울려서 귀족 자제 같았다. 하다드는 비대한 체격의 50대와 함께 있다.

"리, 건물주 핫산 씨요."

하다드가 턱으로 사내를 가리키며 소개했다.

"핫산 씨가 리스타상사에 이곳을 1년 임대료 10만 불씩을 받고 영구적으로 임대해준다고 했습니다."

핫산이라고 불린 사내는 웃기만 했다. 이광이 소리 죽여 숨을 뱉었다. 건평이 1백 평 가까운 데다 1층인 것이다. 더구나 신축 건물이다. 가게는 1층의 임대료가 가장 비싸다. 그때 하다드가 말했다.

"핫산 씨는 이번 리스타상사와의 계약으로 엄청난 세금을 탕감 받게 되실 겁니다. 그러니까 걱정하지 않으셔도 됩니다."

그때 핫산이 웃음 띤 얼굴로 말했다.

"자, 계약서 준비해 놓았습니다. 계약을 하시지요."

탁자 위에는 서류가 펼쳐져 있다.

계약을 마치고 호텔로 돌아왔을 때는 오후 2시가 넘어 있었다. 호텔 2층의 일식당으로 들어선 이광과 알리, 하다드는 늦은 점심을 먹었다.

"리, 일은 언제부터 시작할 겁니까?"

하다드가 묻자 대답은 알리가 했다.

"직원만 모으면 바로 시작되겠지요. 우리 군(軍) 구매부가 수시로 방문할 테니까요."

"제품 준비를 하려면 최소한 한 달은 걸릴 것 같습니다."

이광이 대답했다. 그러고는 식사를 주문하는 사이에 위층 객실에서 가져온 돈 가방을 하다드에게 내밀었다.

"같은 배를 탄 입장이니 여기서 사례금을 드리겠습니다."

같은 배를 탔다는 말은 알리한테서 들은 터라 하다드에게도 써먹은 것이다. 그때 하다드가 흰 이를 드러내고 웃었다. 그러더니 가방을 받아 옆에 놓고 나서 말했다.

"이렇게 당당하게 주고받으니까 좋네요. 미스터 리는 이런 일 많이 해본 것 같습니다."

"내가 한국군 특수부대 출신입니다."

어깨를 편 이광이 두 아랍인 장교를 번갈아 보았다. 편의공작대는 한국 사람들한테나 그럴듯하게 들리거나 또는 편의점으로 잘못 들린다. 그것을 영어로 번역하면 '사복으로 갈아입은 작전부대'라고 길게 해야 된다. 차라리 특수부대가 낫다. 긴장한 두 장교의 시선을 받은 이광이 말을 이었다.

"특수부대 하사관으로 제대를 했지요. 거기서 내 인생의 기반이 굳혀진 것 같습니다."

"오오!"

30대 중반쯤인 알리가 감동한 표정으로 이광을 보았다.

"한국군 특수부대 하사관이셨군, 계급은?"

"상사였지요."

하사 달았다가 조영관 때문에 한 달도 못 되어서 병장으로 강등되었지만 하사관은 하사관이다. 이광이 말을 이었다.

"북한군 1개 소대를 전멸시켰지요. 그래서 대통령 표창도 받았습니다."

군대 이야기는 90퍼센트가 뻥이라지만 뼈대는 있는 법이다. 그리고 이쯤이면 뼈에 살을 조금만 붙인 것이다. 머리를 끄덕인 알리가 하다드를 향해 웃어 보였다.

"역시 군 출신은 달라. 대위, 안 그렇소?"

"나도 전투 경험을 쌓아야겠는데. 정보부 일은 지겨워요."

하다드가 투덜거렸다. 이광은 그사이에 자신이 또 다른 세상으로 발을 딛고 있다는 것을 느끼고 있다. 세상은 얼마나 넓은가?

"이 건물을 임, 임대했단 말입니까?"

놀란 프라카시가 말까지 더듬었다. 지금 프라카시는 이광이 임대한 가게 안에 서 있다. 텅 빈 공간이지만 천장의 불은 환하게 켜졌고 안은 깨끗하게 청소되어 있다. 주위는 이미 은행, 가게들이 임대해 들어온 상황이다. 오후 7시 반, 이광이 프라카시를 이곳에 데려온 것이다.

"여기, 가게 등록증과 임대 계약서가 다 있어. 참고로 봐."

이광이 가방에서 꺼낸 서류를 프라카시에게 내밀고는 플라스틱 의자에 앉았다. 가게 안에 플라스틱 의자와 책상이 남겨져 있다. 서류를 본 프라카시가 숨을 들이켜고 나서 이광을 보았다.

"농담이 아니셨군요."

"내가 바쁜 사람 잡고 농담하겠나?"

"쿠웨이트 정보부 보증이면 누구도 건드리지 못합니다."

어깨를 치켜 올렸다가 내린 프라카시가 한 걸음 다가와 섰다.

"사장님, 절 고용해 주시겠습니까?"

"지배인 역할을 할 수 있겠나?"

"맡겨만 주신다면 죽을 때까지 봉사하지요."

"난 능력만큼 대가는 준다."

이광이 눈으로 앞쪽 플라스틱 의자를 가리켰다.

"앉아, 프라카시."

"감사합니다, 사장님."

프라카시가 두 손을 모으고 자리에 앉았다. 5분 전과는 전혀 다른 자세다. 이광이 프라카시에게 물었다.

"손님을 모을 수 있겠나?"

"있습니다."

어깨를 부풀린 프라카시의 검은 눈동자가 반짝였다.

"제가 8년 동안 시장에 오는 수입업자 대부분을 알아놓았습니다. 만일의 경우, 제가 지배인이 될 경우를 대비했던 것이지요."

프라카시의 목소리가 떨렸고 눈이 더 번들거렸다. 습기가 배었기 때문일 것이다.

"제가 모으지요. 우리 리스타상사가 정보부 배경으로 있는 한 누구도 구매자를 빼앗아 갔다고 불평하지 못할 테니까요."

"영업 시작하려면 뭐가 필요하지?"

"매장에 쌓아놓을 영업용 상품이 필요한데 그것은 주변에서 사다 놓으면 됩니다."

이제 시키지도 않았는데 프라카시의 목소리가 빈 매장을 울렸다.

"사다 놓은 제품으로 오더를 받아서 생산자에게 발주를 하면 됩니다, 사장님."

"직원은?"

"정직하고 부지런한 인도인 고용원을 많이 압니다, 사장님. 처음에는 월급 2백 불 정도로 5명만 고용하면 됩니다."

"네 대우는?"

"월 750불을 주실 수 있습니까?"

이광을 응시하는 프라카시의 눈동자가 흔들렸다. 내년이면 마흐다 상회에서 해고될 가능성이 많았던 프라카시다. 이광의 시선을 받은 프라카시가 입안에 고인 침을 삼켰다.

"이런 리스타상사의 조건이라면 저보다 나은 지배인을 영입하실 수도 있겠지요. 정보부 보증을 받은 상사이니 고용된 인도인은 신분 보장까지 될 테니까요. 월 500불을 주셔도 일하겠습니다."

이광이 머리를 끄덕였다.

"프라카시, 내일부터 리스타에서 일할 수 있지?"

"예, 사장님."

프라카시가 자리에서 일어섰다.

"오늘 마흐다 사장님께 말씀드리겠습니다. 아마 기뻐해 주실 것 같습니다."

"너한테 처음 1년은 월 750불을 주고 그다음부터는 성과에 따라 인상해줄 테다."

"감사합니다, 사장님."

"내일부터 상품과 집기를 구해야 돼. 직원도 채용하고."

"돈만 있으면 쉽습니다, 사장님."

"예산을 짜 보도록."

"오늘 밤 안에 끝내고 내일 아침에 보고를 드리지요."

프라카시가 두 손을 마주 쥔 채 대답했다.

다음 날 밤, 이광은 바그다드행 비행기에 앉아 어둠에 덮인 대륙을 내려다보는 중이다. 아직도 바그다드는 이란과 전쟁 중이어서 밤에만 비행기가 이착륙을 한다. 쿠웨이트에서 바그다드까지는 비행기로 한 시간 거리다. 야합이 1등석을 예약해주었기 때문에 이광은 침대 같은 좌석에 비스듬히 누워 있다. 1등석 손님은 서양인 세 명뿐이었는데 기업체 시이오(CEO) 일행 같다. 에어 프랑스의 1등실 담당 직원들은 이광을 그들의 수행원으로 착각했다. 그래서 시이오(CEO)로 보이는 사내만 신경을 쓰다가 비행기가 공항 건물에 닿자마자 식겁을 했다. 1등석 안으로 선글라스를 낀 보안부대 장교 두 명이 들이닥치더니 폼을 잡고 서 있는 시이오(CEO)를 밀어 넘어뜨리고 뒤에 서 있던 이광을 모시고 나갔기 때문이다. 넘어졌다가 일어선 시이오(CEO)는 괜히 부끄러워서 아무하고도 시선을 마주치지 않았다.

공항에서 곧장 지하 사령부에 도착했을 때는 오전 1시가 되어갈 무렵이다. 이광은 곧장 야합 준장의 방으로 안내되었다.

"어, 왔군."

방에 들어선 이광을 보더니 야합이 자리에서 일어서며 말했다.

"사령관께서 기다리고 계셔. 가자."

이광은 자리에 앉지도 못 하고 야합과 함께 방을 나왔다. 복도 안쪽 카심의 방으로 들어서자 서류를 읽고 있던 카심이 이광에게 앞쪽 자리를 가리키며 웃었다.

"미스터 리, 자네도 우리만큼 열심히 싸우는군."

"모두 장군께서 도와주신 덕분입니다."

이광이 예의 바르게 인사했다.

"더욱 열심히 일하겠습니다, 장군."

"쿠웨이트 비즈니스 착상이 훌륭했어."

카심이 정색하고 이광을 보았다. 야합은 앞쪽에 부동자세로 앉아 있을 뿐이다. 카심의 말이 이어졌다.

"쿠웨이트는 큰 시장이야. 우리 이라크 인접국이어서 이라크 상인들이 쿠웨이트 시장에서 대량으로 물건을 구입하고 있지."

카심의 얼굴에 쓴웃음이 번졌다.

"하지만 우리 정부는 생산국으로부터 직접 상품을 구입하는 것을 원칙으로 하고 있어. 그런데 생산국인 코리아 상사가 쿠웨이트에 가게를 낸 것이지. 우리는 부담 없이 자네를 이용할 수 있게 된 거야."

"감사합니다, 장군."

"기회를 잘 포착한 거야. 전쟁도 똑같아, 기회를 포착하면 이겨."

"명심하겠습니다."

"종업원은 구했나?"

"예, 지배인부터 구했습니다."

"자금은?"

"제가 힘껏 모으고 있습니다."

"내가 그것 때문에 오라고 했어."

카심의 시선이 야합에게 옮겨졌다.

"준장, 리에게 말해주게."

"예, 장군."

상체를 반듯이 세운 야합이 이광에게 말했다.

"리, 우리가 리스타의 지분을 갖고 싶은데, 가능하겠지요?"

야합이 카심 앞이라 정중하게 물었다. 이광이 심호흡을 하고 나서 대답했다.

"물론입니다, 장군."

동업자가 되면 안전한 데다 오더가 보장된다. 이런 호조건이 또 있겠는가? 그때 야합이 말을 이었다.

"우리 리베이트 4백만 불이 비축되어 있지요?"

"예, 지금 당장이라도 송금시켜 드릴 수 있습니다."

"그 4백만 불을 투자할 테니 리스타의 지분 40퍼센트를 주겠소?"

"예, 장군."

심장 박동이 너무 커져서 이광은 폐가 터질까 봐 걱정되었다. 그러나 필사적으로 얼굴이 일그러지거나 웃는 표정이 안 되도록 노력했다. 그때 카심이 머리를 끄덕이며 결론을 맺었다.

"됐어. 그럼 그 4백만 불을 우리 리스타의 자금으로 내놓겠네. 지분 40퍼센트를 갖는 조건으로 말이네."

"서류를 만들겠습니다, 각하."

"그렇게 하지."

카심이 웃음 띤 얼굴로 자리에서 일어서더니 이광에게 손을 내밀었다.

"우린 서로 기회를 잡은 거야, 리."

다음 날 밤 비행기로 쿠웨이트에 도착했으니 이른바 무박 2일의 바그다드 여행이 되었다. 그러나 이광의 사기는 그야말로 충천했다. 밤 12시 반에 도착해서 곧장 택시를 타고 시장에 왔더니 프라카시가 가게에서 일을 하고 있었다. 직원 셋이 거들고 있었는데 둘은 인도인이고 하나가 아랍인이다. 이광을 본 프라카시가 황급히 옷차림을 매만지며 달려오더니 두 손을 모으고 인사했다.

"주인님, 다녀오셨습니까?"

이광이 바그다드에 다녀오는지를 아는 것이다. 프라카시의 뒤에는 어느새 세 사내가 나란히 서 있었는데 마치 사령관의 사열을 기다리는 하사관 같았다. 프라카시가 상사처럼 몸을 옆으로 돌리더니 차례로 사내들을 소개했다.

"이자는 우샤, 경력 4년이고 저하고 같은 뭄바이 출신입니다. 정직하고 부지런합니다. 28세지요."

프라카시가 그 옆 인도인을 손으로 가리켰다.

"가말리, 26세로 푸우나 출생이며 경력 4년입니다. 힘이 세고 몸이 빠릅니다."

마지막으로 남은 사내다.

"무함마드, 26세, 이집트 카이로 출생입니다. 경력 5년이고 계산과 검사 업무를 해왔습니다. 정직한 사람이니 회계 업무를 맡겨 보시지요."

소개가 끝나자 넷이 일제히 두 손을 모았다가 오른손을 제 심장에 붙였다. 존경의 표시다. 이광이 머리를 끄덕이며 넷을 번갈아 보았다.

"믿고 맡겨보겠다. 리스타가 어떤 회사인지는 알 테니까 열심히 일하면 그 보상은 꼭 줄 테다."

말이 끝나자 넷은 다시 두 손을 모았다가 오른손을 심장에 붙였다. 이미 가구를 들여놓는 중이어서 다시 일들을 시작했다. 아직 시장은 활기를 띠고 있어서 이광은 한참 동안 가게에 머물다가 호텔로 돌아왔다. 서울과는 시차가 6시간이었기 때문에 오전 2시가 되었을 때 이광이 전화기를 들었다. 서울은 오전 8시다.

"여보세요."

신호음 세 번 만에 유민우의 목소리가 울렸다. 서울은 8시 정각, 유민우는 어김없이 출근해 있다. 착실한 사람이다. 꼼꼼하고 정직하다. 장단점이 있는 인간에게 장점만을 북돋워주면 잠재되어 있던 능력까지 발휘된다. 단점은 다른 사람이 메우면 된다. 이것이 지금까지 이광이 터득한 용인술이다. 이광이 유민우에게 쿠웨이트에 사무실을 오픈했다는 이야기를 해주었다.

"앞으로 리스타가 바이어가 되는 거야. 에이스는 리스타의 오더를 받는 오퍼상이고."

이광이 분명하게 말했다.

"리스타의 주주는 이라크 군부(軍部)야. 유 전무도 그렇게만 알고 있어."

"예, 사장님."

유민우가 공손하게 말했다. 카심이 40퍼센트의 지분을 갖게 되었다는 말을 유민우한테도 할 필요가 없는 것이다. 편의공작대를 거쳐 대학 제대파 시절의 조폭 사회, 그리고 지금까지의 직장 생활을 통해 얻은 가장 중요한 교훈을 정리하면 '아무리 측근, 심복이라고 해도 비밀은 혼자 간직한 채 털어놓지 않아야 한다는 것'이다. 털어놓고 나서 측근과 심복이 그것을 이용, 배신할 경우는 털어놓은 당사자의 실수인 것이다. 이광은 유민우에게도 리스타가 이라크 군부가 운용하는 회사임을 각인시켰다. 자신은 관리자일 뿐이라는 것도 강조했다. 이광이 말을 이었다.

"그래서 카심 몫으로 예치시킨 400만 불을 리스타 설립 자금으로 사용하라는 지시를 받았어. 내가 여기서 출금할 거야."

"알겠습니다, 사장님."

유민우의 존댓말도 자연스럽다.

"그런데 언제 귀국하십니까?"

"갑자기 사무실을 설립하게 되어서 쿠웨이트에만 머물다가 귀국하겠어. 앞으로 열흘쯤 걸릴 거야."

한 달 일정의 출장으로 쿠웨이트에 이어서 바레인, 두바이까지 거칠 예정이었던 것이다. 유민우와 통화를 마친 이광이 시계를 보고 나서 다시 전화기의 버튼을 눌렀다. 이번에는 신호음이 다섯 번 울렸을 때 응답 소리가 울렸다.

"여보세요."

백영주다. 8시 15분, 일찍 회사에 출근한 셈이다.

"납니다, 백 차장님."

"어머나!"

놀란 듯한 탄성이 들리더니 백영주가 말했다.

"잠깐만요, 전화 돌릴게요."

이광이 잠깐 기다린 후에 곧 수화구에서 백영주의 목소리가 울렸다.

"쿠웨이트야?"

"응, 여긴 오전 2시 15분이야."

이광도 이제는 반말을 썼다. 백영주의 목소리에 웃음이 섞였다.

"갑자기 존댓말 들으니까 놀랐잖아?"

"사무실에서는 당연히 그래야지."

"일 잘돼?"

"응, 도매상 하나하고 이야기가 진행되고 있어."

"무리하지 마."

"잘되면 쿠웨이트에서도 큰 오더가 걸릴 것 같아."

"쿠웨이트에서 오더가 된다면 상을 줘야지. 우리 회사에선 처음 아냐?"

"아직 종합상사도 진출 안 했어."

"뭐 필요한 거 있어? 출장비는 부족하지 않아?"

"보내줄래?"

"보내줄게."

"놔둬."

"보고 싶어. 언제 귀국할 거야?"

"열흘쯤 더 있다가."

"다음에는 집으로 전화해. 10시 이후에는 집에 있으니까."

"알았어."

"회장님께 말씀드릴게, 좋아하실 거야."

백영주의 들뜬 목소리를 들으면서 이광은 전화기를 내려놓았다. 잠깐 백영주에 대한 미안한 감정이 일어났다가 사라졌다. 이것은 살아남기 위한 자위책이다. 미물인 곤충도 보호막을 갖고 있는 것이다. 다시 전화기를 든 이광이 버튼을 누르자 곧 응답 소리가 울렸다.

"네, 유성상사입니다."

이제는 회사 교환이 받는다. 백영주한테는 직통 전화를 한 것이다.

"나, 수출3과장 이광인데요."

"네, 과장님."

"수출부장 바꿔주시죠."

8시 25분이다. 곧 이태진의 떠들썩한 목소리가 울릴 것이고 그에게는 쿠웨이트 시장 조사 중이라고만 보고할 예정이다. 미리 떠들썩하게 만들어서 좋은 일이 없다. 그러고 나서 과(課)로 연결해야겠지. 이것이 직장 생활, 조직 생활인 것이다.

수입가와 도매가격, 소매상 가격이 이렇게 차이가 나는 줄 몰랐다. 생산자 입장에서 보면 기가 막힐 노릇이었다. 실 값부터 어떻게든 깎아서 순이익을 한 푼이라도 더 남기려고 머리를 싸맸던 이광이다. 그런데 프라카시가 작성해온 도매가격을 본 순간 심장마비가 오는 것 같았다.

무려 2배다. 아프리카 어떤 지역은 3배 가격을 받고 팔았다. 즉, 1백만 불 물량을 수입해서 2백만 불을 받고 소매상인들에게 넘겼다는 말이다. 소매상은 다시 2배 정도의 마진을 붙여서 소비자에게 판매하는 터라 수입가의 4배가 소매가격이 된다.

"가격 경쟁이 심해지고 있어서 고가품 개발과 제품을 다양화할 필요가 있습니다."

프라카시가 가게 안쪽 사무실에서 이광에게 보고했다. 오전 11시, 사무실 밖의 가게는 떠들썩하다. 집기는 다 들여왔고 제품을 진열 중인 것이다. 수백 종의 제품을 구입해서 그것을 종류별, 소재별, 사이즈별로 구분해 놓은 것이다. 우샤과 가말리 등은 모두 경력자들이어서 손이 놀지 않는다. 오갈 때에도 꼭 가는 길 오는 길에 뭔가를 옮기고 진열하고 치운다. 프라카시가 말을 이었다.

"제품은 다 구비해 놓았습니다. 이제 소매상 주문을 받아서 생산자에게 오더를 주도록 해야 합니다."

"좋아."

이광이 머리를 끄덕였다.

"내가 생산자 출신이야. 어떻게든 오더만 받으면 생산해낼 테니까."

머리를 든 이광이 프라카시를 보았다.

"내가 리스타 브랜드로 고급품 샘플을 만들어서 보낼 테니까 여기서 리스타 브랜드를 키우도록 해."

"예, 사장님."

프라카시가 커다랗게 머리를 끄덕였다.

"쿠웨이트 도매상에서 그런 시도를 한 가게가 몇 개 있었지만 생산이 뒷받침되지 못해서 곧 유야무야되었어요. 우리는 가능합니다."

"리스타 브랜드가 가디다스를 누를 수도 있어. 가디다스도 한국에서 생산되어서 수출된단 말이야."

"알겠습니다."

프라카시는 뭄바이에서 고등학교를 졸업한 후에 쿠웨이트로 넘어온 노동자 출신이다. 4년 동안 가게에서 잡일을 한 후에 가게 종업원이 된 지 8년, 12년 동안 가게에서 배우고 익힌 것이다. 32세였지만 아직 미혼, 매월 뭄바이의 가족에게 3백 불씩을 보냈다고 했다. 가족이 27명이나 된다는 것이다. 이광은 학력보다 경력과 품성을 먼저 체크했다. 이것도 본인의 태생과 경험 때문일 것이다. 오후에 이광은 두바이 뱅크를 방문하고 카심이 준 투자금 350만 불을 예치했다. 50만 불은 사무실 임대비, 가구 집기, 제품 대금, 창고 임대비 등으로 나갔기 때문이다.

오후 6시, 시장에서 나와 호텔로 들어선 이광이 로비를 지날 때다.

"저기요."

뒤에서 부르는 한국말, 그것도 여자 목소리에 이광이 몸을 돌렸다. 돌리기도 전에 그것이 박서영의 목소리인 줄도 알았다. 과연 박서영이다. 시선이 마주치자 박서영의 얼굴은 빨개졌는데 걸음까지 부자연스러웠다.

"아유, 나 기다린 거요?"

그래서 이광이 조금 과장된 표정으로 박서영에게 물었다. 주변에는 아랍인들뿐이어서 누가 알아듣지도 못한다. 다가선 박서영이 빨개진 얼굴로 끄덕였다.

"오늘 근무 없거든요. 그래서 시내 나왔다가……."

"진즉 연락하시지. 그럼 내가 일찍 들어왔을 텐데."

"아뇨, 여기 온 지 한 시간밖에 안 돼요. 방에 전화했더니 안 받길래 좀만 더 있다가 가려고 했죠."

"그게 무슨 말씀?"

눈을 크게 뜬 이광이 엘리베이터로 다가가며 말했다.

"우선 방에 들어갑시다."

"바쁘신 거 아녜요?"

따라오면서 묻는 박서영의 얼굴은 아직도 상기 되어 있다. 히잡을 써서 둥근 얼굴만 내비친 모습이 고혹적이다.

"바쁘더라도 서영 씨는 만나야죠."

엘리베이터로 오른 이광이 버튼을 누르면서 말했다. 손님이 둘뿐이어서 이광이 팔을 뻗어 박서영의 허리를 당겨 안았다.

"아유."

박서영이 허리를 비틀며 눈을 흘겼다. 다시 얼굴이 새빨갛게 되었다.

"나 보고 싶었어요?"

이광이 물었지만 박서영은 대답하지 않았다. 엘리베이터에서 내려 복도 왼쪽의 방문을 연 이광이 비켜서서 기다렸다. 그러자 박서영이 서둘러 이광의 앞을 스치고 안으로 들어섰다. 박서영한테서 향내가 맡아졌다. 박서영은 소파에 앉지도 않고 서 있었는데 시선도 들지 않는다. 다가간 이광이 허리를 감싸 안았다. 그러고는 말도 필요 없다는 것처럼 박서영의 입술에 입을 맞췄다. 잠깐 주춤하던 박서영도 팔을 들어 이광의 목을 감아 안으며 입을 맞췄다. 이광이 박서영의 히잡을 벗기자 머리칼이 흘러내렸다. 박서영의 혀에서 레몬 맛이 났다. 숨결에서는 사과향이 맡아졌다. 숨결이 거칠어졌고 사지는 빈틈없이 엉켜 꿈틀거리고 있다.

태풍이 휩쓸고 간 방 같다. 옷이 이곳저곳에 흩어졌고 소파 옆 탁자는 밀려 삐뚤어졌다. 침대 시트는 바닥에 떨어진 데다 신발은 욕실 앞에 내던져져 있다. 이제 둘은 알몸이 되어서 침대 위에 엉켜 있다. 가쁜 숨소리에 섞여 신음 소리가 아직도 울리고 있다. 방은 습기로 덮였고 비린 애액의 냄새가 맡아졌다. 이광이 팔에 안긴 박서영의 이마에 입술을 붙였다. 30분이 넘도록 격렬하게 엉켜 있었는데도 대화를 나누지 않은 것이다.

"은주 씨도 서영 씨가 여기 온 거 알아?"

"응."

이광의 가슴에 얼굴을 묻은 박서영이 몸을 더 붙였다. 이광이 팔과 다리로 박서영의 알몸을 빈틈없이 감았다. 박서영이 이광의 가슴에 더운 숨결을 뿜으면서 말했다.

"나보고 가라고 했어."

"가라고 해서 온 거야?"

"아니, 오고 싶었어."

박서영이 이광의 허리를 감싸 안고 웃었다.

"은주가 다 이야기해줬어."

"뭘?"

"자기가 부담 갖지 말라고 했다는 것까지."

그런 말을 했나, 아리송했지만 그런 맥락으로 말한 것은 맞다. 이광이 다시 박서영의 이마에 입술을 붙이고는 말했다.

"우리 참 열심히 사는 것 같다, 그렇지?"

"응, 열심히."

박서영이 손을 뻗어 이광의 남성을 감싸 쥐더니 키득 웃었다.

"얘 좀 봐, 또 화났어."

남성이 단단해져 있는 것이다.

"걔도 열심히 일하는구나."

이광이 다시 박서영의 몸 위로 오르면서 말했다.

"괜찮아?"

물으면서도 박서영은 몸을 펴서 이광을 맞을 준비를 한다.

오전 5시, 알몸으로 침대에서 일어난 이광이 전화기를 들고 창가의 의자에 다가가 앉았다. 버튼을 누르자 신호음 3번 만에 회사 교환으로 연결되었다. 유성상사다. 다시 3과 정현애 자리로 전화가 옮겨졌다.

"여보세요."

정현애가 응답했다. 서울은 오전 11시다.

"응, 난데, 내가 어제 항공편으로 샘플 55매를 보냈어."

이광이 대뜸 말했다.

"아유, 과장님."

반색을 한 정현애의 목소리가 높아졌다.

"별일 없으시죠? 인사부터 받으세요."

정현애가 3과의 선임이 되어 있는 것이다.

"아아, 미안. 내가 잠이 덜 깨서."

이광의 시선이 침대에 누워 있는 박서영에게 옮겨졌다. 엉덩이와 다리를 통째로 드러낸 박서영의 뒷모습을 보면서 이광이 말을 이었다.

"여긴 오전 5시야."

"네, 샘플이 55매나 돼요?"

"응. 그것을 받고 바로 샘플 작업 지시해, 똑같이 말이야. 그 사이즈기준으로 4개의 사이즈를 만들고.”

“예, 알겠습니다.”

“각각 5타씩.”

“색상은요?”

“같은 색상으로 색상은 1가지.”

“상표는요?”

“그 상표는 내가 가서 디자인실에 의뢰할 테니까 그때까지 기다려.”

리스타 상표인 것이다.

“알겠습니다. 참…….”

정현애가 말을 이었다.

“오늘 저희 3과로 신입 사원 2명이 배정되었어요. 지금 일 거들고 있어요.”

“알았어. 샘플 지시 빨리해.”

전화기를 내려놓은 이광이 자리에서 일어섰다. 그동안에 국내영업 본부에서 충원되었던 서기석과 김여진이 원래 부서로 되돌아가고 신입 사원 2명이 다시 충원되었다. 떠나기 전에 증원 요청은 해놓았던 것이다. 그러면 수출3과는 과장까지 포함해서 6명이 된다. 아마 김성규의 4과도 충원되었을 것이다. 침대로 다가간 이광이 다시 박서영의 옆에 누우면서 허리를 감아 안았다. 깊게 잠이 들어 있던 박서영이 꿈틀거리더니 눈을 뜨고 이광을 보았다. 그러고는 두 팔을 벌려 목을 감싸 안는다. 박서영의 몸은 따뜻하고 부드럽다. 이광은 박서영의 가슴에 얼굴을 묻었다. 부드럽고 탄력 있는 젖가슴이 얼굴을 감싸 안았다.

“아, 자기야.”

박서영이 나른한 목소리로 부르면서 몸을 비볐다.

개업 닷새 만에 450만 불 오더를 받았다. 야합이 보낸 보급관이 군복 외의와 내의류, 군화까지 380만 불 오더를 했다. 그리고 프라카시가 아프리카 수입업자로부터 70만 불 물량의 오더를 받은 것이다. 아프리카 수입업자의 품목은 유성상사의 생산품이어서 에이스무역을 통해 유성에서 선적할 것이었다. 야합의 이라크 국방부 오더도 에이스를 통해 전문 생산업체로 로컬 오더를 줄 예정이다. 따라서 이광은 두바이 은행에서 리스타상사 명의로 신용장을 발급했다. 신용장 수취인은 에이스무역이다. 이광이 사주(社主)인 리스타에서 에이스로 신용장이 오픈된 것이다. 그리고 신용장 금액은 220만 불. 이것이 메이커들이 기를 쓰고 받아내는 신용장 금액이다. 그 220만 불 오더를 인수하면 450만 불을 받고 이라크 국방부와 아프리카 상인에게 상품을 넘기는 것이다. 상품만 넘기게 되면 두 배 장사다. 따라서 리스타상사는 450만 불 오더를 해서 230만 불의 이윤을 낼 것이며 에이스무역은 220만 불의 신용장을 받아 약 10퍼센트인 20만 불 정도의 에이전시 커미션을 뗄 것이다. 또한 생산자는 제각기 8퍼센트에서 15퍼센트까지의 마진을 먹는다.

"한 달에 1,500만 불 정도의 매출을 올리도록 하겠습니다."

개업 일주일째가 되는 날 프라카시가 이광에게 보고했다.

"이곳에 3백 개 정도의 가게가 있는데 그중 중위권 수준에 맞출 수는 있을 것 같습니다."

이광이 머리를 끄덕였다.

"리스타 브랜드 개발은 내가 기획할 테니까 샘플이 오면 진행하자고."

"예, 사장님."

프라카시는 기획안을 작성한 경험도 없고 누가 시키지도 않았다. 지금까지 막노동에서 하급 소매 담당 점원, 도매 담당 점원으로 승진했지만 기획에 참여해 본 적은 없는 것이다. 그러나 머리가 영민해서 외운 것은 잊어버리지 않았고 탐구열이 강했다. 그리고 가장 중요한 열의가 넘치고 있다. 이광이 말을 이었다.

"리스타상사의 사훈은 신용이야. 고객들에게 신용을 지키도록 해. 직원들에게도 교육시켜, 프라카시."

"알겠습니다."

프라카시가 두 손을 모으고 대답했다.

쿠웨이트에서 17일을 머물고 떠나는 날 아침에 이광의 호텔방으로 오은주와 박서영이 찾아왔다. 둘은 병원에서 일하다가 잠깐 나온 터라 간호복에 히잡만 쓴 차림이다. 둘이 할 이야기가 있다고 한 것이다. 오전 9시 반이다. 11시 비행기여서 짐을 다 꾸려놓은 이광이 둘을 번갈아 보았다.

"꼭 배웅을 해 주려고 온 거야?"

"응, 우리가 쿠웨이트에서는 못 만날 것 같아서."

오은주가 차분한 표정으로 이광을 보았다.

"우리는 사우니 리야드로 옮거길 거야."

"리야드?"

"응, 리야드 왕립병원. 거기 보수가 여기보다 훨씬 나아서 신청했더니 연락이 왔어."

"잘되었네."

"다 똑같은 회교국이지만 그쪽이 좀 넓지."

그때 박서영이 말했다.

"고마웠어, 행복했고."

박서영의 얼굴이 조금 붉어졌지만 시선은 내리지 않았다.

"좋은 추억으로 간직할게."

"내가 고마웠지."

이광이 길게 숨을 뱉었다. 쿠웨이트 시장 안에 리스타상사를 운영하게 되면 둘을 자주 만날 수밖에 없을 것이다. 둘은 이광이 리스타를 설립했다는 것도 안다. 그래서 혹시 좋은 추억만으로 끝내려고 리야드로 떠나는 것이 아닌가 하는 생각이 든 것이다. 그때 이광이 주머니에서 봉투를 꺼내 둘에게 내밀었다.

"이거 받아."

"뭔데?"

오은주가 물었고 가까운 곳에 있던 박서영이 봉투를 받았다.

"온다고 해서 내가 아래층 여행사에서 구입했어."

그때 봉투에서 티켓을 꺼낸 박서영이 오은주와 함께 보더니 둘이 동시에 숨을 들이켰다. 아래층 여행사에서 카이로 4박 5일 여행 티켓을 산 것이다. 2인용 비행기 요금과 호텔 숙박비까지 함께 지불했으니 여권만 제시하면 된다.

"만난 기념으로 주는 것이니까 여행 다녀와. 그렇지, 리야드 가기 전에 여행 가면 좋겠다."

둘의 석 달 월급을 모아야 가능한 금액이다. 전혀 상상도 못 한 일이어서 둘은 입도 열지 않았고 이광이 몸을 돌려 가방을 집었다.

"그리고 잘 지내. 리야드도 가까우니까 또 만날 수 있겠지."

그렇다. 열심히 살면 또 만나게 된다.

쿠웨이트에서 싱가포르를 거쳐 귀국했을 때는 출국한 지 22일 만이다. 쿠웨이트 시장 복판에 리스타상사라는 도소매업 상사를 개업하고 온 것이다. 밤 11시에 도착했기 때문에 회사에는 귀국 비행편을 알려주지 않았다. 그래서 다음 날 아침 회사에 출근했을 때 한바탕 소동이 일어났다. 한 번도 발을 딛지도 못 했던 불모지 쿠웨이트에서 첫 출장에 50만 불 오더를 받아온 영웅의 귀환인 것이다. 미리 리스타상사에서 받은 오더 디테일을 수출부장 이태진한테 보고를 한 터라 이광은 당장 회장실로 불려 들어갔다. 물론 회장 황학수는 기조실장 백영주로부터 이태진보다 먼저 보고를 받았을 것이었다.

"응, 이 부장한테서 보고받았어."

그러나 황학수는 이광에게 그렇게 말했다. 이광을 응시하는 시선이 은근했다.

"쿠웨이트에서 첫 오더를 받았군. 유성상사에서는 자네가 알렉산더 대왕, 칭기즈칸이나 같다. 정복자고 영웅이야."

"감사합니다."

이광이 시선을 내렸는데 웃음을 참느라고 심호흡을 했다. 회장이 알렉산더, 칭기즈칸을 갖다 붙일 줄은 몰랐기 때문이다. 그러나 황학수는 진지했다.

"중동 아프리카 시장이 우리 같은 전문 생산 업체에게는 신천지다. 열심히 개척해야 돼."

"예, 알겠습니다."

"수고했어. 쉬지도 못 하고 바로 출근했구먼."

"아닙니다."

이광은 황학수의 시선을 오래 받지 못했다. 양심의 가책을 느꼈기 때문이다. 배신은 하지 않는다. 이것이 생존의 최소한 조건이라고 자위를 해왔지만 사주(社主) 입장에서 보면 배신일 것이었다.

회장실에서 나왔을 때 4과장 김성규가 제일 먼저 다가와 말했다.

“축하한다. 또 한 건 터뜨리고 왔구나.”

“너도 미국에서 금광을 캤다면서?”

김성규가 내민 손을 잡고 둘은 사무실 구석의 창가로 다가가 섰다. 정현애가 과원들을 데리고 회의실로 들어가면서 이광을 향해 손짓을 했다. 회의실에서 기다리겠다는 시늉이다.

“금광은 무슨, OEM으로 2백만 불을 가져온 거야. 공장은 신이 났지.”

시치미를 뗀 얼굴로 김성규가 말했다. 2백만 불이면 김성규의 4과 1년 목표의 절반 이상이다. 김성규의 4과 올해 목표가 350만 불인 것이다.

“와, 넌 이미 올해 목표는 채웠네?”

놀란 이광이 묻자 김성규가 쓴웃음을 지었다.

“너도 상반기에 올해 목표 400 달성하지?”

“공장 때문에 싸움이 나겠군.”

“우리뿐만이 아냐. 다른 회사는 놀겠냐? 미친놈들처럼 오더를 받아서 대한민국이 공장 기계 소리로 덮일 것 같다.”

“큰일인데, 공장이 없어서 오더 못 실으면.”

그때 김성규가 앞쪽 수출부를 흘겨보더니 목소리를 낮췄다.

“우리 수출부 6개 과 중에서 목표 2배 달성하는 과는 너하고 나 둘일 거다.”

“그래서? 또 무슨 역적모의를 하려고?”

"네가 오기만을 기다렸는데."

심호흡을 한 김성규가 이광의 어깨를 손으로 가볍게 두드리면서 말했다.

"출장 다녀와서 며칠은 바쁠 테니까 일 처리하고 나하고 둘이 우리 미래를 상의하기로 하자."

"좋아."

쓴웃음을 지은 이광이 몸을 돌렸다. 머리 회전의 속도라면 김성규가 더 빠른지 모른다. 가끔 너무 빨리 돌아서 제 꼬리를 물기도 하지만.

회의실에 모인 과원은 여섯, 이광, 정현애, 윤지혜, 박형우와 신입인 서영미와 장태호다. 정현애가 먼저 이광에게 서영미와 장태호를 소개했다. 긴장하고 있던 둘의 인사를 받은 이광이 신상 카드를 보았다. 둘 다 삼성대 졸, 서영미는 23세, 장태호는 26세다. 신상 카드를 내려놓은 이광이 둘을 번갈아 보면서 말했다.

"수출부를 지원했으니까 능력을 발휘해봐. 기회는 눈앞에 있으니까."

이광의 시선이 정현애에게 옮겨졌다.

"둘에게 실습을 시켜서 적성에 맞는 업무를 맡기도록 하지."

"알겠습니다."

정현애가 다부진 표정으로 말했다.

"한 달 동안 차례로 조수 역할을 시키고 나서 평가하시지요."

머리를 끄덕인 이광이 작은 가방을 정현애에게 내밀었다.

"쿠웨이트에서 시계 5개 사 왔으니까 하나씩 나눠주도록."

"감사합니다."

가방을 받은 정현애의 얼굴에 웃음이 떠올랐다. 과원들을 회의실에 남겨두고 사무실로 온 이광이 다시 책상 옆에 놓은 가방을 들고 일어섰다. 이제 에이스무역으로 가봐야 한다.

"이봐 이 과장, 이번 주 금요일에 회식할 테니까 시간 비워둬."

이태진이 떠들썩한 목소리로 말했다. 모처럼 과장들이 다 모였기 때문이다.

3장 후세인과의 면담

"사장님."

복도에서 만난 정남희가 이광을 그렇게 불렀다. 에이스무역 앞 복도로 들어선 이광을 정남희가 기다리고 있었던 것 같다. 오전 10시 반이다.

"여기서 기다리고 있었어?"

놀란 이광이 묻자 정남희가 배시시 웃었다.

"회사에다 전화했더니 여기 오신다고 해서 시간 맞춰서 나온 거예요."

"사장이라고 부르지 마."

"그래서 여기서 부른 거죠."

이광의 가방을 받아든 정남희가 앞장서서 사무실로 들어섰다. 에이스무역도 직원이 늘어서 검사원, 서류 담당, 전문직까지 네 명을 더 채용했다. 그래서 직원이 유민우 전무를 포함, 기존의 미스 성, 정남희와 고춘식까지 8명이 되었다. 이곳에서는 마침 고춘식이 검사원과 함께 검사를 나갔기 때문에 이광은 유민우, 정남희와 함께 회의실로 들어가 마주보고 앉았다. 이광이 웃음 띤 얼굴로 유민우에게 말했다.

"리스타상사가 내가 관리하는 회사라는 것을 아는 사람은 대한민국에 둘뿐이야."

그때 유민우의 시선이 정남희에게로 옮겨졌다.

"그렇군요."

유민우가 존댓말을 썼다.

"정남희 씨하고 저하고 둘이군요."

"그것을 정남희 씨가 유성상사 쪽에 알려준다면 난 할 수 없이 거기 그만두고 여기로 와야겠지."

이광이 웃음 띤 얼굴로 정남희를 보았다.

"그렇지? 정남희 씨."

그때 정남희가 정색하고 물었다.

"리스타의 관리자는 믿을 만한가요?"

이광의 말에는 대답하지 않은 것이다. 농담으로 여기고 넘긴 것 같다. 정남희의 시선을 받은 이광도 정색했다.

"거긴 주인이 종업원들의 여권을 보관하고 있는 것이 관습이야. 내가 떠나기 전에 지배인이 자신의 것까지 여권 5개를 가져 왔더군. 그래서 내가 보관하고 있어."

"그렇군요."

이광이 똑바로 정남희를 보았다.

"리스타에서 온 오더는 모두 에이스를 통해 분배될 거야. 알고 있지?"

"네, 알고 있습니다."

"한 달 1천5백만 불을 계획하고 있어."

그 순간 정남희와 유민우가 동시에 숨을 들이켰다. 둘의 입도 똑같이 절반쯤 벌어져 있다. 1년 전만 해도 한 달 10만 불 실적도 없었던 유민우다. 한 달 1천5백만 불이면 대형 에이전시가 된다. 그때 이광이 말을 이었다.

"그 이상이 될지도 몰라. 그러니까 소화할 준비를 해놓아야 돼."

"알겠습니다."

어깨를 부풀렸다가 내린 유민우의 두 눈이 번들거렸다.

"난 맡긴 일은 책임지고 끝낼 수 있습니다. 어쨌든 대단하십니다."

"아니, 무슨 말씀을."

쓴웃음을 지은 이광에게 유민우가 여전히 정색한 채 말을 이었다.

"그럼 그 물량에 맞도록 조직과 생산 계획을 수립하지요."

"내가 유 전무가 계시니까 마음 놓고 일을 할 수 있습니다."

마침내 이광도 어울리지 않게 덕담을 했다. 정남희가 앞에 앉아 있기 때문이기도 할 것이다. 이광이 가방을 열고 서류를 꺼내 정남희에게 건네주었다.

"이건 리스타 브랜드로 만들 샘플 리스트야. 유성상사에서 생산할 수 있는 55개 품목의 샘플은 내가 이미 유성으로 보냈어. 나머지 75개 샘플 사진이 거기 있으니까 샘플 제작을 하도록 해. 그리고 리스타의 상표를 만들어야 돼, 로고 말이야."

정남희가 받아들더니 이광에게 물었다.

"리스타라는 자체 상표를 만들어 시장에 내놓을 건가요?"

"이제 시장 판매망도 확보했고 시장에 가게도 차렸어. 지금부터 리스타는 한국에서 생산되는 고가품이야."

정남희가 홀린 듯한 표정으로 이광을 보았다. 이광의 열띤 목소리가 이어졌다.

"우리가 가디다스 제품을 OEM으로 생산해서 팔아먹게 해주면서 왜 자체 고급 브랜드를 만들지 못한단 말이야? 이제 기회가 온 거야."

"알겠습니다."

시선을 내린 정남희의 얼굴이 상기되었다.

"최선을 다하겠습니다."

"샘플실을 따로 운영해도 돼."

이광이 말했다.

"동대문에 가면 샘플 공장이 있어, 전문가들이야."

그래놓고 이광이 입맛을 다셨다.

"정남희 씨한테 너무 많은 일을 맡기는 건가?"

"아녜요."

정남희가 눈을 크게 떴다.

"전 기뻐요, 보람 있고요. 그리고 해낼 수 있습니다, 충분히요."

"정남희 씨가 잘합니다."

유민우가 거들었다. 머리를 끄덕인 이광이 자리에서 일어섰다. 정남희가 어느덧 에이스무역에서 2인자가 되어 있다. 에이스무역에서는 능력에 따라 자신의 위치가 결정된다.

쿠웨이트 리스타상사에서 온 신용장이 에이스무역에 도착했고 곧 각 업체의 생산이 시작되었다. 유성상사도 에이스무역의 로컬 신용장을 받아 생산을 시작한 것이다. 이제 쿠웨이트에 리스타상사까지 세운 이광으로서는 도약의 기반이 갖춰진 셈이다. 쿠웨이트에 머무는 동안 이광의 머릿속에서 형성되어 가던 미래의 계획이 구체적으로 성립되었다. 그것은 기업을 세워서 사회에 공헌하겠다는 것이다. 기업을 세우려면 가장 중요한 자원 중 첫째가 자본이다. 자본이 없으면 계획도 세울 수 없다. 자본, 능력, 운, 이 세 가지 요인을 사업의 3대 요인으로 뽑는다지만 능력과 운까지 자본으로 메울 수 있다고 이광은 생각했다.

"이곳 45만 평까지 합하면 1백만 평이 넘습니다."

부동산업자 윤기덕이 긴장한 얼굴로 이광을 보았다. 이제는 이광의 땅 매입에 좋아만 하는 것이 아니다. 두려운 표정까지 짓고 있다. 오후 3시 반, 이광과 윤기덕은 또 강남(江南)에 내려와 있었는데 말 그대로 강의 남쪽이다. 서울의 강남 쪽은 아직 미개발지며 황무지다. 경부고속도로가 개통된 지 얼마 되지 않은 터라 고속도로 주변의 황무지는 끝없이 펼쳐져 있다.

"계약합시다."

땅을 한 바퀴 도는 데 지프로 30분이나 걸렸다. 이광이 말하자 윤기덕이 한숨부터 쉬었다.

"땅주인이야 좋아서 펄쩍 뛰겠지요, 버린 땅을 평당 2천 원씩이나 쳐주니까요."

바위투성이의 불모지다. 땅주인은 5명, 모두 합하면 45만 평. 이광은 이번에 9억 가까운 자금을 투자하여 매입하려는 것이다.

"내일 당장 계약하겠습니다."

윤기덕이 말하고는 이광의 눈치를 보았다. 땅에 돈을 버린다고까지 하면서 강남 부동산 매입을 반대해온 윤기덕이다. 이광이 발을 떼자 윤기덕이 뒤를 따르며 말했다.

"저야 소개를 받으니까 좋긴 합니다만 강북에 이 돈을 투자하신다면

3년쯤 후에는 배로 불릴 수가 있어서 말씀드리는 겁니다."

"마치 3년 후에 대한민국이 망하기라도 하는 것처럼 말하시는군."

이광이 쓴웃음을 짓고 말했다.

"난 20년쯤 후를 봅니다."

"아, 그거야 그때는 이 땅도 제법 값이 올랐겠지요."

조금 부담이 덜어진 듯 윤기덕의 발걸음이 가벼워졌다. 이제 이광은 신촌파 수련장 따위의 말은 꺼내지 않았고 윤기덕도 묻지 않는다. 윤기덕이 머리를 끄덕였다.

"멀리 보시는군요. 어쨌든 내일 중으로 다 끝내겠습니다."

이제 이광은 강남에 112만 평의 땅을 구입한 셈이다. 트리톤상사의 강기창으로부터 강남 부동산에 대한 정보를 얻은 것이 토지 매입의 단초가 되기는 했다. 그러나 정작 정보를 준 강기창은 현금이 없다는 이유로 한 평도 구입하지 못한 반면에 이광은 112만 평의 토지를 매입하게 된 것이다. 이광 입장에서 땅은 은행에 넣은 현금보다 더 현실적이었다. 가끔 시간 날 때마다 이곳에 혼자 와서 매입한 땅을 보는 것이 이광의 버릇이 되었다. 땅은 그 자리에 그대로 버티고 있는 것이다. 폭풍이 몰아치고 정권이 변해도 그대로 있다. 설령 땅값이 오르지 않아도 상관없다. 잊고 보관하고 있으리라. 그리고 지금 한국이 성장하는 것을 보라. 그 예가 바로 자기 자신이다. 3년 전만 해도 무시당했던 내가 쿠웨이트에 리스타상사를 소유했고 에이스무역을 지배하고 있다. 덩달아서 대한민국도 솟아오르고 있는데 3년 후만 볼 것인가? 30년은 기다릴 수 있다.

회사로 돌아왔을 때는 6시가 다 되어갈 무렵이다. 앞자리에 앉아 있던 정현애가 이광에게 말했다.

“기조실 백 차장이 출장 문제로 전화했어요.”

이광이 다시 쿠웨이트 출장 계획서를 낸 것이다. 전화기를 든 이광이 버튼을 누르자 곧 연결되었다.

“이광입니다. 전화하셨어요?”

이광이 묻자 백영주가 사무적으로 대답했다.

“네, 이번에는 2주일간 가세요?”

“그렇습니다.”

“출장비 문제로 상의드릴 일이 있으니까 기조실 회의실로 와 주실 수 있으세요?”

“아, 그럼요. 가지요.”

전화기를 내려놓은 이광이 같은 층의 기조실 회의실로 들어섰다. 먼저와 기다리고 있던 백영주가 문이 닫히자마자 눈을 흘겼다.

“귀국한 지 닷새나 지났는데 왜 연락 안 해?”

밤에 연락하지 않는다는 말이다.

“바빴어.”

앞쪽 자리에 앉은 이광이 웃음 띤 얼굴로 백영주를 보았다.

“왜? 밤에 할 이야기가 있는 거야?”

백영주가 다시 눈만 흘겼을 때 이광이 말했다.

“오늘 밤 9시쯤 갈게.”

“아아아!”

백영주의 외침이 방안을 울리더니 곧 온몸을 굳히면서 이광의 몸에 빈틈없이 엉켰다. 사지로 이광의 몸을 감싸 안은 백영주에게서 신음이 이어졌다. 절정이다. 밤 12시 반, 둘은 지금 두 번째 폭풍을 일으켰다가 가라앉히는 중이다. 백영주가 얼굴을 이광의 가슴에 붙이고는 말했다.

"아유, 나 죽는 줄 알았어."

이광은 잠자코 백영주의 머리칼을 쓸어내렸다. 둘은 알몸으로 엉켜 있어서 금방 등에 찬 기운이 스치고 지나갔다. 이윽고 이광이 몸을 떼어 옆으로 누웠다.

"자기는 할수록 더 세지는 것 같아."

백영주가 이광의 허리를 감아 안으면서 말했다.

"오랜만에 해서 그런 거야?"

"그런 모양이야."

이광이 다리로 백영주의 하반신을 감았다.

"그때 자기하고 하고 나서 처음이거든."

"정말이야?"

백영주가 얼굴을 들고 이광을 보았다. 콧잔등에 조그마한 땀방울이 돋아나 있다.

"아, 그럼 자기는 그동안 했어?"

"내가 미쳤어?"

눈을 흘긴 백영주의 입술에 입을 붙이자 곧 혀가 나왔다. 백영주가 몸을 붙이고서 문질렀다. 이광이 백영주의 혀를 빨아들이다가 겨우 입을 떼고는 말했다.

"언제 정체를 드러낼 거야?"

"내년쯤."

가쁜 숨을 뱉으면서 백영주가 바로 대답했다.

"너무 오래 끄는 것도 문제가 있다고 아버님이 그러셔, 내 생각도 그렇고.”

“그렇지. 맞는 말씀이야.”

“내년에 내가 주식을 넘겨받아 대주주가 될 거야.”

“그래야겠지. 지금 기조실장이니까 자연스럽게 이사쯤으로 진급해도 될 거야.”

“아니, 차장에서 부장쯤으로 진급하고 조금 더 있어야지. 서둘 건 없어, 자기야.”

“그거야 사장님 뜻대로.”

그때 이광의 남성을 움켜쥔 백영주가 눈을 흘겼다. 남성이 단단해져 있었기 때문이다.

“또?”

“그건 걔 생각이지.”

“할 수 있어?”

“자기만 좋다면.”

“나야 좋지만 너무 무리하는 거 아냐?”

“얘가 좋다는데 어쩔 수 없지.”

“자기야, 조금만 더 쉬었다 해.”

“그러지.”

“내년에 제3과를 중동부로 승격시키고 부장대리로 하는 게 어때?”

불쑥 백영주가 물었다. 숨을 들이켠 이광이 백영주를 보았다. 두 눈이 웃음을 띠고 있다.

“그럴 만하잖아? 그만큼 실적도 올렸고.”

“미주 지역도 같이 승격시키는 게 나아.”

정색한 이광이 백영주의 엉덩이를 움켜쥐고 끌어당겼다.

"김성규도 그럴 만한 자격이 있어."

"내 생각도 그래."

선선히 머리를 끄덕인 백영주가 이광의 남성을 움켜쥐었다. 김성규의 4과도 이번 미주 지역 오더 2백만 불을 가져오면서 올해는 700만 불 가깝게 달성할 것이었다. 무려 목표 대비 2배 달성이다. 작년에도 2배였으니 계속 2배 성장이다. 이광의 3과는 말할 것도 없다. 올해 400만 불 목표였지만 1천만 불 가깝게 실적을 올릴 것이다. 백영주가 말을 이었다.

"수출부를 3개 부(部) 체제로 운용하는 게 어떻겠어? 1부는 이태진 부장이 맡아서 다른 4개 과를 통합시켜 관리하고 2부는 중동부로 자기가, 3부는 김성규의 미주부로 말이야."

"난 3부로 해줘, 맨 마지막으로."

"겸손한 거야?"

"내년에 정현애를 과장대리로 진급시켜줘."

"정현애를?"

백영주가 물끄러미 이광을 보았다. 정현애는 고졸로 입사 6년 차다. 과에서 행정 업무만 하다가 이광의 배려로 영업직에 나섰는데 열의에 차 있다. 통솔력도 있고 치열하다. 김성규와 함께 있을 때 둘 사이가 회사에 소문이 날 정도였지만 지금은 많이 씻긴 상태다. 그때 백영주가 입을 열었다.

"알았어, 그렇게 할게."

"중동부가 되려면 중간 간부급이 하나 더 필요해."

"누구 있어?"

"없어. 찾아볼게."

"비서실 정지현이 나간 것도 김성규 때문이지?"

백영주가 불쑥 물었다. 정지현은 김성규가 미국출장을 나가 있는 동안 퇴사한 것이다.

"글쎄."

회사에서 소문이 그렇게 난 것이다. 정지현과 김성규가 여러 번 현장을 들켰기 때문이기도 했다. 김성규가 정지현을 이용하고 찼다는 소문이지만 스폰서 이야기를 할 필요는 없다. 이광이 잠자코 백영주의 몸위에 오르자 대화는 끊어졌다.

강기창이 웃음 띤 얼굴로 이광을 보았다.

"널 보면 내가 얼마나 게으르고 뒤처진 인간이라는 것을 깨닫게 돼."

"왜 이러십니까, 형님."

쓴웃음을 지은 이광이 방안을 둘러보는 시늉을 했다. 트리톤 지점장실이다.

"형님은 이제 트리톤 지점장이 되셨지 않습니까? 형님만큼 초특급 승진을 하시는 분이 어디 있다고……."

"난 있는 자리에 올라갔지만 넌 없는 자리를 만들어서 올라갔어."

오전 11시, 오늘은 이광이 트리톤의 강기창을 찾아온 것이다.

"내가 참 먼저 너한테 고맙다는 인사를 해야 되는 걸 잊었다."

갑자기 정색한 강기창이 이광을 보았다.

"은서 도와줘서 고맙다."

강기창이 앉은 채 머리까지 숙이는 바람에 이광이 당황했다.

"형님, 그러지 마십시오."

"네가 은서한테 3천5백 불을 줬다면서?"

"아니, 그게……."

"은서가 네 오피스텔에서 떠날 때까지 지내고 있었다는 걸 나중에야 알았다."

"……."

"은서가 떠나기 전날에 인사를 와서 다 말해주더구나."

"그랬습니까?"

쓴웃음을 지은 이광이 강기창을 보았다.

"글쎄, 저한테는 쪽지도 한 장 남겨놓지 않았더라고요."

"그 이야기도 하더라."

머리를 들었던 강기창이 외면한 채 말을 이었다.

"편지를 여러 장 썼다가 다 찢었다고 했어."

"……."

"부담을 주는 것 같아서 그랬대. 하지만 고마움은 평생 간직하겠다고 했어."

"베를린에 있습니까?"

"응, 이제 자리를 잡고 공부한다는군."

"저한테는 과분한 여자예요."

"은서도 그러더라, 저한테는 네가 과분하다고."

"형님, 말 지어내지 마십시오."

"내 생각도 그래. 넌 은서한테 과분해."

"오더 이야기나 하십시다."

"그래, 참."

머리를 든 강기창이 이광을 보았다.

"참, 오세영이가 미국으로 간 거 아냐?"

"모르는데요."

이광이 그래놓고 덧붙였다.

"제가 알 리가 있습니까?"

오세영은 트리톤을 그만둔 것이다. 머리를 끄덕인 강기창이 말을 이었다.

"뉴욕으로 갔다고 들었어. 무슨 회사에 들어갔다는데 이름은 잊어먹었다."

"아, 예."

"여기서 사귀던 놈하고도 헤어진 모양이야, 뉴욕으로 간 것을 보니까."

"그럴 수도 있겠지요."

"자, 올해는 유성에 1백만 불을 줄게."

서류를 들춘 강기창이 웃음 띤 얼굴로 말을 이었다.

"거기 담당자가 잘하는 것 같더라. 우린 대기업 중심으로 운용했지만 이젠 내가 지사장이야. 이쯤 못 내놓겠냐?"

이광의 얼굴에도 웃음이 떠올랐다. 이제 강기창과는 신뢰를 주고받는 관계인 것이다.

회사로 돌아온 이광이 윤지혜를 회의실로 불렀다. 윤지혜가 트리톤도 맡고 있는 것이다. 긴장한 윤지혜가 이광을 보았다.

"트리톤 강 지점장 만나고 왔어."

이광이 강기창한테서 받은 올해 오더 계획서를 윤지혜에게 내밀었다.

"강 지점장이 윤지혜 씨 칭찬하더라."

윤지혜의 얼굴이 조금 상기되었다. 계획서를 본 윤지혜가 눈을 크게 뜨고 이광에게 말했다.

“트리톤이 1백만 불이면 공장이 부족해요.”

“당연하지.”

이광이 지그시 윤지혜를 보았다. 윤지혜는 어느덧 수출부 퀸으로 소문이 났다. 윤지혜가 온 지 얼마 안 되어서부터 남사원들의 시선이 모였다. 김성규는 윤지혜가 색기가 흐른다고까지 했다. 그러나 이광은 윤지혜를 무심(無心)하게 관리했다. 무시하지도, 그렇다고 관심을 보이지도 않고 자연스럽게 관리한 것이다. 그것을 본인이 가장 잘 알 것이다. 이광의 시선을 받은 윤지혜의 눈동자가 흔들렸다. 윤지혜를 상대하는 에이스무역의 정남희는 노골적으로 라이벌 의식을 내보이고 있다. 이윽고 이광이 입을 열었다.

“윤지혜 씨가 안창문 씨를 만나보도록 해.”

“예? 안창문 씨요?”

윤지혜의 얼굴이 이제는 하얗게 굳어졌다. 안창문이 퇴사한 것은 윤지혜가 비리를 폭로한 것이 결정적이다. 그때 이광이 말을 이었다.

“안창문을 만나서 공장을 운영해보지 않겠느냐고 물어봐.”

“이번에 김성규가 미국에서 600만 불 오더를 가져왔습니다.”

김방현이 웃음 띤 얼굴로 말을 이었다.

“대박 났다고 소문이 났습니다. 그중 2백만 불은 유성상사에 로컬을 주고 4백만 불은 직접 생산을 한다는 겁니다.”

오후 5시 반, 이광과 김방현은 영등포역 근처의 커피숍에서 마주앉아 있다.

"국제통상의 올해 실적은 얼마나 될 것 같아?"

이광이 묻자 김방현이 서류를 뒤적이다가 말했다.

"1,500만 불쯤 될 것 같습니다."

"그만하면 에이전시 물량으로 크군."

"예, 그중 절반 이상이 김성규가 가져온 오더지요. 유성에 있으면서 딴 주머니를 찬 겁니다."

그것은 이광도 마찬가지다. 오히려 규모 면으로 보면 김성규의 몇십 배가 되는 데다 주모자다. 김성규는 제 외삼촌 남영호의 조역인 것이다.

"국제통상 하청 공장 관리자를 정보원으로 만들어 놓아서 정보 대부분은 빼낼 수 있습니다. 두 단계만 거치면 다 연결되니까요."

이광의 정보원 역할에 이골이 난 김방현이 말을 이었다.

"김성규는 조이백화점의 사주 딸 안하연하고 곧 약혼할 것 같습니다. 이건 안하연 자택의 가정부한테서 들었습니다."

"잘되었군."

"하지만 이걸 보시지요."

김방현이 내놓은 사진을 본 이광이 숨을 들이켰다. 저절로 이맛살이 찌푸려졌고 어금니가 물려졌다. 김성규와 윤지혜가 마주앉아 있는 것이다. 이광의 눈치를 본 김방현이 말을 이었다.

"쿠웨이트에 계실 때 둘이 만난 사진입니다."

"……."

"서울호텔 커피숍에서 오후 7시에 만난 사진이죠. 그런데 이 녹음테이프를 들어보시지요."

김방현이 탁자 위에 소형 녹음기를 꺼내 놓더니 리시버를 끼우고는 이광에게 내밀었다.

“그날 저녁 일식당에서 둘이 이야기하는 내용을 중요한 부분만 편집했습니다.”

이광이 리시버를 귀에 끼우자 김방현은 버튼을 눌렀다. 그때 곧 윤지혜의 목소리가 또렷하게 울렸다.

“과장님, 저 생각해주시는 건 고마운데요, 오늘 이후로 저한테 개인적인 접촉은 삼가 주셨으면 합니다.”

“응? 그래?”

김성규가 당황한 듯 목소리가 딴사람 같다.

“난 호의였어. 솔직히 윤지혜 씨가 매력적이기도 했고. 그런데 그것이 불쾌한 모양이군.”

“네, 전 그 말씀 드리려고 오늘 나온 겁니다. 전화상으로나 회사에서는 거북하실 것 같아서요.”

“그랬군.”

“우리 과 정 선배하고도 사귀셨잖아요?”

“응? 정 선배? 정현애 씨 말인가?”

“네, 정 선배한테서 들었습니다.”

“뭐, 뭐라고 들었는데?”

“조심해야 된다고요.”

기가 질린 듯 김성규의 목소리는 들리지 않았고 윤지혜가 말을 이었다.

“과장님, 세상에 여자 많잖아요. 왜 하필 좁은 회사 안에서 분란을 일으키세요? 전 이해할 수 없어요.”

그때 이광의 얼굴에 웃음이 떠올랐고 그것을 본 김방현이 버튼을 눌렸다. 김방현의 얼굴에도 웃음이 떠올라 있다.

"일식당 옆방에서 녹음했습니다. 똑똑한 여직원이죠?"

"응, 그렇군."

"얼굴도 예쁘고 섹시하더군요."

"자, 수고했어."

김방현의 말을 막는 것처럼 이광이 주머니에서 봉투를 꺼내 내밀었다. 경쟁 사회에서는 정보가 가장 중요하다. 정보에 투자하는 비용은 아깝지 않은 것이다.

그날 저녁, 이광은 김성규와 둘이 인사동에 위치한 카페에서 마주앉아 있다. 이곳은 김성규가 개발해낸 카페라고 했는데 조용했고 룸살롱 분위기의 카페였다. 오늘은 김성규가 낸다고 했기 때문에 이광은 시키는 대로 놔두었다. 김성규와 만나기 전에 김방현한테서 정보를 들은 터라 먹은 것이 없어도 배가 부르다. 술과 안주를 시키고 나서 여자는 조금 후에 부른다고 해놓고 이광에게 물었다.

"너 내년에 어떻게 할 거야?"

"뭐를?"

"내년에도 그냥 과장 할래?"

김성규의 시선을 받은 이광이 피식 웃었다. 이틀 전 밤에 백영주하고 나눈 이야기다. 김성규도 생각이 같은 것이다. 정색한 김성규가 말을 이었다.

"너하고 난 독립해야 돼. 각각 중동부, 미주부로 승진, 분가(分家)해야 된단 말이다. 그것이 정상이다, 그렇지 않냐?"

"그거야 그렇지만."

“다른 4개 과 놈들하고 똑같이 취급받을 수는 없어. 어때, 나하고 같이 회장한테 건의하자.”

이광이 지그시 김성규를 보았다. 이런 땐 동지이고 우군이다. 이광이 입을 열었다.

“아직 시간이 많아. 서둘지 마.”

술잔을 든 이광이 웃음 띤 얼굴로 김성규를 보면서 생각했다.

‘어차피 저놈이나 나나 유성상사에서 말뚝 박고 견딜 놈들은 아니다. 둘 다 빼먹을 건 다 빼먹고, 유성에 기대어서 이용할 건 다 이용한 후에 걷어차고 나가겠지.’

한 모금에 술을 삼킨 이광의 생각이 이어졌다.

‘유성에 신의를 지킨다는 둥, 손해를 끼치지 않는다는 둥의 변명은 사기다. 저놈이나 나나 똑같다.’

시선이 마주친 김성규가 웃는 바람에 문득 이광의 생각이 딴 곳으로 옮겨졌다.

‘저놈도 에이스무역의 정체를 알고 있는 것이 아닐까?’

조심하고 있지만 정보가 샜을지도 모른다. 심호흡을 한 이광이 자위했다. 에이스무역의 정체가 드러난다고 해도 이광에게 법적인 문제는 없는 것이다. 김성규와 마찬가지로 두 개의 회사를 동시에 다닐 수 없기 때문에 유성을 그만둬야 할 뿐이다. 그때 김성규가 말했다.

“좋아, 그럼 10월쯤 우리가 회장한테 건의하는 것이 어때? 그땐 올해 실적이 마무리 단계라 드러날 것이고 내년 계획을 세워야 할 테니까.”

“그러자, 그때가 적당해. 그땐 인원, 예산, 내년도 목표까지 세운 후에 회장을 만나야 돼.”

"맞아."

김성규가 커다랗게 머리를 끄덕였다.

"계획도 서로 상의하고 세우자. 이태진이나 다른 4개 과장들이 어떻게든 훼방을 놓으려고 들 테니까 말이야."

"그래야겠지."

"쪼다 같은 놈들이 남 잘되는 꼴은 못 봐."

"여자 부르자."

"아, 그래야지."

활짝 웃은 김성규가 벨을 누르면서 한쪽 눈을 감았다.

"여긴 안쪽에 방이 있어. 파트너 마음에 들면 안으로 데리고 들어가도 돼."

오피스텔로 돌아왔을 때는 11시쯤이 되었을 때다. 텅 빈 오피스텔 안은 환기를 시키지 않아서 쉰 냄새가 났고 며칠간 청소를 하지 않아서 어수선했다. 강은서가 깨끗하게 정돈해놓고 갔지만 다시 어지럽혀져 있는 것이다. 씻고 옷을 갈아입은 이광이 소파에 앉아 전화기를 들었다. 버튼을 누르자 신호음 3번 만에 곧 응답 소리가 울렸다.

"여보세요."

어머니다.

"어머니, 저요, 광이."

"아이구, 광이냐?"

반색을 한 어머니의 목소리가 높아졌다.

"지금 11시가 넘었는데 웬일이냐?"

"그냥 안부 전화 했어요."

"아버지는 지금 술 잡수고 주무신다."

"어머니, 별일 없으세요?"

"아이구, 무슨 별일은. 니 덕분에 우리 식구가 다른 걱정이 없다."

어머니 주영희는 본래 자식들이 굶지 않고 살기만을 바랐다. 평생을 우체국 직원으로 근무한 아버지는 퇴직한 후에 고향인 옥천으로 낙향했다. 그 후로는 벌통 50개를 늘렸다가 줄였다가 하면서 살았으니 오죽했겠는가? 자식들은 굶기지 않고 지냈지만 이광은 고등학교를 졸업할 때까지 택시를 한 번도 타지 못했다. 그런데 지금은 이광의 동생 이철은 자동차 정비소 사장이 되었고 여동생 이명화는 보육원 원장이다. 보육원 건물을 소유하고 있으니 보육원 총재라 해도 된다. 모두 이광이 자본을 대주었기 때문이다.

"어머니, 제가 바빠서 다음 주에 내려가지 못하게 되었어요."

이광이 말하자 주영희가 한숨부터 쉬었다.

"아이구, 네 얼굴이나 보려고 했는데 바쁘다니 할 수 없지. 언제 올 거냐?"

"다음 달쯤 연락드릴게요."

다음 주에 다시 외국에 나간다고 할 필요는 없다.

"참 네가 보낸 돈 잘 받았다. 생활비만 보내도 남는데 무슨 돈을 백만 원이나 보냈냐?"

"사고 싶으신 것 사세요."

"고맙다."

"아버지한테 안부 전해주세요, 어머니."

"밥 거르지 말고 먹어라."

"예, 어머니."

전화기를 내려놓은 이광이 눈앞에 문득 백영주의 모습이 떠올랐다. 어머니가 이광을 기다린 이유는 여자를 소개시켜 주려는 것이었다. 지금도 어머니는 백방으로 여자를 고르고 있는 중이다. 이광의 눈앞에 이제는 침대에서 꿈틀거리는 백영주의 알몸이 펼쳐졌다. '과연 나는 백영주를 결혼 대상으로 생각하고 있는가?' 이광이 처음으로 자신에게 물었다. 지금까지 이 물음을 회피하고 있었던 것 같다. 이광의 얼굴에 쓴웃음이 번졌다.

"아 네, 안녕하세요."

앞쪽에 앉은 윤지혜가 전화를 받았다. 오전 10시 반, 마침 과(課)에는 신입 사원 장태호 하나만 그 앞쪽에 앉아 있을 뿐이다. 모두 공장과 바이어 사무실에 나간 것이다. 이광이 다시 서류를 보았고 윤지혜의 목소리가 울렸다.

"네, 과장님은 돌아오셨는데요, 지금 자리에 안 계시네요."

다시 머리를 든 이광이 윤지혜의 뒷모습을 보았다. 그때 윤지혜가 말을 이었다.

"제가 샘플을 맡고 있는데요, 회사 정책상 샘플 대금을 받아야 진행이 될 것 같아요. 이건 과장님 임의로 작업을 시킬 수가 없거든요."

최국진이다. 이광이 어깨를 늘어뜨리면서 입맛을 다셨다. 포트사이드에서 카이로로 피신한 최국진이 지금 간절하게 샘플을 기다리고 있다. 샘플을 받으면 당장 팔아먹겠지. 수량이 많아서 1만5천 불 이상은 챙길 수 있을 것이다. 최국진의 말을 들은 윤지혜가 다시 부드럽게 말했다.

"샘플 제작비만 1만5천 불 정도가 들거든요. 만일 샘플만 나가고 실적이 없게 되면 과장님이 다 물어내시게 됩니다. 그래도 될까요?”

잠깐 후에 윤지혜가 물었다.

“과장님이 약속하셨다고요? 그렇게 많은 샘플을요? 믿을 수가 없네요. 뭘 믿고 1천 매가 넘는 샘플을 보내지요? 더구나 개인 앞으로요?”

그러더니 윤지혜가 웃음 띤 목소리로 말했다.

“죄송해요, 앞으로는 회사에다 전화하시지 말았으면 좋겠어요. 다른 데에다 알아보시는 게 낫겠네요. 그럼 전화 끊습니다.”

전화기를 내려놓은 윤지혜가 머리를 돌리기 전에 이광은 다시 서류를 보았다. 이런 때는 가만있는 것이 낫다. 최국진은 두 번 다시 연락하지 않을 것이다. 이런 대답을 듣고 또 다시 연락을 한다면 막장 인생이다. 그때는 가차 없이 처리하면 된다. 서류를 보면서 이광은 가능한 한 윤지혜한테는 비밀을 털어놓지 않는 것이 낫다는 결론을 내었다. 우선 정남희 하나로 견디도록 하자. 이쪽도 윤지혜를 심복으로 만들어서 정남희와 손발을 맞춰 일을 진행시키면 좋겠지만 비밀은 공유한 사람이 적어야 하는 것이 원칙이다. 이것은 카스파에서 생사(生死)를 겪고 나서 얻은 경험이다. 서류에서 시선을 든 이광은 마침 자리에서 일어나 이쪽으로 다가오는 윤지혜를 보았다. 눈초리가 조금 솟은 눈, 엷은 입술은 굳게 닫혔고 검은 눈동자는 또렷하다. 곧은 콧날, 눈에 열기가 떠 있는 것처럼 번들거리고 있다. 그래서 김성규가 색기가 있다고 했던가? 지금도 김성규의 유혹을 단호하게 거부하던 윤지혜의 목소리가 귀를 울리고 있다. 책상 앞에 다가선 윤지혜가 결재 서류를 내밀었다. 이광이 잠자코 서류를 펴서 내용을 훑어보았다. 리스타 브랜드의 샘플 작업 계획서다. 계획서는 일목요연하게 정리되었고 일정도 예정보다 빠르게 진행되고 있다. 머리를 끄덕인 이광이 사인을 하고는 서류를 돌려주었다.

"잘했어."

"감사합니다."

"그리고 최국진 씨한테 전화 받는 내용 들었는데, 그것도 잘했어."

"네, 과장님."

윤지혜의 시선을 받은 이광이 이제는 시기가 되었다는 생각을 했다.

"윤지혜 씨, 입사한 지 얼마나 되었지?"

"예, 다음 주면 6개월이 됩니다."

"알았어. 오늘 나하고 점심 먹지."

"예, 과장님."

윤지혜의 표정에 변화가 없었으므로 이광은 마음이 놓였다. 윤지혜가 업무적으로 받아들인 것 같다.

"그럼 12시에 영등포역 앞 '남원한정식당'으로 와. 내가 예약해놓을 테니까."

윤지혜가 머리를 숙여 보이고는 몸을 돌렸다.

12시 정각에 이광이 '남원한정식당' 방으로 들어서자 미리 와 기다리고 있던 윤지혜가 자리에서 일어섰다. 한 상에 자장면 20그릇 값인 1만 원을 받는 터라 방에서 먹는 것이다. 둘이 자리 잡고 앉자 곧 교자상에 담긴 한정식 상이 종업원 둘에게 들려 놓여졌다. 윤지혜가 처음 본 모양인지 눈이 둥그레졌다.

"바이어 접대용으로 개발한 식당이야."

이광이 젓가락을 들면서 말했다.

"윤지혜 씨도 알아 놓으라고."

"예, 과장님."

윤지혜의 표정도 자연스럽다. 긴장한 것 같지 않아서 이광의 마음도 편해졌다. 상에는 그야말로 진수성찬이 놓여서 먹음직스럽다.

"요정 접대는 여기에다 시중드는 여자들이 포함된 거야."

식사를 거의 마쳤을 때 이광이 웃으며 말했다.

"방으로 밴드가 들어오고."

"가 보셨어요?"

"태우상사 덕분에 가보았지."

"한번 데려가 주세요."

"안 될 것 없지, 바이어 접대를 하려면."

"안창문 씨는 언제 만나지요?"

불쑥 윤지혜가 묻자 이광이 다시 웃었다.

"내가 바빠서 연락을 못 했어. 이번에 쿠웨이트에 다녀와서 만나도록 해."

그러고는 이광이 지그시 윤지혜를 보았다. 지시 받은 일은 기억하고 있다. 믿을 만하다.

"할 이야기가 있어."

마침내 이광이 젓가락을 내려놓고 윤지혜를 보았다. 이 순간이 이광과 윤지혜와의 정식 인연이 시작되는 것이다. 물론 이 인연이 끝까지 이어진다는 보장은 없다. 얼마 안 가서 풍비박산이 날 수도 있다. 바로 안창문의 경우가 그 예다. 지금 이광은 과(課)의 비밀을 나누어주려는 것이다. 비밀은 나누어 갖는다는 것은 그만큼 신임을 한다는 뜻도 된다. 윤지혜도 어느덧 긴장한 얼굴이 되었고 이광이 말을 이었다.

"안창문 씨를 어떻게 보나?"

숨을 들이켰던 윤지혜가 바로 대답했다.

"신의를 배신했다고 생각합니다."

"누구에게 대한 신의냐?"

"과장님에 대한 신의죠."

"회사는?"

"전 그렇게까지 멀리는 못 봅니다."

말하는 동안 윤지혜는 시선을 떼지 않는다. 이광이 시선을 잡은 채 다시 물었다.

"구체적으로 말해봐."

"과장님께 신의를 지키는 것이 회사, 나아가서 국가를 위한 것이라고 생각해요."

"어쭈, 통이 크구나."

너무 분위기가 경직된 것 같아서 농담을 했지만 윤지혜는 그대로 눈을 치켜뜨고 있다. 눈초리가 더 올라갔고 입술은 다부지게 닫혀 있다. 순간 이광은 목이 좁아지는 느낌을 받았다. 심호흡을 한 이광이 입을 열었다.

"윤지혜 씨, 날 믿나?"

"네."

"어떻게 생각해?"

"뛰어난 능력의 소유자라고 생각해요."

"어떤 면이 그래?"

"업무 능력, 대인 관계, 그리고 리더십."

"내가 초인이냐?"

"무서울 때가 있어요."

“어느 때?”

“가끔 던지는 눈빛, 웃을 때도.”

“생각하는 대로 말해. 오늘 그런 말 들으려고 만난 것이니까.”

“비밀이 많으신 분 같습니다.”

“옳지.”

“그래서 믿고 따라도 안심할 수 있을 것 같아요.”

“비밀이 많아서?”

“잠재력 같은 거죠.”

“날 믿고 따르겠다고?”

“네, 과장님.”

“어떤 지시를 해도?”

“업무적인 지시라면요.”

“과(課)나 회사 규정에 어긋나도?”

“물론이죠?”

“회사보다 나를 따르겠다고?”

“맞아요.”

윤지혜가 머리를 크게 끄덕였다, 두 번.

“회사보다 과장님을 믿거든요.”

“8개월짜리가 담대하군.”

“그게 현실적이거든요.”

“말대답 또박또박 하지 마.”

“예, 과장님.”

윤지혜가 입을 다물었을 때 다시 어깨를 부풀렸다가 내린 이광이 윤지혜를 보았다.

"이건 과(課)에서 나하고 정현애 씨만 알고 있는 일인데 너한테도 말해주겠다."

윤지혜는 숨을 죽였고 이광이 말을 이었다.

"난 부정행위도 공유해. 다만 내가 주도할 뿐이야. 무슨 말인지 이해가 가나?"

"네, 과장님."

"너도 공범이 된다는 말이다, 난 주범이고. 알아?"

"네, 과장님."

"그래? 공범이 될 용의가 있어?"

"예, 과장님."

"좋아."

이제는 이광도 커다랗게 머리를 끄덕였다, 두 번. 그러고는 엄숙하게 말했다.

"혈서를 써라."

"네?"

놀란 윤지혜가 숨을 들이켰다.

"어, 어떻게요?"

이광의 표정을 본 윤지혜가 다시 물었다.

"뭐라고 써요?"

"저기 고추장으로."

이광이 턱으로 상 위의 고추장을 가리켰다.

"사랑해라고 써."

"아유."

윤지혜의 얼굴이 순식간에 새빨개지더니 몸까지 비틀면서 눈을 흘졌다. 그 순간 이광의 목구멍이 다시 좁혀졌다. 그때 정색한 이광이 말을 이었다.

"그건 농담이고."

이광이 똑바로 윤지혜를 보았다.

"하청 공장 중에 리베이트를 걷는 공장이 6개 있어."

다시 윤지혜가 정색했고 이광이 말을 이었다.

"안전장치를 해놓고 수금하지만 앞으로 네가 정현애 씨하고 같이 관리하도록 해."

"네, 과장님."

"이제 너하고도 약점을 공유하는 사이가 된 거야."

쓴웃음을 지은 이광이 들고 온 가방에서 봉투를 꺼내더니 윤지혜에게 내밀었다.

"난 이걸 개통식이라고 해. 그래서 개통 기념으로 떡밥을 준다. 2백만 원이다, 받아."

놀란 윤지혜가 석상처럼 굳어졌다. 2백만 원이면 윤지혜의 5개월 월급이다.

23일 만에 쿠웨이트로 돌아왔다. 처음 입국했을 때와는 달리 이번에는 프라카시가 공항으로 마중을 나왔고 공항 건물 앞에는 리무진이 대기하고 있다. 물론 빌린 것이지만 한 달 전하고는 천양지차 아닌가?

"마침 내일 케냐의 구위마 씨가 온다고 했습니다."

시내로 들어가는 차 안에서 프라카시가 보고했다. 구위마는 케냐의 거상으로 동아프리카에 쓰레기를 공급하고 있다. 쓰레기란 중국에서 중량으로 수입해온 의류를 말한다. 프라카시가 이광을 보았다.

"이번에 5백만 불 정도의 물량을 가져간다고 합니다, 주인님."

이광이 머리만 끄덕였다. 프라카시는 구위마를 끌어들인 칭찬을 받고 싶은 것이다. 지금까지 구위마는 프라카시가 근무했던 마흐다상회의 고객이었던 것이다. 마흐다상회의 주인 마흐다는 알짜 고객인 구위마를 빼앗겼지만 대놓고 항의를 하지 못하고 속만 끓일 것이다. 리스타상사의 배경을 알기 때문이다. 이라크 군부(軍部)가 지분을 갖고 있는데다 쿠웨이트 정보국이 배경에 있는 회사인 것이다. 잘못 보이면 내일 아침에 가게 문을 닫게 될 수도 있다. 이광이 물었다.

"이번에도 중국산 쓰레기를 가져간다는 거야?"

"예, 주인님."

프라카시가 공손히 말했다. 사장님이라고 부르지도 않고 주인님이다. 그만큼 복종심을 드러낸다. 그동안 이광의 배경을 피부로 느낀 것 같다. 프라카시가 말을 이었다.

"구위마는 쓰레기로 5배 장사를 합니다. 1백만 불 물량이면 5백만 불을 받고 팝니다."

이광의 얼굴에 쓴웃음이 번졌다. 구위마는 케냐는 물론 탄자니아, 우간다, 내륙의 콩고에까지 수만 명의 판매원을 거느리고 있는 것이다. 길거리에 쓰레기를 쌓아놓고 직접 판매를 해서 돈을 거둬들인다. 그래서 상인들은 구위마 같은 아프리카 거상을 여왕개미라고 부른다. 이윽고 이광이 머리를 끄덕였다.

"사는 사람이 있으니까 파는 사람이 있는 거야."

"그렇습니다, 주인님."

"중국 생산업자는 알아 놓았나?"

"예, 주인님."

프라카시가 말을 이었다.

"복건성의 관리 우창 씨가 연락만 하면 바로 날아올 것입니다."

쓰레기 생산업자다. 중국은 아직 민간 기업 체제가 아니어서 관(官)에서 공장을 운영한다. 그래서 공장 규모는 엄청나게 크지만 공산주의 체제로 운용이 되다 보니까 하루에 100장 생산하는 근로자나 1장 생산하는 근로자 대우가 똑같다. 품질 관리 개념도 없고 납기도 지키지 않는다. 자본주의 사회에서는 진즉 망했어야 할 공장이 관(官)의 통제하에 운영되고 있는 것이다. 등소평이 자본주의를 도입했지만 아직 1년도 되지 않은 상황이다. 그러니 아프리카의 쓰레기 장사꾼들도 중국 정부 상인들과는 직접 거래하지 않는다. 직접 쓰레기 값을 지불했다가 백발백중 사기를 당했기 때문이다. 컨테이너에 풀을 가득 채워서 보내거나 건축 자재 쓰레기를 보낸 적도 있다. 그래서 쓰레기란 말이 시작되었다고 했다. 그러니 중간 상인인 쿠웨이트 상인을 통해서 의류 쓰레기라도 가져가려는 것이다. 프라카시가 다시 보고했다.

"사우디 도매상 무칼리 씨가 며칠 후에 들를 것입니다. 주인님께서 한국 분이시니까 사업 이야기를 하고 싶다고 했습니다."

이광의 시선을 받은 프라카시가 말을 이었다.

"지금까지 그리스에서 중급품 브랜드를 가져왔는데 자꾸 가격을 올린다고 합니다. 그래서 제가 우리 가게를 통해서 새 중급품 브랜드를 공급받으라고 제의했습니다."

"그렇다면 리스타 브랜드를 팔지."

이광의 눈빛이 강해졌다.

"무칼리를 통해 리스타를 시작해도 되겠다."

"제 생각도 그렇습니다."

"잘했어, 프라카시."

"아닙니다, 주인님."

"네가 내 뜻을 이해하고 있어서 기쁘다."

"저는 주인님을 만난 것을 신의 은혜로 알고 있습니다."

"내가 고맙지."

덕담을 나누었지만 이광은 편의공작대 시절부터 세파를 겪은 인생이다. 막강한 배후가 도사리고 있는 터라 리스타상사의 위치는 단단하다. 그러니 프라카시가 순식간에 심복이 되어 있는 것이다. 세상만사는 다 타산으로 움직인다. 장사꾼 세계에서는 더욱 그렇다. 공항에서 가게로 직행한 이광은 종업원들의 인사를 받고 격려했다. 어느덧 리스타상사의 직원은 프라카시를 포함해서 8명, 창고에도 2명을 채용했기 때문이다. 만 한 달밖에 안 되었는데 리스타상사는 지난번 이광이 가져간 오더까지 포함해서 8백만 불의 오더를 수주했다. 프라카시가 예상한 월 1,500만 불을 넘을 수도 있을 것 같다. 이광은 가게 일을 보고 나서 밤 12시가 넘어서야 호텔로 돌아왔다.

"여보세요?"

대뜸 수화구에서 울리는 여자 목소리, 한국어, 이광이 벽에 붙은 시계를 보았다. 오전 2시, 한국은 오전 8시다. 윤지혜도, 정남희 목소리도 아니다. 정현애도 아니다.

"누구세요?"

이광이 묻자 수화구에서 맑은 웃음소리가 울렸다. 잠이 다 달아난 이광이 전화기를 고쳐 쥐었다. 가게에서 돌아와 씻지도 않고 깜박 잠이 들었던 것이다. 그때 여자가 말했다.

"강인숙입니다. 기억하세요?"

이광이 숨을 들이켰다. 강 대위, 이라크에 무기를 파는 북한군 대위다. 지난번 이 여자와 암만 공항에서 통화를 하고 나서 처음 목소리를 듣는다.

"아, 그럼요. 그런데 내가 여기 있는 줄은 어떻게 아시고?"

"여긴 바그다드예요, 이광 씨. 아니 이 사장님이라고 불러야 되나?"

"그러시군요, 강 대위님."

"이광 씨가 사장이 되신 것처럼 저도 진급했습니다. 저도 실적을 올렸거든요."

"그럼 소령이 되셨겠네요."

"소좌죠."

"그렇군요."

"야합 준장님한테서 들었습니다."

"아, 그렇군요."

"준장님이 가게 전화번호까지 알려 주시더군요. 그래서 가게에 연락했더니 호텔방 번호까지 불러 주더라고요."

강인숙의 목소리에 웃음이 섞였다.

"내가 이 대위, 아니 이 사장님 애인인 줄 알았던 것 같습니다."

이 대위란 말에 이광의 팔에 소름이 돋아났다. 편의공작대장 대위 출신이라고 공갈을 쳤던 것이다. 그래서 얼떨결에 대답했다.

"뭐, 그럽시다. 같은 동포끼리 연애하는 것도 좋죠."

"내가 언제 한번 구경 가도 됩니까?"

이광의 말은 귓등으로 흘린 강인숙이 물었다.

"내가 여기 있을 때 오셔야지요."

긴장한 이광이 말을 이었다.

"마침내 우리가 다시 만나게 되는 겁니까?"

"아유, 이 사장님 연애 선수이신가 봐."

"강 대위, 아니 강 소좌님도 보통 아니신 것 같은데요 뭘."

"언제까지 쿠웨이트에 계실 건데요?"

"한 열흘 정도 있을 겁니다."

"여기 일 마치고 시간이 나면 연락드려도 되죠?"

"아, 그럼요."

"그럼 연락드릴게요."

"기다리지요."

통화를 끝낸 이광이 전화기를 내려놓고는 심호흡을 했다. 그때서야 빨라진 심장 박동을 느낀 이광이 혼잣말을 했다.

"이년이 미쳤나?"

외국에 나갔을 때 북한 기관원은 조심하라는 주의 사항을 수시로 들어왔다. 무역진흥공사는 말할 것도 없고 외무부에서도 교육 자료를 보내오는 상황이다. 북한인과 접촉했을 때 즉각 대사관이나 본국에 연락하라고 했지만 이광은 그러지 않았다. 잠이 다 달아난 이광은 30분쯤 기다렸다가 회사에 전화를 했다. 전화를 받은 윤지혜가 반색했다. 개통비 200만 원을 받은 다음 날 아침에는 시선도 마주치지 않더니 오전부터 밝아지기 시작했다. 공범이 된 것이다. 그러나 리베이트 먹는 일과 에이스무역, 리스타상사 관계는 엄연히 다르다. 이것은 공범, 주범 관계가 성립될 수도 없는 일이다. 윤지혜와 정남희의 위치가 다른 것이 그 증거다. 윤지혜의 회사는 유성상사인 것이다.

"리스타 샘플을 되는 대로 에이스무역으로 가져다주도록 해."

이광이 말을 이었다.

"에이스 정남희 씨가 여기로 항공편을 통해 보낼 테니까 말이야."

"알겠습니다. 오늘 중으로 일부 정남희 씨한테 가져가겠습니다."

윤지혜가 목소리를 낮췄다.

"그리고 거기 전번 알려주시면 진행 과정을 보고 드릴게요."

"알았어."

이광이 호텔과 방 번호를 알려주고 나서 전화를 끊었다. 예감이 이상했기 때문에 방안을 서성이던 이광이 30분쯤 후에 다시 윤지혜의 전화를 받았다.

"과장님, 보고 드릴 것이 있는데요."

윤지혜가 차분한 목소리로 말했다. 아마 회사 밖에서 전화를 하는 것 같다.

"과장님, 서일섬유에서 저한테 150만 원을 가져왔는데요. 과장님이 저한테 갖다 주라고 하셨다면서요?"

"그랬어."

"그래서 받아 놓았어요. 보관하고 있으면 되죠?"

"잘했어. 보관하고 있어."

"정 언니한테 말 안 해도 돼요?"

"안 해도 돼."

"알겠습니다."

이렇게 비밀을 공유하면 공범이 된다.

구위마는 2미터 가까운 장신에 피부는 검은색 페인트를 칠한 것 같았다. 맞춤 양복을 입고 있었는데 마른 체격이어서 검정 사마귀가 서 있는 것 같았다.

"당신이 유명한 코리안 리군요."

구위마가 유창한 영어로 말하며 손을 내밀었다. 흰 이가 드러났고 동굴 같은 입안은 붉다. 이광의 손을 쥔 구위마가 말을 이었다.

"당신이 보증만 해준다면 내가 두 달에 한 번씩 5백만 불 물량을 가져가지요."

안쪽 소파로 안내된 구위마가 긴 다리를 꼬고 앉으면서 붉은 실핏줄이 덮인 눈의 흰자위를 크게 뜨고 있었다.

"지난번에 마흐다 씨한테서 받은 컨테이너 47개 중 19개 분량이 거지도 못 입을 천 조각이었습니다."

그것 때문에 마흐다와 거래를 끊은 것이다. 구위마가 말을 이었다.

"중국 관리들은 뇌물만 주면 다 됩니다. 하지만 제품을 확인할 수가 없지요. 그것이 문제인 겁니다."

프라카시가 옆에서 설명했다.

"중국 공장에 가서 제품 검사를 해야만 하는데 지금까지 해본 적이 없습니다, 주인님."

왜 그러느냐고 물을 필요는 없다. 검사를 하고 선적을 시킬 정도라면 쓰레기 가격으로 팔지 않을 것이기 때문이다. 공장은 가동되어도 도무지 생산성 향상이나 품질 관리 따위의 의식이 없는 환경인 것이다. 가만 앉아 있어도 배급이 나온다. 미싱을 돌리거나 화장실 청소를 하거나, 하루 100장을 만들거나 핑계 대고 놀거나, 10년짜리 반장이거나 한 달짜리 보조가 똑같은 수당을 받는다. 이러니 엄청난 규모의 공장 생산량이 그 10분의 1 규모의 다른 나라 공장 생산량보다 적은 것이다. 구위마가 들고 온 가방을 프라카시가 건네주었다. 커다란 트렁크다.

"여기 이번에 내가 구입할 샘플을 가져왔소. 43가지 스타일인데 4가지 사이즈로, 색상은 5가지, 각각 40피트짜리 컨테이너 2개 물량이니까 86개 컨테이너가 되겠소."

구위마가 말하는 동안 프라카시가 가방에 담긴 샘플을 탁자 위에 쏟아놓았다. 구겨진 샘플들이 걸레 뭉치처럼 탁자 위에 쌓였다. 각 샘플마다 번호가 찍혀 있고 색상, 사이즈가 종이에 적혀 붙어 있기는 했다.

"알겠습니다, 구위마 씨. 가격은 어떻게 할까요?"

프라카시가 묻자 구위마가 바로 대답했다.

"지난번에 컨테이너 하나에 6만 불 기준으로 결정했지 않아? 그러니까 86개면 516만 불이군, 그것으로 하지."

샘플 하나를 치켜든 프라카시가 디테일이 적힌 종이를 보더니 머리를 저었다.

"수량이 각각 3만 개씩 아닙니까? 중량이 더 나가겠는데요. 그 가격으로는 힘들겠습니다."

"새로 거래를 텄으니 그 가격으로 해."

이광을 앞에 두고 둘이 언성을 높였다. 프라카시가 단호한 표정으로 말했다.

"주인님이 어떤 분이신지 아실 겁니다. 이 회사가 어떤 회사인지도 제가 말씀드렸고요. 중국인들이 우리한테는 장난을 치지 못할 겁니다."

이광은 세상에 태어나서 이런 거래는 처음이었기 때문에 눈동자만 왔다 갔다 했다. 그때 구위마가 헛기침을 했다.

"프라카시, 마흐다 상회에서 날 겪어봐서 알겠지만 내가 쓰레기 받고 클레임 청구한 적이 있었나?"

"리스타상사는 다릅니다."

프라카시가 어깨를 펴고 똑바로 구위마를 보았다.

"우리 주인님은 가능한 한 품질과 수량, 중량까지 지키실 것입니다. 아마 구위마 님은 이번 거래로 최고의 수익을 내실 것입니다."

"왜 그런가?"

"중국인들이 이번에 장난을 치면 아예 쿠웨이트는 물론이고 중동에 발을 딛지 못할 테니까요."

구위마가 입을 다물었다. 이광은 심호흡을 했다. 프라카시의 선전은 적절했다. 그러나 더 나가면 바이어가 거북해진다. 위압감까지 느끼면 거래하기가 힘들다. 이광이 입을 열었다.

"최선을 다하겠습니다, 구위마 씨. 지난번 마흐다 상회에서 들여온 제품 같은 실수는 일어나지 않을 것입니다."

이광이 부드러운 시선으로 구위마를 보았다.

"첫 거래니 더욱 신경을 써서 신의를 지키도록 하겠습니다."

"그렇다면 가격은……."

구위마가 말했을 때 프라카시가 바로 대답했다.

"컨테이너당 6만5천 불로 해 주시지요, 구위마 씨. 그러면 559만 불이 됩니다."

어느새 계산을 해놓은 모양이다. 그때 구위마가 말했다.

"좋아, 이 사장님도 모처럼 말씀하셨고, 첫 거래니까 550으로 하지."

프라카시가 이광에게로 머리를 돌렸다. 이광의 결정을 기다리는 것이다. 그만하면 되었다는 표시이기도 했다. 이광이 머리를 끄덕였다.

"그렇게 하시지요."

"좋습니다."

구위마가 손을 내밀었고 프라카시가 자리에서 일어섰다.

"그럼 계약서를 작성해 오겠습니다."

완벽한 보조 역할이다. 과연 인도인이다.

또 바그다드에 갔다. 쿠웨이트에 올 때마다 바그다드에 들르는 것이 이광의 습관이 되었다. 야합이나 카심이 오라고 하는 것도 아니다. 이광이 자진해서 보고차 가는 것이다. 이번에는 공항에 하타 소령이 마중 나와 있었는데 쿠웨이트발 바그다드행 에어프랑스 1등석 안까지 들어와 이광을 모셔갔다. 지난번처럼 서양인 CEO가 밀려 넘어지는 불상사는 일어나지 않았는데 그것은 하타가 들어설 때까지 1등석 손님들을 일어나지 못하게 했기 때문이다. 그래서 이광은 하타가 데려온 장교들이 손가방까지 대신 들고 나가는 대통령급 예우를 받았다. 물론 이광이 나갈 때까지 1등석은 물론 전 좌석의 손님들은 일어나지 말아야 했다. 직행으로 공항을 빠져나와 아직도 등화관제를 실시하고 있는 밤길을 달리는 차 안에서 하타가 말했다.

"지난번에 찾아보라고 하셨던 마르카가 바그다드에 돌아왔습니다."

순간 이광이 숨을 들이켰다. 이광의 시선을 받은 하타가 빙그레 웃었다. 어두운 차 안에서 하타의 흰 이가 드러났다.

"정보원의 보고를 받았지요. 다지르 지역으로 돌아갔다가 살기 힘들어서 돌아왔다고 합니다."

마르카의 아버지는 바그다드 대학 교수였다가 고향인 다지르로 낙향했던 것이다. 하타가 말을 이었다.

"전시(戰時)라 지방은 더 살기 힘들지요."

하타가 더 이상 말을 잇지 않았지만 이광은 짐작할 수 있었다. 마르카의 아버지 월급은 월 250불이었다고 했다. 그러나 그것도 실직하고 고향으로 내려갔다가 돌아온 것이다.

"음, 잘했어."

야합 준장이 이광을 보더니 웃음 띤 얼굴로 자리에서 일어섰다. 밤 12시 반이다. 이때가 야간 사령부가 가장 활발하게 일하는 시간이다.

"자, 두 번 보고할 필요 없어. 곧장 사령관께 가서 같이 듣자고."

그것은 가감 없이 함께 듣겠다는 표시이기도 하다. 야합 따로, 사령관 따로 듣지 않겠다는 배려다. 이광은 조직 사회의 처신에 대해서 또 배운다. 군(軍)의 상명하복은 경직된 것 같지만 탄력 있게 운용되면 가장 빠르고 효율적이 된다. 그리고 믿음까지 형성되는 것이다.

"여기 별들이 모였군."

이광이 들어서자 카심 대장이 정색하고 말했다. 이광의 손을 쥔 카심이 말을 이었다.

"리스타상사 사장이니 자네도 스타 아닌가?"

"감사합니다."

이광이 얼떨결에 대답하자 카심이 소리 내어 웃었다. 셋이 자리 잡고 앉았을 때 이광이 리스타상사의 한 달 실적을 보고했다. 실적과 계획, 순이익까지 간략하게 보고를 마치자 카심이 얼굴을 펴고 웃었다.

"이렇게만 전쟁이 진행된다면 오죽 좋겠나?"

숨을 들이켠 이광이 시선을 내렸고 야합은 외면했다. 카심이 손에 든 보고서를 보면서 머리를 끄덕였다.

"다음 달부터는 군수품 주문이 많아질 거야. 지배인한테 대비해 놓으라고 해."

"알겠습니다, 장군."

머리를 든 이광이 카심을 보았다. 상대방의 눈을 보면 감정을 알 수 있다. 이광은 카심의 눈에서 신뢰를 읽을 수 있었다. 그때 문에서 노크 소리가 들리더니 준장 계급장을 붙인 장군이 들어섰다. 준장을 본 카심의 얼굴이 조금 굳어졌다. 카심이 아랍어로 묻자 준장이 어깨를 편 자세로 카심에게 말했다. 그 순간 카심과 야합의 시선이 일제히 이광에게로 옮겨졌다. 야합의 얼굴은 순식간에 하얗게 굳어져 있다. 그때 카심이 이광에게 영어로 말했다.

"리, 대통령 각하께서 자네를 보자고 하시네. 지금 나하고 같이 가세."

자리에서 일어선 카심이 심호흡을 하는 것처럼 어깨를 부풀렸다가 내렸다. 그러더니 웃음 띤 얼굴로 이광을 보았다.

"자, 가세."

이라크의 통치자 사담 후세인 대통령이다. 철권 통치자, 독재자 등 무수한 별명이 있지만 군(軍)은 절대적으로 후세인에게 충성했고 이란과 전쟁 중이지만 중동의 강자(强者)로 부상 중이다. 이광은 카심과 야합을 따라 사령관실을 나왔다. 다리에 힘이 풀려서 발바닥에 힘을 줘야만 했다. 발이 허공에 뜨는 느낌이 든다. 후세인이 자신까지 부른다는 이유는 뻔했다. 야합의 얼굴이 백지장처럼 변한 것을 봐도 알겠다. 카심은 평정을 유지하고 있지만 긴장으로 굳은 표정이다. 그들은 이제 양탄자가 깔린 복도로 들어섰다. 데리러 온 준장이 어깨를 편 자세로 앞장섰고 그 뒤를 제3군사령관 카심 대장이 걷는다. 그 뒤를 이광과 야합이 나란히 따르는 것이다. 이윽고 준장이 황금 장식이 붙어 있는 문 앞에 섰다. 문 양쪽에는 경비병 둘이 부동자세로 서 있다. 준장이 문을 열었다.

"충성!"

카심이 소리치며 경례를 올려붙이는 바람에 그렇지 않아도 긴장한 이광의 혼이 쑥 빠졌다. 진짜다. 정신이 나간 것 같다. 이광은 얼이 빠진 채로 후세인을 보았다. 그때, 박람회장에서 만나 직접 이야기까지 나눈 사이다. 그렇지, 추리닝도 선물하지 않았던가? 후세인이 '들어가도 되겠나?' 하고 묻던 것도 생각난다. 그때도 정신이 없었기는 했다.

"앉아."

후세인이 영어로 말한 것은 이광 때문일 것이다. 이광은 소파 구석 자리에 앉았다. 카심, 야합, 그리고 방안에 또 대장 계급장을 붙인 군인 하나가 있다. 거기에다 여기로 데려온 준장, 그 준장은 벽에 딱 붙어서 있다. 왼쪽 가슴에 권총을 차고 있는 것이 독특하다. 빼기 쉽겠다. 방이 넓다는 것만 눈에 들어왔지 장식 따위에 감동을 일으킬 정신이 아니다. 왜냐하면 분위기 때문이다. 지금 카심과 야합, 그리고 이광은 '부정한 거래'를 하다가 대통령 앞으로 호출되었다. 군납 오더의 리베이트, 파리 제3은행, 그리고 리스타상사의 동업, 모두 부정행위다. 총살당할지도 모른다. '그때 추리닝을 드린 걸 기억하십니까?' 하고 물어보면 어떨까? 그럼 무기징역으로 감형될 수도 있지 않을까? 인간의 뇌는 몇 초 동안에도 수십 가지 생각을 한다. 생각이 범벅이 되어서 그렇지 다 앞뒤가 있다. 방안이 조용하다. 후세인이 입을 다물고 있어서 그렇다. 카심은 단정히 앉아서 후세인의 가슴께를 응시하고 있다. 과연 동부군사령관답다. 총살을 당해도 의연하게 맞겠다. 야합은? 얼굴이 노랗게 굳어져 있지만 기를 쓰고 상반신을 세우고 있는 것 같다. 그리고 나는? 이광이 그때서야 자신을 돌아보았다. 방에 들어온 지 1분 정도밖에 되지 않았지만 그 10배는 지난 것 같다. 그동안 눈동자가 수없이 왔다 갔다

했겠지. 자세는 곧게 앉았지만 등에서 땀이 솟아나고 있다. 입은 꾹 다물었고 그래서 입 끝에 경련이 조금 일어난다. 그러나 만일 입을 열었다가는 이가 딱딱 마주칠 것 같다. 그때였다. 후세인이 입을 열었다. 그것도 영어로.

"카심, 내가 왜 부른지 아나?"

후세인이 무표정한 얼굴로 카심에게 물었다.

"예, 각하."

카심이 똑바로 후세인을 보았다.

"알고 있습니다, 각하."

"이 코리안하고 어떻게 동업하게 된 거냐?"

이광이 숨을 들이켰다. 후세인의 시선이 스치고 지나간 순간 몸이 굳어졌다. 그때 카심이 대답했다.

"제 가족을 구해준 인연이 있습니다."

그러고는 카심이 아랍어로 빠르게 설명했다. 이윽고 설명이 끝났을 때 후세인이 이광을 보았다.

"코리안, 이름이 뭐냐?"

"예, 이광입니다, 각하."

이광이 기를 쓰고 대답했다. 또 추리닝의 '추' 자가 입 밖으로 나오려다가 말았다. 그때 후세인이 말했다.

"카심은 신의가 있는 사람이다. 너도 배신하지 말고 신의를 지켜라."

"예, 각하."

후세인의 시선이 다시 카심에게로 옮겨졌다.

"그래. 내가 네 입장이 되었더라도 그럴 수도 있다는 생각이 든다, 카심."

카심이 굳어진 채 시선만 주었고 후세인의 말이 이어졌다, 영어로.

"내가 인정한다, 카심."

"각하."

카심의 목소리가 떨렸다. 말을 이으려는 카심에게 손을 들어 보인 후세인이 말을 이었다.

"이 일로 마음 쓰지 말고 넌 전쟁에만 신경을 써라, 카심."

"각하."

후세인의 시선이 처음으로 야합에게 옮겨졌다.

"너도 마찬가지다, 카심에게 신의를 지키도록."

그러고는 후세인이 머리를 끄덕였다. 가보라는 표시다. 벽에 붙어 서 있던 준장이 한 걸음 나섰고 대장 계급장을 붙인 배불뚝이가 배웅하는 것처럼 일어났다. 카심과 야합이 서둘러 몸을 일으켰고 이광이 다리가 쥐가 나서 가장 늦게 일어났다. 그때 후세인이 쳐다보았다. 그 순간 이광은 목이 메었고 코끝에 청양 고추가 들어간 느낌이 들면서 눈이 매웠다. 그때 이광이 허리를 숙여 후세인에게 절을 했다. 절을 받은 후세인의 얼굴에 희미하게 웃음이 떠올랐다. 카심이 문 쪽으로 발을 떼었기 때문에 이광은 허둥지둥 뒤를 따랐다. 대통령실을 나와 뒤쪽 문이 닫히는 소리를 들었을 때 이광은 바지 한쪽이 뜨뜻해진 느낌을 받았다. 오줌을 조금 흘린 것 같다.

다시 카심의 방으로 들어왔을 때 야합이 갑자기 손등으로 눈물을 닦았다. 그러고는 아랍어로 카심에게 말했다. 카심이 머리를 끄덕이더니 아랍어로 대답했는데 목소리가 조금 떨렸다. 이광은 둘의 분위기를 보면서 또 머릿속의 기록장에 기록을 한다. 지금까지 편의공작대장 수준으로 지내다가 나는 이 순간부터 몇 계단을 업그레이드했다. 보라, 이것이 용인술(用人術)이다. 카심과 야합은 이제 목숨을 바쳐 충성을 할 것이다. 인간은 약점투성이다. 지도자는 그 약점투성이의 인간을 쓸모 있는 인간으로 만드는 것이다. 그때 카심이 웃음 띤 얼굴로 말했다.

"리, 자네도 우리 생각하고 같겠지?"

그 대통령에 그 장군이 된다.

"핫산 교수는 반(反)정부 단체와 연결되었다는 혐의가 있어서 교수직을 박탈당하고 고향으로 내려갔던 것입니다."

다음 날 오전, 차 안에서 하타 소령이 이광에게 말했다. 낮의 바그다드 시내는 전쟁 중이라는 것이 실감나지 않을 정도로 시민들이 활보하고 있다. 군인들이 요소에 경비를 하고 있는 것만 다를 뿐이다. 하타가 말을 이었다.

"고향에서도 견디기 힘들었던 모양입니다. 반정부 인사로 찍히면 최소한 구속이 되어야 하는데 핫산 교수는 다행인 셈이지요."

핫산 교수는 바로 마르카의 아버지다. 이광은 지금 하타가 운전하는 지프를 타고 마르카의 집으로 가는 중이다. 이광이 물었다.

"지금 어떻게 삽니까?"

"가재도구를 팔아 지내고 있는 것 같습니다. 연루된 인사들 대부분은 총살되었는데 핫산 씨는 행운인 셈이지요."

하타가 힐끗 이광을 보았다.

"이라크에서 정상적인 직업을 갖고 살기는 힘듭니다."

그러고는 하타가 입을 다물었다. 이광이 의자에 등을 붙이고는 거리를 보았다. 하타는 이광이 후세인 대통령을 만난 것도 아는 것이다. 그래서 하룻밤 사이에 태도가 더 깍듯해졌다. 문득 이광의 머릿속에 몇십 년 전에 한국에서 떠돌았다는 소문이 기억났다. '청와대 똥 푸는 사람' 소문이다. 그때는 청와대가 수세식 변소 시설이 안 되어서 '똥 푸는 사람'이 왔다 갔다 한 모양이다. 그런데 그 '똥 푸는 사람'의 위세가 대단했다는 것이다. 경찰서장이 '똥 푸는 사람'을 호위하고 다녔다고 했다. 우스갯소리였겠지만 이곳 이라크의 후세인 대통령 위세는 그 이상이다. 이광이 후세인의 인정을 받았다는 소문은 하룻밤 사이에 이라크 군부(軍部), 정부(政府)에 싹 퍼진 것이다. '똥 푸는 사람'과 비교하겠는가?

"미스터 리!"

이광을 본 핫산이 눈을 둥그렇게 뜨고 헛소리처럼 불렀다. 전화도 안 되어서 예고 없는 방문이다. 더구나 군복 차림의 하타가 앞장서서 안으로 들어섰더니 놀랐던 참이다. 그래서 뒤를 따르는 이광을 보고 아연할 수밖에 없다.

"그럼 전 가보겠습니다."

하타가 이광에게 경례를 올려붙이더니 핫산과 그 뒤에 서 있는 서너 명의 친척들에게는 시선도 주지 않고 몸을 돌렸다. 이것도 다분히 의도적이다. 딴 때는 이광에게 경례를 이렇게 멋지게 하지 않았다. 핫산 가족에게 이광의 권위를 세워주려는 것이다.

"웬, 웬일이오?"

그렇게 묻는 핫산은 몰라보게 달라져 있다. 말랐고 얼굴은 창백했다. 옷도 허름했다. 한눈에 궁색한 티가 났다. 이광이 웃음 띤 얼굴로 다가가 말했다.

"여러 번 찾았습니다. 인사차 온 겁니다."

"내, 내가 어떤 상황이란 건 아실 텐데……."

핫산의 검은 눈동자가 번들거리고 있다. 뒤에 선 노인 둘, 장년 하나는 시선만 주었는데 핫산의 친척 같다. 그때 그들 뒤로 청년 하나가 나타났다. 하사드, 마르카의 동생이다.

"미스터 리!"

하사드가 맑고 높고 떨리는 목소리로 불렀다. 두 눈을 크게 떴다. 그때 이광이 핫산에게 웃으며 말했다.

"핫산 씨, 난 어젯밤 후세인 대통령을 만난 사람입니다. 날 이대로 세워 두실 거요?"

후세인을 안 만났다면 카심 대장을 팔아먹었을 것이다. 인간은 적절한 때 인연을 선전해야 출세한다.

이미 하타한테서 다 들었기 때문에 물어볼 것도 없다. 거실에 둘러앉은 핫산 가족은 다섯, 하사드까지 모두 남자다. 중년 사내는 핫산의 동생이다. 노인 둘은 숙부라고 했다. 놀람이 가라앉자 그들은 이렇게 위험을 무릅쓰고 찾아와준 이광에게 감동하기 시작했다. 이광이 군부(軍部)와 사업을 하고 있다는 말을 듣더니 감동의 농도가 더 커졌다. 그리고 어젯밤 후세인을 만나 사업 잘 하라는 격려를 받았다고 하니까 서로 아랍어로 수군대면서 이광을 향해 연신 머리를 끄덕였다. 아랍어 대화가 길어지면서 숙부들이 핫산에게 계속해서 말했고 핫산이 머리를 끄덕였다. 이광은 내용을 알 수 없었기 때문에 하사드를 보았지만 시선이 오지 않았다. 이윽고 대화가 끝나더니 핫산이 이광에게 물었다.

"리, 마르카를 데려가 주겠소?"

그 순간 간이 떨어질 만큼 놀란 이광이 숨만 들이켰을 때 핫산이 다시 말했다. 두 눈이 번들거리고 있다.

"숙부님들은 당신만 좋다면 마르카를 당신한테 보내라고 합니다. 나도 같은 생각이오."

이광이 입에 고인 침을 삼켰다. 아, 내가 이곳에 온 것은 마르카 때문이었구나. 이 사람들은 바로 요점을 짚은 것이다. 이광이 눈만 크게 뜨고 있을 때 핫산의 말을 들은 하사드가 뛰어나갔다. 그러더니 2분도 안 되어서 마르카를 데려왔다. 마르카는 이광을 보더니 대번에 얼굴이 새빨갛게 되었다. 아랍 풍속으로 손님이 오면 여자들은 얼굴을 보이지 않는다. 식사 대접할 때도 상은 집안 남자들이 내놓는다. 가족이나 친척 앞에서만 여자들이 모습을 드러내는 것이다. 마르카가 핫산 뒤에 숨듯이 앉았을 때 숙부들이 번갈아서 떠들었다. 마르카에게 하는 말 같다. 이광은 히잡을 쓴 마르카의 얼굴이 더 숙여지는 것을 보았다. 그때 숙부들의 말이 끝났을 때 핫산이 몸을 돌려 마르카에게 말했다. 마르카가 뭐라고 대답하자 숙부들이 일제히 머리를 끄덕였다. 둘 다 얼굴에 웃음을 띠고 있다. 핫산이 머리를 돌려 이광을 보았다. 핫산은 정색한 얼굴이다.

"리, 분위기를 봐서 알겠지만 숙부님들은 당신이 마르카를 데려가려고 온 것으로 압니다. 이런 상황에서 찾아온다는 것은 그런 의미로밖에 생각할 수 없는 거요."

이광이 숨만 들이켰다. 내가 장가가려고 온 것이 아니라고 말했다가는 숙부들한테 맞아 죽게 생겼다. 핫산은 이해하겠지. 하지만 반역자 일당으로 소외된 핫산의 딸을 보려고 온 남자인 것이다. 감동한 숙부들이 당장 딸을 주라고 할 만도 했다. 핫산이 말을 이었다.

"리, 당신이 마르카를 데려갈 수 있겠소? 당신도 보다시피 여기선 생활이 힘듭니다."

이광은 핫산의 눈이 번들거리고 있는 것을 보았다. 영어를 모르는 숙부들은 정색하고 핫산과 이광을 번갈아 바라보고 있다. 특히 이광에게 8할쯤 신경을 더 쓰고 있다.

"마르카가 대학 4학년을 중퇴했지만 경영학을 전공했으니 일을 도와줄 수 있을 겁니다. 난 당신한테 결혼하라고 강요하지는 못 하겠소."

그때 이광이 물었다, 영어로.

"마르카 생각은 어떻습니까?"

마르카는 핫산 뒤에 숨었기 때문에 보이지 않는다. 핫산의 얼굴에 웃음이 떠올랐다.

"당신을 따라가겠다고 합니다."

"좋습니다."

어깨를 편 이광이 핫산에게 말했다.

"데려가지요."

그때 핫산이 숙부들에게 아랍어로 말했다. 숙부들이 이를 드러내고 웃었다. 둘 다 이가 누렇게 변해 있다. 물담배 때문이다. 숙부들이 이광을 향해 머리를 끄덕이며 말을 했는데 '알라'라는 말이 자주 끼었다. 그때 이광이 말을 이었다.

"하사드는 지금 뭘 합니까?"

하사드는 얼굴이 금방 어두워졌다.

"하사드도 집에만 있지요. 대학 다닐 형편도 안 되고 어디 일자리도 없어서."

"그럼 하사드도 데려가겠습니다. 내 가게에서 일을 시키지요."

"그래 주시겠소?"

핫산의 얼굴이 환해졌다. 상반신을 기울인 핫산이 이광을 보다가 하사드에게 아랍어로 물었다. 하사드가 대답하자 숙부들이 머리를 끄덕이며 웃었다.

"하사드도 따라간답니다."

핫산이 말하자 이광이 하사드에게 영어로 말했다.

"내 가게에서 일하든지 누나하고 같이 있든지 네 마음대로 해."

"가게에서 일하겠어요, 미스터 리."

하사드가 영어로 바로 대답했다. 머리를 끄덕인 이광이 주머니에서 돈뭉치를 꺼내 핫산 앞에 놓았다. 핫산한테 돈을 주려고 온 것인데 마르카를 선물로 먼저 받은 셈이다. 방안이 금방 조용해졌고 모두의 시선이 돈뭉치에 쏟아졌다. 1백 불짜리 뭉치로 1만 불이다. 대학교수였을 때 핫산의 월급이 250불이었으니 4년 월급이 된다.

"핫산 씨, 이건 마르카를 데려가는 값으로 생각하고 받으시면 되겠습니다."

핑곗거리가 생긴 셈이다. 아랍 관습이 어쩐지 알 수 없지만 이광이 말을 이었다.

"한국에서는 여자를 신붓감으로 데려갈 때 사례금을 내놓는 관습이 있지요. 이걸 받아주시기 바랍니다."

방안에 잠깐 정적이 덮였다. 어림없는 말이다. 요즘 한국 관습은 이광처럼 잘나가는 신랑감한테 시집을 오려면 열쇠 3개를 가져와야 한다. 아파트 열쇠, 자가용 열쇠, 별장 열쇠다. 이광이 거꾸로 말했다. 그때 핫산이 입을 열었다. 외면하고 있다.

"미스터 리, 그런 말로 내 자존심을 세워주지 않아도 돼요. 어쨌든 이 돈은 고맙게 받겠소."

"감사합니다."

"마르카하고 하사드는 떠날 준비를 시킬 테니 애들이 출국할 수 있도록 도와주시오. 내가 낙인이 찍힌 터라 애들도 출국 정지 상태가 되어 있는지 모르니까요."

"그건 제가 해보지요."

내가 누구인가? 바로 어젯밤…… 더 말할 필요 없다.

다음 날 밤, 하타가 리무진을 준비해왔다.

"이 정도면 핫산 씨 가족들은 마음을 놓을 겁니다."

리무진 뒷좌석에 나란히 앉아 밤거리를 달리면서 하타가 웃음 띤 얼굴로 말했다.

"사위의 위세를 알게 될 테니까요. 그리고 곧 동네에 소문이 나서 핫산 씨 집안에 대한 존경심이 일어나겠지요. 세상이 그런 겁니다."

"고맙습니다, 소령."

그때 하타가 정색했다.

"아니, 이건 사령관 각하께서 지시하신 것입니다."

"고맙다는 말씀을 전해주시오."

"알겠습니다."

마르카와 하사드의 출국을 하타에게 부탁했던 것이다. 그때 하타가 생각난 얼굴로 물었다.

"결혼식은 올리실 겁니까?"

"집안 노인들은 그럴 줄 믿고 있는 것 같지만 지금은 마르카와 하사드가 일을 하는 것이 중요해요."

"그렇겠군요."

머리를 끄덕인 하타가 이광을 보았다.

"리, 당신은 그 집안의 은인이 되었습니다. 좋은 일을 한 겁니다."

집에는 이미 가족 친지들이 다 모여 있었는데 집 앞에 리무진이 도착하자 빙 둘러쌌다. 밤 10시 반, 비행기 출발 시간은 12시였으니 서둘러야 한다. 그때 핫산이 마르카와 하사드를 데리고 이광에게 다가왔다. 어둠 속에서 핫산의 두 눈이 번들거리고 있다.

"리, 잘 부탁하네."

핫산이 이광의 손을 잡으며 말했다.

"그리고 고맙네."

"염려하지 마십시오."

이광이 핫산의 손을 두 손으로 쥐고 허리를 숙여 절을 했다. 핫산이 숙부들과 사촌, 조카들을 소개시켜 주었는데 그야말로 50명도 넘었다. 친척들과의 인사가 끝나고 이번에는 이웃집 사람들이다. 이웃집 사람들 20명쯤과 인사를 했을 때 하타가 나섰다. 하타는 차 옆에 서서 핫산하고도 인사를 나누지 않았다. 핫산 쪽도 군복 차림의 하타를 어려워하는 기색이 역력했다.

"비행기 시간이 늦었소. 이제 가야 합니다."

그것으로 인사를 나누려고 줄을 섰던 사람들이 쏙 들어갔다. 1백 명 가까운 일가, 친척, 이웃집 사람들이 모여 있었지만 여자는 마르카뿐이다. 이광이 뒤쪽 문을 열고 마르카를 보았다.

"자, 차에 타."

이광이 어제부터 오늘까지 통틀어서 마르카에게 처음 한 말이다. 그때 마르카가 핫산의 가슴에 얼굴을 묻더니 금방 떼었다. 그러고는 차에 탔다. 하사드는 핫산과 악수를 나누고 나서 의연한 모습으로 차에 탔다. 이광이 핫산에게 목례를 하고 차에 오르자마자 리무진은 출발했다.

리무진 뒷좌석은 마주보고 앉는 구조다. 그래서 하타와 이광이 나란히 앉아서 두 남매를 바라보는 형국이 되었다. 차가 공항으로 달릴 때 하타가 둘을 번갈아 보면서 말했다.

"알고 있겠지만 너희들은 출국 금지가 되어 있어. 미스터 리의 요청으로 특별 케이스로 출국이 허용된 거다."

둘이 얼었는지 눈동자만 왔다 갔다 했고 하타가 말을 이었다.

"미스터 리가 신원 보증인이야. 그것은 너희들 둘에 대한 책임을 진다는 뜻이다. 그리고 바그다드에 부모, 친척이 남아 있다는 것도 잊지 말도록."

그때 마르카의 시선이 이광에게 옮겨졌다. 검고 또렷한 눈, 갸름한 얼굴, 이광은 숨을 들이켰다. 내가 마르카의 첫 남자다.

하타는 마르카와 하사드의 여권까지 들고 앞장서서 순식간에 출국 심사대를 통과시켰다. 셋을 쿠웨이트행 게이트 앞까지 안내한 하타가 이광에게 멋지게 경례를 올려붙이고는 말했다.

"그럼 다음에 또 뵙겠습니다."

"수고 많았습니다."

이광이 답례하자 하타가 부동자세를 만들더니 곧 몸을 돌렸다. 두 출국 부적격자에게는 시선도 주지 않았다.

에어프랑스 1등석이다. 이광은 마르카와 2A, 2B번 좌석에 앉았다. 하사드는 3A다. 둘 다 비행기는 처음 타보는 데다 1등석의 분위기에 얼어붙었다. 이코노미 좌석 같다면야 나란히 앉았을 때 팔짱까지 낄 수 있지만 이건 강강술래 할 때처럼 팔을 벌려야 잡을 만한 거리다. 그래서 바그다드에서 한 시간 걸리는 쿠웨이트까지의 비행은 마르카, 하사드는 얼어서 왔다. 이광은 옆자리의 마르카를 보면서 침을 스무 번은 삼켰을 것이다.

"주인님, 오셨습니까?"

반색을 한 프라카시가 입국장에서 이광을 맞는다. 미리 연락한 터라 프라카시가 마르카와 하사드에게도 인사를 했다.

"리스타상사 지배인 프라카시입니다."

마르카는 눈인사만 했고 하사드는 똑똑하게 제 이름을 말했다. 프라카시는 리스타상사용 올즈모빌을 가져왔는데 이번에는 뒷좌석에 이광과 마르카, 하사드 셋이 나란히 앉았다. 이광이 가운데 앉았을 때 그때서야 마르카의 손을 쥐었다.

이광이 마르카의 손을 쥐었을 때 손가락이 주춤하더니 쫙 벌려서 이광의 손을 맞잡는다. 마르카의 손은 따뜻했고 부드러웠다. 섬세한 손가락이다. 이광은 힘주어 손을 쥐었고 마르카도 마주 쥐었다. 온몸이 뜨거워졌다.

프라카시는 시내에 방 3개짜리 셋집을 얻어 놓았는데 예멘 대사관의 직원이 살던 집이라고 했다. 이광의 연락을 받고 몇 시간 동안 수소문을 하다가 찾아낸 집인데 시내 주택가에 위치해 있는 데다 30평쯤 되는 성원에는 분수도 설치되었고 야지수는 네 그루나 있었다. 바그다드의 핫산가(家)보다는 작았지만 고급스러운 분위기다. 새벽 2시여서 불을 환하게 밝혀 놓았는데 집 안에서 기다리던 가게 직원 우샴이 이광을 보더니 절을 했다. 그동안 청소를 해놓아서 밖이 깨끗했다.

"수고들 했어."

만족한 이광이 프라카시와 우샴에게 치하했다.

"하루 만에 용케 집을 구했군."

"빈집은 많습니다. 시간 여유가 있었다면 더 마음에 드는 집을 구할 수 있었을 것입니다."

프라카시가 문을 열어젖히며 말했다.

"월세집이니까 한 달 후에 옮기셔도 됩니다."

"그러지."

뒤쪽에 선 마르카와 하사드는 얼어서 입도 벙긋 못 하고 있다.

"집 안은 대충 정리해놓았습니다. 그럼 내일 아침에 뵙지요."

프라카시가 우샴과 함께 집을 나가면서 말했다. 집에는 TV, 냉장고, 세탁기 등의 가전제품까지 다 구비되어 있는 터라 몸만 들어와서 살 수 있는 것이다. 직원들이 나가자 집 안에는 셋이 남았다. 응접실 소파에 앉았을 때 이광이 둘에게 물었다.

"급하게 구했는데 어때? 마음에 들어?"

"예, 미스터 리."

하사드가 웃음 띤 얼굴로 대답했다.

"우리 집보다 더 마음에 들어요."

"너 들떴구나."

이광도 따라 웃었다.

"여행 온 것 같으냐?"

"저는 무엇이든지 할 수 있어요, 미스터 리."

하사드가 상기된 얼굴로 이광을 보았다. 긴장이 풀린 데다 살 집을 보자 들떠 있는 것이다. 하사드는 21세, 키는 이광만큼 컸지만 아직 코 밑의 수염이 옅고 소년티가 났다. 이광이 입을 열었다.

"하사드, 넌 가게에서 일을 배워."

"예, 미스터 리."

두 손을 무릎 위에 가지런히 놓은 하사드가 상반신을 똑바로 세우고 대답했다.

"전 다지르에서 반년 동안 돌 나르는 일을 했어요. 결국 그것도 못 하고 쫓겨났지만요."

하사드의 시선이 옆에 앉은 마르카에게로 옮겨졌다.

"누나는 아이들을 가르치다가 반역자의 딸이라고 쫓겨났어요."

그때 머리를 숙인 마르카가 손등으로 눈물을 닦았다. 머리를 끄덕인 이광이 마르카에게 말했다.

"마르카, 가게에서 네가 일하기는 어려워. 그러니까 이곳 대학에 편입해서 졸업을 할 수 있는가 알아 봐라, 내가 졸업을 시켜줄 테니까."

마르카와 하사드가 숨을 죽였고 이광의 말이 이어졌다.

"대학을 졸업하면 할 일이 있을 거야. 졸업이 1년 남았나?"

"졸업장만 못 받았지 대학 과정은 다 이수했어요."

마르카가 붉어진 얼굴로 대답하자 이광이 머리를 끄덕였다.

"그럼 이곳 대학에 편입해서 더 공부할 수 있는가 알아 봐."

"네, 미스터 리."

마르카가 머리를 숙인 채 대답했다.

"고맙습니다."

"그러면서 네가 할 일을 찾아보는 거야."

"알겠습니다, 미스터 리."

"내가 밀어 줄 테니까."

자리에서 일어난 이광이 손목시계를 보았다. 오전 2시 반이다. 잘 시간이다. 이광은 안방에서 잤다. 응접실 건너편 방에서 마르카가 잤고 복도를 지난 옆방이 하사드의 방이 되었다. 아랍식 단층 저택은 넓다. 방이 3개지만 아파트식 구조가 아니다. 건평을 계산하면 1백 평쯤 될 것이다. 다 널찍널찍하고 복도도 넓다. 새벽 4시 반, 문득 잠에서 깬 이광이 마르카를 떠올렸다. 응접실 건너편 방에서 마르카는 자고 있을까? 나를 기다리면서 깨어 있는 것이 아닐까? 내가 가봐야 하지 않을까? 머리가 복잡한 데다 무조건 마르카를 안고 싶다는 욕정에 몸이 뜨거워졌다. 그러나 이광이 참으면서 생각한다. 일단 마르카는 이곳에서 공부를 하든지 여자가 할 수 있는 직장을 찾든지 할 것이다. 하사드는 리스타상사에서 일을 가르치면 유용한 인재로 키울 수 있다. 그리고 마르카는, 이광이 마르카의 알몸을 떠올렸다. 타월을 싸쥐고 욕실로 들어가던 모습도 떠올랐다. 그렇지, 마르카의 첫 몸을 내가 가졌다. 이광이 길게 숨을 뱉었다. 그러나 마르카하고 덜컥 결혼할 생각은 없다. 마르카의 부친 핫산 씨도 그러지 않았던가? 그로서는 자식들을 바그다드에서 빼내 자유로운 세상에서 살게 하는 것이 목표였을 뿐이다. 길게 숨을 뱉은 이광이 다시 침대에 누웠다. 그러나 가기 전에 마르카를 한번 안아주기는 해야 할 것이다. 그래야 마음을 놓을 테니까. 아! 마르카, 너를 내가 데려오다니.

이광이 밖에서 들리는 소음에 잠에서 깨어났다. 벽시계가 8시 10분을 가리키고 있다. 4시간을 꿈도 꾸지 않고 잔 것이다. 침대에서 몸을 일으킨 이광이 대충 옷을 걸치고 밖으로 나가자 응접실에 서 있던 우샤이 두 손을 모으고 인사했다.

"일어나셨습니까, 주인님."

우샤이 8시에 오기로 한 것이다. 응접실에는 하사드가 나와 있었는데 우샤을 따라 꾸벅 머리를 숙여 인사했다. 마르카는 깨어 있겠지만 나오지 않았다. 바그다드식으로 내외하는 것이다.

"마르카."

이광이 부르자 마르카가 금방 응접실로 나왔는데 얼굴이 빨개져 있다. 시선을 내린 마르카가 다가와 하사드 옆에 섰다. 이광이 둘에게 말했다.

"오늘 우샤하고 같이 시장에 가서 필요한 물건을 사도록 해. 우샤이 안내할 거다."

마르카가 머리를 들더니 힐끗 이광을 보았다가 다시 숙였다.

"난 가게에 일이 있어서 저녁때 들를 테니까, 준비해라."

둘을 방으로 들여보낸 이광이 우샤에게 말했다. 우샤은 28세, 프라카시와 동향인 뭄바이 출신으로 부지런하고 정직하다.

"우샤, 네가 같이 다니면서 살림 도구나 냉장고에 채울 음식, 가재도구를 골라 주는 것이 좋겠다."

"알겠습니다, 주인님."

머리를 끄덕인 이광이 몸을 돌려 마르카의 방으로 들어섰다. 문을 노크도 하지 않고 불쑥 들어서자 의자에 앉아 있던 마르카가 깜짝 놀라 일어섰다. 두 눈이 크게 떠졌고 얼굴이 순식간에 붉어졌다. 거침없이 다가간 이광이 마르카의 허리를 당겨 안았다. 마르카가 쓰러지듯 안기더니 곧 이광의 허리를 감싸 안았다. 이광이 마르카의 입술에 키스했다. 닫혔던 마르카의 입술이 열리면서 혀가 수줍은 듯 꿈틀거렸다. 이광이 마르카의 혀를 끌어내어 빨았다. 마르카의 숨소리가 거칠어지더니 두 손으로 이광의 목을 감아 안았다. 그때 이광이 입을 떼고는 마르카에게 말했다.

"마르카, 널 보고 싶었다."

"저도요, 미스터 리."

마르카가 헐떡이며 말했다. 두 손은 아직도 이광의 목을 감싸 안았고 하반신은 딱 붙어 있다. 이광은 마르카의 상기된 얼굴을 내려다보면서 빙그레 웃었다.

"마르카, 어젯밤 기다렸어?"

마르카가 시선을 준 채 머리를 끄덕였다. 이광이 마르카의 눈에 입술을 붙였다 떼고 말했다.

"내가 오늘 밤 네 방에 갈게."

이광이 가게에 출근했을 때는 오전 10시 반이다. 이른 시간이어서 시장 가게 대부분은 문을 닫았지만 리스타상사는 이미 전 직원이 출근해 있다.

"우창 씨가 11시까지 온다고 했습니다."

프라카시가 보고했다. 우창은 중국 복건성(福建省) 푸저우(福州)의 관리로 시장에 물품을 공급하는 이른바 생산업자다. 얼마 전까지만 해도 이광도 우창처럼 생산업자로 가게 종업원들에게 굽실거리며 찾아다녔던 것이다. 우창은 며칠 전 다녀간 케냐의 거상 구위마가 발주한 오더를 상담하게 될 것이다. 소파에 앉은 이광에게 프라카시가 보고서를 내밀었다.

"주인님, 우창에게 제시할 견적입니다. 참조하시지요."

프라카시는 지금까지 주먹구구식으로 머릿속에만 넣고 상담하던 버릇이 이광에 의해 수정되었다. 서류에 기록해서 보고하는 것이다. 서류를 본 이광의 얼굴에 쓴웃음이 떠올랐다.

"이 가격으로 될까?"

"가능합니다, 주인님."

프라카시가 정색하고 대답했다.

"제품이 선적되고 나서 우창한테 20만 불만 주면 됩니다, 주인님."

"20만 불?"

"예, 200만 불의 10퍼센트를 리베이트로 주니까요. 마흐다 상회에서도 그렇게 계산했습니다."

이광이 숨을 들이켜고 나서 보고서를 보았다. 구위마하고 컨테이너당 6만5천으로 계산해서 86컨테이너를 550만 불로 결정했던 것이다. 그런데 프라카시는 우창에게 줄 수입가격을 200만 불로 써놓은 것이다. 이것은 가격도 아니다. 진짜 쓰레기 가격이다. 이 가격이라면 최소한 150만 불은 손해를 본다. 회사가 망하는 가격이다. 하지만 리스타상사 입장으로는 200만 불로 수입해서 구위마에게 550만 불로 넘기는 것이다. 단숨에 350만 불이 떨어진다. 그때 프라카시가 말했다.

"그 가격이니까 쓰레기를 섞어 보내기도 하지만 우창을 잘만 구슬리면 정품이 많이 섞여 옵니다, 주인님."

"이러고도 회사가 온전한가?"

"국영업체니까요. 원가 계산 개념이 없습니다. 거짓으로 보고를 하는지 어쩐지 모르지만 작년에 우창은 수출에 공을 세웠다고 훈장을 받았다고 합니다."

"돈은 많이 벌었겠군."

"태국에 궁전 같은 집을 짓고 첩을 여럿 두고 있답니다, 주인님."

프라카시가 웃지도 않고 말했을 때 가게 앞쪽이 어수선해졌다. 동양인 둘이 들어서고 있다.

"처음 뵙습니다."

앞장서 들어온 사내가 이광에게 허리를 굽혀 절을 했다. 50대 초중

반, 비대한 체격에 둥근 얼굴은 웃음을 띠고 있다. 허리를 편 사내가 주머니에서 분주하게 명함을 꺼내 두 손으로 내밀었다.

"푸젠성 푸저우시 동남협영공장 총경리를 맡고 있는 우창입니다."

"이광입니다."

이광이 우창의 명함을 받고 손을 내밀어 악수를 청했다. 우창이 손을 잡으면서 다시 허리를 굽혔다. 이것이 바이어 대 메이커의 차이다. 몇 달 전만 해도 이광은 저쪽 메이커의 입장으로 저렇게 굽실대었다. 을(乙)이 갑(甲)으로 변신했다. 우창이 데려온 사내는 비서 윤선이다. 30대 후반, 명함을 주고받고 나서 자리에 앉았을 때 프라카시가 다가오더니 탁자 위에 43가지 샘플을 놓았다. 구워마가 놓고 간 샘플이다. 우창과 비서가 샘플을 보더니 눈빛이 강해졌다. 그때 프라카시가 말했다.

"43가지 샘플로 각각 40피트 컨테이너 2개 물량씩 86컨테이너가 됩니다. 각 샘플에 수량과 사이즈, 색상이 붙어 있으니까 검토하시고 내일까지 오퍼를 내주시오."

프라카시가 엄숙하게 말하더니 이광에게 몸을 돌려 공손하게 물었다.

"주인님, 우리 측 가격을 말씀드릴까요?"

이광이 머리를 끄덕이자 프라카시가 서류를 펴고 우창을 보았다.

"우리 측 구입 희망 가격은 188만 불입니다."

비서가 분주하게 가격을 적더니 우창이 이광에게 말했다.

"그럼 내일 이 시간에 오파를 내 오겠습니다, 이 사장님."

"알겠습니다."

"그리고"

우창의 얼굴에 다시 웃음이 번졌다.

"리스타상사와 첫 거래가 되겠습니다. 앞으로 혼신의 힘을 다해서 리스타상사와의 우의를 만들어갈 것입니다. 잘 부탁드립니다."

"감사합니다."

이광이 먼저 자리에서 일어서자 서둘러 따라 일어선 우창이 다시 절을 했다.

"그럼 내일 뵙겠습니다, 이 사장님."

"우 사장께선 저하고 이야기 좀 하시지요."

프라카시가 말했으므로 이광이 맡겨놓고 몸을 돌렸다. 바이어의 위세를 실감한 순간이다. 그나저나 프라카시가 제시한 188만 불은 550만 불의 절반도 안 된다. 프라카시가 말한 순간 이광은 심장이 철렁 내려앉는 느낌까지 들었다.

4장 무기상 강인숙 소좌

오후 3시가 되었을 때 이광은 전화를 받았다. 막 서울 유성상사와 국제전화를 마친 후였다.

“납니다, 이 사장님.”

웃음 띤 목소리를 듣는 순간 이광이 숨을 들이켰다. 북한의 강인숙 소좌다.

“아, 강 소좌님, 지금도 바그다드에 계십니까?”

“네, 내일 밤에 떠납니다. 그런데…….”

강인숙이 웃음 띤 목소리로 물었다.

“후세인 대통령 각하하고 면담하셨다면서요?”

“아, 그거야…….”

“소문이 퍼졌더군요. 이젠 이라크 정부의 공식적인 VIP가 되셨습니다.”

“그런가요?”

“제가 내일 밤 쿠웨이트에 들러도 될까요? 잠깐 들렀다가 다음 날 낮에 귀국할 예정인데요.”

"아, 그러시죠."

"회사 구경 좀 시켜주세요."

"회사라고 할 것도 없어요, 가게죠. 그럼 내일 밤에 뵙지요."

전화기를 내려놓았을 때 프라카시가 다가와 보고했다.

"주인님, 서울에서 리스타 브랜드 샘플이 도착했습니다."

윤지혜가 서둘러 만든 샘플을 에이스무역의 정남희가 보낸 것이다. 이광이 지시했다.

"좋아. 무칼리 씨하고 상담 약속을 잡도록 해."

"예, 주인님."

프라카시의 목소리에도 생기가 띠어져 있다. 계획대로 일이 진행될 때는 누구나 신바람이 나는 법이다.

그날 밤 이광이 퇴근했을 때는 밤 12시가 조금 지났을 무렵이다. 숙소를 마르카의 집으로 옮겼기 때문에 벨을 누르자 곧 안에서 잠금 장치가 풀렸다. 문을 닫고 정원을 가로질러 현관문을 열자 기다리고 서 있는 마르카가 보였다. 시선이 마주쳤을 때 마르카가 수줍은 얼굴로 머리를 숙였다. 집에는 마르카 혼자뿐이다. 하사드가 오늘부터 가게에서 일하겠다고 오후 4시쯤 되었을 때 우샤과 함께 가게로 왔기 때문이다. 가게 퇴근 시간은 오전 서너 시경이 될 테니까 하사드는 그때쯤 돌아올 것이다.

"하사드는 가게에서 일하고 있어."

다가선 이광이 말하자 마르카가 시선을 내린 채 대답했다.

"연락받았어요."

그때 이광이 마르카의 허리를 당겨 안았다. 마르카의 입술에 키스했을 때 금방 입이 열리더니 젤리 같은 혀가 꿈틀거리며 맞는다. 이광은 홀린 듯이 마르카의 혀를 빨았다.

"오, 마르카!"

마르카를 껴안은 채 방으로 들어간 이광이 옷을 벗겼다. 불도 끄지 않았는데 마르카는 스스로 브래지어를 풀어 젖가슴을 드러내었다. 마르카는 이제 두 번째로 이광에게 몸을 보인다. 순식간에 알몸이 된 둘은 침대에서 엉켰다.

"아, 아!"

마르카의 탄성이 방안을 울렸다. 마르카의 몸은 성숙되어 있었다. 이제는 부끄러움을 잊고 적극적으로 이광을 받아들인다. 허리를 흔들고 하반신을 추켜올리기도 하면서 마음껏 탄성을 뱉는다.

"아아, 여보!"

마르카가 마침내 폭발했다. 함께 터지면서 이광이 마르카의 귀에 입을 대고 속삭였다.

"마르카, 너, 여자가 다 되었구나."

"사랑해요, 리."

마르카가 헐떡이며 그렇게 대답했다.

그날 새벽 3시쯤이 되었을 때 하사드가 돌아왔으므로 셋이 응접실에 둘러앉았다. 하사드는 지금까지 일을 하다가 왔지만 생기 띤 모습이다. 이광이 둘을 번갈아 보면서 입을 열었다.

"그럼 하사드는 내일부터 가게에서 임시직으로 근무해라. 월급은 다른 고용인들하고 같이 준다. 임시직이니까 월 1백 불, 1년 후에는 정사원이 되어서 월 2백 불이야, 알겠어?"

"예, 직원들한테서 들었어요."

하사드가 밝은 표정으로 대답했다.

"나도 일 열심히 배워서 정사원이 되고 프라카시처럼 지배인도 되겠습니다."

"그래야지."

정색한 이광이 하사드를 보았다.

"넌 바그다드에서 대학까지 다니다가 온 사람이야. 노력만 하면 누구보다 뛰어난 직원이 될 거다."

이광의 시선이 마르카에게 옮겨졌다.

"마르카, 내가 주택 관리비 외에 너한테 매월 5백 불씩을 줄 테니까 네 진로를 차분히 생각해봐, 서둘지 말고."

마르카가 머리를 끄덕였다. 하사드가 오기 전에 이광하고 이야기를 했기 때문에 마르카의 표정도 밝다.

"내일부터 알아보겠어요, 리."

마르카의 아버지 핫산도 그랬지만 마르카를 이광에게 결혼시켜 보내는 것이 아니다. 바그다드를 탈출시키는 것이 주목적이었고 그것을 마르카도, 하사드도 아는 것이다.

"늦었어, 하사드. 피곤할 테니까 씻고 자거라."

이광이 사리에서 일어서며 말했고 이제는 마르카의 방으로 앞장서 들어갔다. 마르카가 잠자코 뒤를 따른다.

오후 5시가 되었을 때 리야드의 도매상 무칼리가 가게를 찾아왔다. 무칼리는 50대 후반쯤으로 보였는데 금실로 자수가 놓인 쑵을 입고 검은 턱수염이 무성했다. 육중한 체격에 손에는 호박 염주를 든 왕자 같은 풍모였다.

"어서 오십시오."

프라카시의 안내로 들어선 무칼리를 맞아 이광이 정중하게 인사했다.

"말씀 많이 들었습니다."

무칼리가 웃음 띤 얼굴로 인사했다. 악수를 하자고 손을 내밀지 않았고 이광도 그러지 않았다. 친숙해지면 껴안고 볼을 마주치게 될 것이다. 무칼리는 이집트인 지배인을 대동하고 있었는데 소개시키지 않았다. 무칼리 또래의 이집트인 지배인은 제 입으로 제 소개를 했다. 이쪽은 프라카시까지 넷이 안쪽 상담실 소파에 마주보고 앉았을 때 이광이 입을 열었다.

"그리스에서 중급품을 공급받으셨다고 들었습니다. 그래서 제가 무칼리 님께 보여드리려고 리스타 브랜드의 고급품을 제작해왔습니다. 그러나 품질은 최상품으로 브랜드 가치만 인정받으면 최상급이 될 수 있습니다."

그때 프라카시가 탁자 위에 서울에서 공수된 리스타 브랜드의 상품을 펼쳐놓았다. 특별히 포장에 신경을 썼기 때문에 최상급품보다도 낫다. 무칼리의 눈빛이 강해졌다. 염주를 내려놓은 무칼리가 포장지부터 면밀히 살피더니 내용물도 꺼내 손으로 촉감까지 체크했다. 옆에 앉은 지배인은 무칼리가 확인한 후에 아랍어로 수군거리며 조언을 한다. 무칼리의 체크는 철저했다. 20분 가깝게 체크하는 동안 이광은 서울에 전화를 두 번이나 하고 왔다. 물론 일부러 한 것이다. 이윽고 머리를 든 무칼리가 이광을 보았다.

"리, 우리 이 제품들을 최고급품 브랜드로 만들어서 시장에 내놓읍시다. 다만 브랜드를 '리스타 앤 무칼리'로 합시다."

이광이 숨을 들이켰다. 무칼리의 검은 눈동자가 이광을 응시하고 있다. 그 순간 이광의 심장 박동이 빨라졌다. 감동(感動)이 온 것이다. 또 배웠다. 세상에는 경쟁자가 널린 것이다. 한 수 위의 경쟁자가 부지기수다. 그러니 경거망동하면 안 된다. 보라, 무칼리는 리스타 브랜드에 무칼리를 얹어서 함께 시장을 먹자고 한다. 당연한 제의인데 이쪽은 생각도 하지 못했다. 내 생각만 했기 때문이다. 그러다가 급소를 채인 셈이었지만 왠지 통쾌하다. 무칼리의 상술도 멋지고 '리스타 앤 무칼리'로 공존(共存)할 가능성을 생각하니 감동이 오는 것이다. 가능성이 충분한 사업이다. 마침내 이광이 커다랗게 머리를 끄덕였다.

"그러지요. 당장 '리스타 앤 무칼리' 상표로 샘플 브랜드를 바꿔 달겠습니다."

그러자 무칼리도 머리를 끄덕였다.

"내가 일단 중고급품으로 사우디 시장에 5백만 불 물량을 풀겠습니다. 그럼 그 여파가 쿠웨이트로 넘어오겠지요."

무칼리가 번들거리는 눈으로 이광을 보았다.

"그때 리스타상사에서 오더를 받아도 될 겁니다."

"브랜드 등록을 해야겠지요."

"당연합니다, 미스터 리."

무칼리가 말을 이었다.

"우리 공동 브랜드니까요. 중동은 물론 전 세계에 등록하십시다."

"샘플은 몇 종류나 만들까요?"

"현재 만드신 것을 주시고 우리가 필요한 것은 이곳에 의뢰를 하지요."

"알겠습니다. 그것은 지배인끼리 상의하면 되겠습니다."

"리스타 앤 무칼리 브랜드부터 제작해서 보내주시지요."

자리에서 일어선 무칼리가 손을 내밀더니 이광을 껴안을 준비를 갖췄다. 한쪽 팔을 벌린 것이다.

오후 10시 정각이 되었을 때 우창이 비서 윤선과 함께 가게로 들어섰다. 한창 바쁜 때여서 앞쪽 도소매 매장은 손님들로 소란했기 때문에 우창은 하사드의 안내를 받아 안으로 들어섰다.

"어서 오십시오."

이광이 우창을 맞았을 때 도매상과 이야기를 하던 프라카시가 서둘러 다가왔다. 넷이 자리 잡고 앉자 이광이 하사드에게 말했다.

"하사드, 찻집에 가서 차 넉 잔을 가져오라고 해라."

"예, 주인님."

하사드가 재빠르게 몸을 돌렸을 때 우창이 이광을 보았다.

"이 사장님, 오더 가격을 2백만 불로 해주시면 고맙겠습니다. 188만 불로는 어려울 것 같습니다."

프라카시는 입을 꾹 다문 채 탁자를 보고 있었지만 어제 오더 가격은 2백만 불로 보고가 된 것이다. 비서 윤선도 모르게 프라카시와 우창이 합의했다.

"좋습니다. 2백만 불로 하지요."

"아, 감사합니다."

얼굴이 환해진 우창이 앉은 자리에서 허리를 꺾어 절을 했다.

"제가 시당위원회에 체면이 섰습니다. 공장의 3천 명 노동자가 석 달 동안 일할 일거리가 생겼으니까요."

"그런데 조건이 있습니다."

"네, 사장님."

와락 긴장한 우창에게 이광이 말했다.

"오더 선적 전에 내가 중국 공장에 가서 검사를 하도록 해주시지요."

"검사를 말씀입니까?"

숨을 들이켰던 우창이 곧 웃더니 머리를 끄덕였다.

"예, 환영합니다. 제가 중국 정부의 초청장을 받아 입국시켜 드리지요. 제가 그런 영향력은 있습니다."

"그럼 신용장을 열고 그 조건도 기재해놓겠습니다."

"감사합니다."

기뻐서 어쩔 줄 모르는 표정이 된 우창이 찻집 배달원이 가져온 홍차는 마시는 둥 마는 둥 하고 가게를 나갔다. 우창을 배웅한 이광이 안쪽 자리로 돌아왔을 때 프라카시가 다가와 앞에 섰다. 이광의 시선을 받은 프라카시가 정색하고 말했다.

"우창에게 오더 가격 2백만 불의 10퍼센트인 20만 불을 선적 확인 후에 주기로 했습니다."

알고 있는 일이어서 머리만 끄덕인 이광에게 프라카시가 말을 이었다.

"어젯밤 우창이 저한테 제의했습니다. 오더 가격 인상분의 10퍼센트를 저한테 주겠다는 군요. 10만 불을 인상하면 1만 불을 현금으로 주겠다는 것입니다."

프라카시의 얼굴에 쓴웃음이 번졌다.

"사장님이 가게를 처음 차리신 터라 잘 모르시니까 이때가 기회가 아니냐는 말까지 했습니다."

"……."

"웃으면서 거절했지만 질이 나쁩니다. 지난번 마흐다상회의 지배인도 그런 식으로 장악한 것 같습니다. 지배인이 우창한테는 제대로 할 말도 못 했거든요."

비리는 어느 곳에나 존재한다. 기회만 있으면 비리는 가장 먼저 확산된다. 병균보다 빠르다.

"안녕하세요."

밤 12시 반, 강인숙이 홀연히 나타났다. 온다고는 했지만 이렇게 눈앞에 번쩍 나타날 줄은 몰랐다. 가게 안이다.

"아이구."

놀란 이광이 일어서자 강인숙이 흰 이를 드러내고 웃었다.

"놀라게 해서 미안합니다."

"아니, 천만에요. 반갑습니다."

이광이 자리를 권하면서 웃었다. 강인숙이 히잡을 썼고 바지에 긴소매 셔츠 차림이었지만 아름답다. 누가 이 여자를 북한군 소좌로 볼 것인가? 북괴, 북한 괴뢰 집단이다. 자리에 앉은 강인숙이 가게를 둘러보았다. 눈이 크게 떠졌고 감동한 기색이 역력했다.

"어휴, 시장 안에서도 큰 회사 축에 들 만하네요."

"칭찬이 과하십니다."

이제 직원이 9명인 데다 다음 달에는 1천만 불을 예상하고 있다. 중상(中上)급은 된다. 곧 이라크 군수품과 아프리카 컨테이너 물량, 리스타 앤 무칼리 중급품 오더가 시작되면 상급이 될 것이다. 하사드가 다가왔다.

"차 시켜라, 두 잔."

"예, 주인님."

하사드가 사근사근 대답하고 물러갔을 때 강인숙이 이광을 보았다.

"여기 계실 건가요?"

"아니, 내일 귀국할 예정입니다."

"아유, 하마터면 못 만날 뻔했네요."

"나 보고 싶었습니까?"

이광이 불쑥 묻자 강인숙이 다시 웃었다. 화사한 웃음이다.

"그럼요. 그러니까 이렇게 찾아왔죠."

"수상한데."

"뭐가요?"

"우리 사이가 정상적인 남녀관계로 맺어지기가 힘든 상황 아닙니까?"

"그렇죠."

강인숙이 생글생글 웃었다.

"남조선에서는 외국 나갈 때 북한 사람 만나면 조심하라고 교육시킨다면서요?"

"납치할지도 모른다고도 하지요. 만나면 꼭 신고하라고 합니다."

"신고하셨어요?"

"아, 그럼요."

"뭐라고 신고했는데요?"

"강인숙이라는 북한군 소좌가 있는데 섹시하다고요."

그때 찻집 배달원이 다가와 둘 앞에 뜨거운 홍차 잔을 내려놓았다. 가게 안은 소란했고 활기가 넘쳐흘렀다. 예멘, 카타르, 바레인 등에서 찾아온 도소매상들이 5만 불, 10만 불어치의 물량을 주문했고 가격 흥정으로 목소리를 높이고 있기 때문이다. 홍차 잔을 든 이광이 이제는 정색하고 강인숙을 보았다.

"여기 혼자 오신 겁니까?"

"그럼 누가 있어요?"

강인숙이 주위를 둘러보는 시늉을 하고 말을 이었다.

"난 혼자 다닙니다."

그때 프라카시가 다가와 강인숙에게 목례를 하더니 이광에게 말했다.

"주인님, 바레인에서 온 마크바 씨가 주인님을 뵙자고 합니다."

"아, 잠깐 실례할게요."

한국어로 강인숙에게 양해를 구한 이광이 자리에서 일어섰다. 마크바는 바레인의 거상인 것이다. 마크바와의 상담은 20분 정도 걸렸는데 서둘러 상담실을 나온 이광은 소파가 비어 있는 것을 보았다. 그때 하사드가 다가와 이광에게 쪽지를 내밀었다.

"주인님, 그 여자 분이 가시면서 이 쪽지를 전해 주라고 했습니다."

"갔어?"

놀란 이광이 쪽지를 받으면서 물었다.

"예, 10분쯤 전에 가셨습니다, 주인님."

"알았다. 그런데 하사드."

주위를 둘러본 이광이 하사드를 정색하고 보았다.

"가게 밖에서는 날 형이라고 불러라, 알았어? 밖에서도 주인이라고 부르면 불편해."

"예, 주인님."

하사드가 얼굴을 펴고 웃었다.

"헷갈리지 않도록 주의하겠습니다."

머리를 끄덕인 이광이 쪽지를 폈다.

"바쁘셔서 먼저 갑니다. 저도 귀국하는 길에 들렀어요. 가게가 번창한 것을 보니 놀랍고 부럽습니다."

한국어로 쓴 글씨가 깨끗하고 달필이다. 편지가 이어졌다.

"이 편지도 신고하시는 건 아니겠지요? 난 밀튼호텔 1202호실에 투숙하고 있습니다."

이광이 숨을 들이켰다. 얼굴이 금방 달아올랐고 심장 박동이 빨라졌다. 이것이 무슨 의미인가? 혹시 1202호실에 납치하려고 기다리는 건 아닌가?

신호음 세 번이 울리고 나서 강인숙이 전화를 받았다.

"여보세요."

"나, 이광입니다."

"아, 이 사장님."

오전 8시 반, 강인숙의 목소리는 밝다.

"지금 어디세요?"

"호텔 로비에서 전화를 드리는 겁니다."

"어머나, 일찍 나오셨네요."

"잠을 세 시간밖에 못 자고 온 겁니다."

"참, 오늘 귀국하신다고 했죠?"

그때 이광이 어깨를 부풀렸다가 내리면서 물었다.

"어때요? 내가 방으로 갈까요?"

아침 8시 반, 서울에서야 이 시간은 근무 시작하고 호텔방 문이 열리고 닫히는 분주한 시간이지만 여긴 다르다. 시장 일을 하는 인간들에게는 깊은 밤이다. 깊은 밤의 호텔방 문이 된다. 강인숙이 3초쯤 망설였는데 이광에게는 그것이 3분쯤으로 느껴졌다. 그때 강인숙이 말했다.

"오세요."

6·25 직전에 남한은 난장판이었다. 공산주의자들의 선동으로 데모 따위가 아니라 폭동이 일어났고 여수·순천에서는 군부대가 반란을 일으켰다. 그때 남한 공산당 지도자 박헌영이 김일성을 찾아가 건의했다.

"보고 계시지 않습니까? 북에서 치고 내려오시면 지금 폭동을 일으키고 있는 군중들이 대번에 합류할 것입니다. 폭동도 못 막는 남조선 정부는 순식간에 허물어집니다."

지금 엘리베이터를 타고 올라가는 이광의 심정이 그때 남침을 결심한 김일성의 심정과 비슷했다. 강인숙이 혼자 찾아온 것이 마음속에서 폭동을 일으킨 것과 비슷했다. 방 번호까지 알려준 것은 여수·순천에서 반란군이 일어난 만큼은 되었다. 1202호실 앞에 선 이광이 심호흡을 하고 나서 벨을 눌렀다. 김일성은 벨도 안 누르고 비겁하게 쳐들어왔다는 생각이 떠오른 순간 문이 열렸다.

"어서 오세요."

강인숙이 웃음 띤 얼굴로 이광을 맞았다. 38선이 허물어졌다. 강인숙이 비켜섰고 이광이 안으로 들어섰다. 강인숙은 헐렁한 원피스 차림으로 슬리퍼도 신지 않은 맨발이다. 화장기도 없는 맑은 얼굴, 그 순간 이광이 두 손으로 강인숙의 양쪽 볼을 감싸 쥐었다. 놀란 강인숙이 눈을 크게 떴지만 이광이 몸을 붙이면서 문 옆쪽 벽으로 밀었다. 그러고는 강인숙의 입에 입술을 붙였다. 입술을 입안에 넣었을 때 강인숙이 눈을 감았다. 숨이 막힌 듯 강인숙이 입을 열었다가 곧 혀가 뽑혀 나왔다. 이광이 혀를 빨아들였기 때문이다. 이윽고 강인숙의 두 손이 이광의 옆구리를 움켜쥐었다가 곧 허리를 감싸 안았다. 이광이 더욱 몸을 붙이면서 입술을 빨자 강인숙의 허리를 감은 손에 힘이 실렸다.

"그만, 그만."

겨우 입을 연 강인숙이 말했다. 만일 남한군(軍)이 '그만' 침략하라고 한다면 김일성이 그만둘 인간인가? 오히려 이광은 입술을 붙인 채 강인숙을 번쩍 안아 들었다. 그러고는 침대로 다가갔다.

"안 돼."

강인숙이 그렇게 말해놓고 두 손으로 이광의 목을 감싸 안았다.

머리를 돌린 이광은 탁자에 부착된 전광 시계가 오전 9시 31분으로 찍혀 있는 것을 보았다. 그때 이광의 가슴에 얼굴을 붙이고 있던 강인숙이 물었다.

"몇 시 비행기야?"

"12시 반."

"그럼 일어나."

강인숙이 상반신을 일으키려다가 이광이 어깨를 끌어당기는 바람에 다시 몸이 붙었다. 강인숙이 눈을 흘겼다.

"왜 그래? 안 갈 거야?"

둘은 실오라기 한 올 걸치지 않은 알몸이다. 시트도 걷어차 버려서 침대 위에 한 쌍의 알몸이 어지럽게 엉켜 있다.

"한 시간쯤 더 있다가 가도 돼."

이광이 강인숙의 허리를 당겨 안으면서 목에 키스했다.

"자, 날 찾아온 이유를 듣자. 나하고 섹스하고 싶었다는 것이 첫째고,

두 번째는 뭐야?"

"그냥 보고 싶었어."

"글쎄, 그 이유는 됐다니까?"

"나하고 만난 거, 보고 안 할 거지?"

"자기는 어때?"

"난 이런 거 발각되면 숙청돼, 총살이야."

"그럼 말 안 해야지."

"약속해?"

강인숙의 눈을 들여다보던 이광이 대답 대신 몸 위로 올랐다. 강인숙도 대답을 들은 것처럼 맞을 채비를 한다.

이번에는 열흘 만에 귀국했지만 엄청난 일을 겪고 왔다. 이라크 대통령이며 철권 통치자, 전쟁광, 살육자, 독재자 등의 수많은 별명으로 불리는 사담 후세인 대통령을 만나고 온 것이다. 더구나 후세인한테서 리스타상사를 공식으로 허용 받는 영광을 입었다. 물론 후세인의 측근이며 현재 이란과 전쟁을 치르고 있는 동부군사령관 카심 대장이 개입해 있기 때문이기는 하다. 그래도 이광은 흥분을 주체하기 힘들었다. '임금님 귀는 당나귀 귀'라고 땅바닥에 대고 외쳤다는 동화책 이야기까지 생각났다.

'겸손하자.'

귀국해서 회사로 출근하는 날 아침, 이광이 눈을 부릅뜨고 결심했다. 왠지 그렇게 해야 될 것 같다고 본능적으로 느꼈기 때문이다. '임금님 귀는 당나귀 귀' 동화책 이야기가 떠오른 것이 동기가 된 것 같다. 이것이 이광이 다른 사람들보다 독특하게 다른 부분이 될 것이다. 순발력,

적극성, 집중력 따위는 다 비슷비슷하다. 다른 놈들과 비교해서 특출한 것은 하나도 없다. 다만 이것, 본능적으로 제 자신의 입장을 되돌아보고 조절할 수 있는 능력, 지금 '겸손하자'라고 스스로 결심한 것과 같은 처신이 이렇게 만들어준 것 같다. 그래서 사무실에 들어섰을 때는 담담했고 태연했으며 후세인의 후 자도 꺼내지 않았다. '후' 하고 웃지도 않았다. '후르륵' 하고 커피도 삼키지 않았다. '벌컥' 삼켰다.

"라벨을 모두 리스타 앤 무칼리로 수정 발주했고 오늘 중에 라벨 샘플이 다섯 개 나옵니다. 그중 하나를 선택해 주시면 됩니다."

윤지혜가 또박또박 말했다. 수출부장 이태진은 그것을 '야물딱지게' 말한다고 표현했다. 군더더기 표현을 쓰지 않고 필요한 단어만 쓰는 것이다. 회의실 안, 이광이 윤지혜로부터 샘플 작업 보고를 받고 있다. 오전 11시 반, 부장과 함께 회장실에 들러서 쿠웨이트 오더가 앞으로 증가할 것이라고 보고를 마치고 왔다. 에이스무역을 통해서 받는 오더다. 회장 황학수는 쿠웨이트 오더가 갑자기 폭증한 것이 모두 이광 덕분이라고 칭찬해주었다. 칭찬이 계속되는 동안 이광은 커피를 '벌컥' 삼켜야만 했다. 머리를 든 이광이 윤지혜를 보았다.

"거기, 에이스무역 어때?"

"네? 뭐 말씀인데요?"

윤지혜의 검은 눈동자가 이광을 응시했다. 눈초리가 조금 솟은 눈, 야무지게 닫힌 저 입, 김성규를 매몰차게 거부한 저 입술, 학벌로 따지면 오성대 출신의 이광은 이성대 영문과 출신의 윤지혜 근처에도 갈 수 없었다. 이광이 윤지혜의 시선을 받은 채 대답했다.

"정남희 씨 말이야. 파트너 관계가 잘 되어가고 있나?"

"네, 그쪽은 오더가 엄청나게 들어오는 것 같더군요. 굉장히 바쁘게 돌아가고 있습니다."

이광이 머리만 끄덕였다. 그래서 군납 업무를 맡길 경력 사원 셋을 더 채용하라고 유민우에게 지시했다. 에이스무역은 그 사이에도 직원이 늘어나서 사원만 8명이다. 그때 윤지혜가 말을 이었다.

"서로 할 일만 하면 되니까요. 전 지금까지 약속 잘 지켰고 약점 잡히지 않았습니다. 정남희 씨도 저한테는 조심하는 것 같더군요."

"그래? 좋은 현상이군."

"어쨌든 그쪽은 바이어고 전 메이커 입장이니까요, 존중해줘야죠."

"바이어 입장이 부러운가?"

"조금 더 폭넓게 생각하고 일할 수 있겠다는 생각이 듭니다."

"어떻게 말인가?"

"리스타 앤 무칼리 라벨 바꾸는 것을 예를 들면요."

윤지혜가 똑바로 이광을 보았다. 검은 눈동자를 본 이광이 저절로 숨을 들이켰다. 아름답다. 윤지혜가 말을 이었다.

"어차피 라벨 수정 작업을 제가 하는 것이라 조금 더 세련되게 뽑으려고 해도 정남희 씨 스케줄에 맞추려면 서둘러야 됩니다. 그래서 그 작업을 정남희 씨가 하는 것이 효율적이라는 생각이 듭니다."

윤지혜의 얼굴에 쓴웃음이 번졌다.

"하지만 에이전시가 메이커 일까지 할 수는 없죠. 우린 에이전시가 시킨 일을 하면 되고요."

그 순간 이광이 결심했다.

"오늘 저녁에 나하고 이야기 좀 하자."

"예, 과장님."

바로 대답한 윤지혜가 물었다.

"몇 시에 어디서요?"

이광의 가슴이 조금 내려앉았다. 전혀 감동한 기색이 아니었기 때문이다. 윤지혜는 저녁에 샘플 작업 이야기를 하자는 것처럼 받아들였다.

오후 7시, 한정식당 방안으로 들어선 이광을 보자 윤지혜가 자리에서 일어섰다. 샘플 때문에 자리에서 일어섰다. 샘플 때문에 만나는 것처럼 받아들였지만 지금은 볼이 조금 붉어졌다.

"여긴 비싸겠죠?"

자리에 앉은 이광에게 윤지혜가 웃음 띤 얼굴로 물었다.

"비싸긴 해, 하지만 정통 한정식이야. 바이어들이 좋아하니까 윤지혜 씨도 알아둬."

"여기서 혼자 기다리면서 가슴이 뛰었어요."

윤지혜의 검은 눈동자가 이광을 응시했다.

"가슴이 뛰어? 그건 무슨 의미냐?"

이광이 의심쩍은 얼굴로 윤지혜에게 물었다. 바로 이런 상황에서 군번 차이가 난다. 이광은 편의공작대 시절부터 여자관계에서 주도권을 놓치지 않았다. 여자를 속이거나 이용하지 않았기 때문에 당당하다. 그때 윤지혜가 대답했다.

"전 이미 과장님의 리베이트 업무를 대행하는 심복이 되어있죠, 그죠?"

"그렇긴 해."

"공범이 되었어요, 그죠?"

"그렇다."

“제가 과장님을 좋아하고 있다는 것도 아시죠?”

“모른다.”

순간 숨을 들이켰던 윤지혜가 숨을 길게 내쉬면서 시선도 내렸다. 그러고는 입을 꾹 다물었기 때문에 이광이 입맛을 다셨다.

“윤지혜답지 않게 왜 이래? 넌 어쩐지 모르지만 내가 널 좋아하고 있으니까 끌어들였지. 그리고 오늘도 불러낸 것이고.”

머리를 든 윤지혜에게 이광이 웃어 보였다.

“어때? 너, 나하고 죽을 때까지 같이 일할 생각 없냐?”

“…….”

“일 말이야, 일. 난 네 업무 스타일이 마음에 들어. 내 심복으로 같이 지내고 싶어.”

“…….”

“그 이야기 하려고 불렀어. 어때, 할래?”

“할게요.”

윤지혜가 똑바로 이광을 보았다.

“시킨 대로 다 할게요.”

“배신 안 할 거지?”

“배신할 허점을 만들지 말아요.”

“그렇구나.”

“이젠 제가 물어봐도 돼요?”

“물어.”

“에이스무역 정남희가 과장님 좋아하는 거 아세요?”

순간 이광이 숨을 들이켰다. 그러고는 멋쩍은 듯 손목시계를 보았을 때 방문이 열렸다. 종업원이 주문을 받으려고 들어온 것 같다. 그래서 무심코 머리를 들었던 윤지혜가 화들짝 놀랐다. 정남희가 들어섰기 때문이다.

"아유, 샘플 보내느라고 조금 늦었습니다. 죄송해요."

정남희가 허리를 숙여 보이고는 웃음 띤 얼굴로 윤지혜 옆자리에 앉았다.

"윤지혜 씨를 여기서 만나니까 더 좋네."

놀란 윤지혜는 숨만 쉬었을 때 그때서야 들어온 종업원에게 주문을 한 이광이 정남희에게 말했다.

"방금 네 이야기를 했어."

"무슨 얘긴데요?"

그때 당황한 윤지혜의 얼굴이 빨개졌지만 이광이 물었다.

"너 날 좋아하냐?"

"그럼요, 그런데 왜요?"

"왜라니? 그거 심각한 문제 아냐?"

"뭐가 심각해요?"

윤지혜는 숨도 못 쉬고 있다. 메이커 측 과장이 요즘 서슬이 시퍼런 바이어 사무실 담당한테 반발을 마구 해대고 있다. 아무리 좋아한다고 해도 그렇다. 그때 이광이 웃음 띤 얼굴로 윤지혜를 보았다.

"윤지혜 씨."

눈만 깜박이는 윤지혜를 향해 이광이 말을 이었다.

"오늘 그 이야기를 해주려고 정남희 씨를 부른 거야."

정남희는 웃음 띤 얼굴이었는데 미리 이광한테서 이야기를 들었기 때문이다. 이광이 이제는 정색했다.

"에이스무역 사주(社主)는 나야, 내가 실질적으로 운영하고 있어."

윤지혜는 숨소리도 내지 않았고 이광이 말을 잇는다.

"쿠웨이트에 있는 리스타상사도 내가 설립했다. 이라크 동부군사령관 카심 하비드 대장이 동업자지. 내가 후……."

후세인의 후 자가 저절로 나왔다가 들어갔다. 후우, 하고 숨을 뱉어서 위장한 이광이 이제는 윤지혜와 정남희를 번갈아 보았다.

"이제는 너희들끼리 이야기를 해. 너희들은 이제 바이어 겸 메이커이기도 하다. 다 쥐고 있는 거야."

"국제통상은 올해 목표가 2,200만 불입니다. 작년에 1천만 불이 조금 넘었으니까 2배 이상 성장한 셈이지요."

김방현이 웃음 띤 얼굴로 말을 이었다.

"김성규가 미국 오더를 7백만 불 가깝게 끌어들였더군요. 김성규는 이제 상무로 승진했습니다."

"당연하지."

이광이 의자에 등을 붙이고는 따라 웃었다. 영등포역 근처의 커피숍 안이다. 오후 1시 반, 한 달에 한 번씩 정기적으로 만나는 터라 김방현은 군더더기를 빼고 바로 요점만 보고한다.

"김성규는 조이백화점 사주 딸 안하연과 깊은 관계입니다. 안하연의 친구들 모임에도 참가했는데 결혼 예정자로 소개되었고 국제통상의 상무이사로 자신을 소개했습니다."

"그것도 잘됐다. 그 자식도 이제 뿌리를 박을 모양이다."

"그런데 형님."

김방현이 가방에서 손바닥만 한 녹음기를 꺼내더니 리시버를 꽂고 이광에게 내밀었다. 표정이 굳어 있다.

"들어보시지요."

"뭔데?"

"백영주가 남자를 만납니다."

놀란 듯 이광이 눈만 크게 떴을 때 김방현이 말을 이었다.

"둘이 모텔에서 섹스를 끝내고 나누는 이야기를 편집했습니다. 섹스할 때도 녹음했지만 그건 뺐습니다."

그러더니 김방현이 버튼을 눌렀다. 곧 백영주의 목소리가 울렸다.

"집으로는 찾아오지 마. 아버지가 예고 없이 들르시거든."

섹스를 금방 끝냈는지 숨소리가 아직 가쁘다. 그때 사내가 말했다.

"알았어. 이곳이 분위기도 좋고 깨끗하니까 여기서 만나지."

"아버지는 결혼식을 내년 후반쯤 올리라고 하셔."

"1년도 넘게 남았군."

"그때까지는 회사 기반이 굳어질 것 같아서. 지금 중동과 미주 지역이 급격하게 성장하고 있거든."

"그렇다고 들었어. 우리 회사에도 소문이 다 났어. 그쪽 과장들이 똑똑하다지?"

"응, 내년 초에 부(部)로 확대시켜 부장으로 진급시킬 거야."

"요즘 우리 회사도 중동으로 진출하고 있어. 바레인에 공사 하나를 땄어."

"기다려줄 거지?"

"아, 그럼. 10년이 넘게 기다렸는데."

"거짓말."

백영주의 목소리에 웃음기가 섞였다.

"내가 자기 전력 모를 줄 알아?"

"그건 나도 마찬가지야."

사내의 목소리가 차분해졌다.

"경험이 사람을 단련시킨다고 하지. 우린 앞으로 잘 될 거야."

"고마워, 자기야."

그때 김방현이 버튼을 눌러 녹음을 껐다. 리시버를 귀에서 뽑은 이광을 향해 김방현이 말을 열었다.

"대동건설의 사주 조성길 회장의 차남 조민수 전무지요. 37세, 현재 돌싱입니다."

외면한 채 김방현이 말을 이었다.

"갑작스럽게 조민수하고 엮인 것이 아닙니다. 조성길 회장과 황학수 회장은 동향으로 양쪽 집안이 수십 년간 왕래가 있었습니다. 10년쯤 전에 조민수와 백영주가 혼담까지 갔다가 각각 만나는 사람이 있는 바람에 헤어졌지요."

"……."

"조민수는 결혼 반년 만에 성격 차이로 이혼했고 백영주는 사귀는 사람한테서 배신당했지요."

"……."

"그러다가 이번에 다시 불이 붙은 것입니다. 누가 먼저 접촉했는지도 곧 보고 드리겠습니다."

"아니, 그것까지 알 필요는 없고."

쓴웃음을 지은 이광이 주머니에서 봉투를 꺼내 내밀었다.

"넌 내 매복병 역할이다. 편의공작대에서 매복병이 가장 중요하지. 공비가 오는 걸 가장 먼저 알려주니까."

"예?"

봉투를 받으면서 김방현이 물었지만 이광은 대답하지 않았다.

회사로 돌아가는 차 안이다. 이광은 귀국한 지 사흘째가 되는데도 백영주가 집에 오라고 부르지 않는 이유가 바로 이것이었다는 것을 깨닫고는 쓴웃음을 지었다. 또 하나를 배웠다. 영원한 사랑은 없다. 인간은 서로 이용하는 관계여야 무시당하지 않는다는 것도 덤으로 배웠다. 내가 중동 실적을 올리지 않았다면 이미 존재하지도 않았을 테니까.

회의를 마쳤을 때 자리에서 일어서던 정현애가 이광에게 말했다.

"과장님, 회식할 때가 되었는데요."

"그건 다 좋다고 해야 돼."

이광이 서류에서 시선을 떼지 않고 말을 이었다.

"회사 끝나고까지 잡아서 단합 대회는 안 하겠어. 다 사생활이 있는데 말이야."

그때 픽픽 웃으며 회의실을 나가는 과원들 뒤에 대고 정현애가 불렀다.

"윤지혜 씨, 일루 와봐."

나가던 윤지혜가 몸을 돌려 다가왔다. 정현애가 과 선임 사원이다. 이광의 강력한 추천으로 다음 달에 대리 진급이 될 것이다. 회의실에는 윤지혜까지 셋이 자리에 앉았다. 윤지혜가 묻는 표정을 짓고 정현애를 보았지만 정현애는 이광에게 물었다.

"윤지혜 씨가 리베이트 다 알고 있지요?"

"응."

머리를 끄덕인 이광이 서류에서 시선을 떼고 정현애를 보았다. 정현애에게 말해주었지만 이렇게 셋이 모여서 확인을 받은 것은 처음이다. 정현애가 리베이트 때문에 회식 이야기를 꺼냈다가 윤지혜를 부른 것이다. 여우다. 윤지혜 동기 박형우가 소외감을 느끼지 않게 만들었다. 정현애가 입을 열었다.

"이번에 윤지혜 씨가 맡은 우광섬유에서 저한테 리베이트를 제의해 왔는데요."

정현애가 서류를 이광 앞에 내밀었다.

"제의서를 써왔습니다."

이광이 제의서를 보았다. 우광섬유 사장 서만준이 쓴 제의서다. 이번 오더에서 리베이트 3백을 지불하겠다는 제의가 육필로 적혀 있다. 또한 어떤 문제든 전적인 책임을 지겠다는 내용도 썼다. 다 읽은 이광이 쓴웃음을 짓고는 그 서류를 윤지혜 앞으로 밀었다.

"문제가 생길 때를 대비해서 리베이트를 먹는 공장에서 이런 제의서를 받아온 거야."

윤지혜가 다 읽었을 때 이광이 말을 이었다.

"하지만 문제가 생기면 이런 제의서 따위는 도움이 되지 않아. 강요에 의해서 썼다고 하면 되니까 다 헛것이지."

이광이 정색하고 윤지혜를 보았다.

"알고 있겠지만 리베이트는 이익이 나는 오더 중에서 공장 측과 우리가 그 이익금 일부를 더 나눠 먹는 도둑질이야, 횡령이지."

정현애가 쓴웃음을 지었지만 이광이 말을 이었다.

"하지만 그 리베이트로 나는 내 조직에 기름칠을 해서 사기를 올렸다고 생각한다."

그때 정현애가 말했다.

"제가 끼어들어도 돼요?"

"왜?"

"추가할 것이 있어서요."

"짧게 해."

정현애가 이제는 정색하고 윤지혜를 보았다.

"못 먹으면 바보거든. 안 먹어도 다 먹은 줄 알아. 그런데 안 먹어?"

"그만."

정현애의 말을 자른 이광이 윤지혜를 보았다.

"이건 윤지혜가 맡은 공장인데 오더는 순이익이 10퍼센트 이상 나니까 문제는 없어. 하지만 우광섬유는 리베이트가 처음이지?"

"네, 제가 넉 달 동안 오더 2건을 실었는데 사장 성격이 괜찮았습니다."

정현애가 대답했다.

"공장 경력 15년이고요. 저한테 눈치를 보이기에 제의서 방식을 알려준 건데요, 결정은 못 하겠습니다."

"윤지혜 생각은 어때?"

이광이 묻자 윤지혜가 입을 열었다.

"제가 만나서 결정하겠습니다. 그리고……."

윤지혜가 정현애와 이광을 번갈아 보았다.

"이 제의서는 제가 받는 것으로 하죠. 만약 리베이트를 먹더라도 제가 먹는 것으로 하겠습니다."

이광의 시선을 받은 윤지혜가 말을 이었다.

"문제가 터지면 제가 책임지도록 해야죠. 과장님까지 물려 들어가면

과(課)가 망하게 될 것 아닙니까?"

"과연."

어깨를 부풀렸다가 내린 이광이 윤지혜를 보았다.

"넌 이순신 장군보다 더 충신이다."

"내가 못 살아."

정현애가 쓴웃음을 짓고 외면했다.

"무슨 이순신?"

"그럼 유관순이야."

정색한 이광이 정현애를 노려보며 말하자 이번에는 윤지혜가 쓴웃음을 지었다. 그때 이광이 머리를 끄덕이며 말했다.

"좋아, 오늘 회식을 하지. 가끔 모여서 술 먹는 것도 나쁘지 않아."

술을 마시면 본성(本性)이 드러나게 된다. 술에 취하면 최소한 내면의 일부분이라도 표출이 되는 것이다. 그래서 술 마시고 주사가 있는 사람은 직장 생활뿐만 아니라 사회생활에 적응하기 어렵다. 재벌가(家)의 자식이라고 해도 힘들다. 오늘, 수출3과원 6명의 술버릇은 양호한 편이었다. 영등포 시장 안 삼겹살 식당에서 고기와 술로 입가심을 하고 근처 카페의 방으로 들어갔을 때는 오후 8시 반, 이곳은 룸살롱 분위기로 여자만 없을 뿐이다. 이제는 양주와 맥주, 고급 안주를 이것저것 시키고 나서 본격적으로 술을 마신다. 남자는 이광과 박형우, 장태호 셋이고 여자는 정현애, 윤지혜, 서영미다.

"박형우 씨가 술 잘 마시는구나."

술잔을 든 이광이 웃음 띤 얼굴로 박형우를 보았다. 박형우는 윤지혜와 동기, 외부 업무보다 서류 업무가 적성에 맞아서 정현애의 일을 모두 가져갔다. 다음 달에 서류 담당 여직원 하나가 박형우 조수로 충원될 예정이다.

"예, 제가 소주 열 병은 마십니다."

박형우가 웃음 띤 얼굴로 말을 이었다.

"맥주는 음료수죠. 몇 박스건 끝없이 마실 수 있습니다."

"내가 네 실력을 모르고 있었군. 앞으로 쓸모가 많겠다."

"술 접대라면 맡겨주십시오."

박형우가 이광이 따라준 위스키를 받으면서 활짝 웃었다.

"저한테 적성에 맞는 일을 맡겨주셔서 감사합니다, 과장님."

"나도 고맙지."

이광이 웃음 띤 얼굴로 말을 이었다.

"덕분에 정현애 씨도 적성에 맞는 업무를 찾았고 말이야."

"그래서 정현애 씨, 아니 정 대리님이 저한테 잘해 주시는 거죠."

"어, 그래?"

정현애는 곧 대리 진급이 될 것이어서 과 안에서는 미리 대리라고 부른다. 이광의 왼쪽에는 정현애, 오른쪽에 윤지혜가 앉았다. 자연스럽게 그렇게 앉은 것 같지만 이광이 먼저 앉았을 때 둘이 각각 옆쪽으로 다가왔고 다른 사람들은 양보하는 분위기였다. 박형우가 다시 한 모금에 위스키를 삼켰을 때 정현애가 이광의 왼쪽 귀에 대고 낮게 말했다.

"선박 회사에서 박형우 씨한테 리베이트를 제의했는데 다 거부했어요."

숨을 들이켠 이광에게 정현애가 쓴웃음을 지어 보였다.

"전에는 수출 물량이 얼마 안 되어서 선박 회사들이 우리를 쳐다보지도 않았는데 지금은 컨테이너가 많거든요."

"그렇구나."

"박형우 씨, 일 잘해요, 성실하고."

"그렇군."

감동한 이광이 머리를 끄덕였다. 박형우는 양평동에서 자취를 한다. 집은 충북 청주, 부모의 직업은 사업이라고만 적혀 있었다.

회식이 끝났을 때는 10시 반이 되었을 무렵이다. 위스키 3병에 맥주 20병을 마신 터라 모두 취했다. 막내 장태호도 온갖 심부름을 다하고 권하는 술을 다 마셨지만 말을 똑바로 했다. 윤지혜도 술이 세었다. 정현애하고 폭탄주를 주고받았는데 3잔까지 마시는 것을 보다가 말았다. 서영미가 영리했다. 술은 조금 마시면서 남의 잔의 술은 가장 먼저 채워주고 돌아다녔다. 회식이 끝나자 정현애가 모두에게 각각 택시비 1만 원씩을 나눠주었다. 정현애가 과(課) 경리인 것이다.

"자, 내일 보자."

과원들에게 손을 들어 보인 이광이 먼저 몸을 돌렸다. 과원들과의 회식은 바이어 접대보다도 힘들다. 바이어 접대는 같이 즐긴다는 입장이 되어야 상대방의 부담이 적어지기 때문이다. 하지만 부하 직원들과의 회식에서 그렇게 했다가는 분위기가 틀어진다. 부하들과의 단합은 커녕 윗사람에 대한 유감만 쌓이게 될 것이다. 부하들을 추어주면서 이쪽은 내려야 한다. 그러니 피곤할 수밖에 없다. 마침 택시 정류장에 빈 택시가 있었기 때문에 서둘러 택시에 올랐다.

"신촌 그린오피스텔."

운전사에게 말한 이광이 의자에 등을 붙였다. 오피스텔에는 아직도 강은서의 체취가 배어 있다. 강은서가 떠난 이후로 시트와 베개를 갈지 않았다. 강은서가 쓰던 칫솔은 종이에 싸서 맨 위쪽에 모셔두었다. 강은서는 그 후로 연락도 없다. 베를린에서 열심히 공부하고 있겠지. 추측건대 대한민국을 공산주의 세상으로 만드는 더 확실한 방법을 연구하고 있을 것이다. 이광의 얼굴에 웃음이 떠올랐다. 문득 강인숙의 얼굴이 겹쳐졌기 때문이다. 같은 강씨네.

다음 날 오후 4시, 이광과 윤지혜가 영등포역 근처의 커피숍으로 들어서자 자리에 앉아 있던 안창문이 일어섰다. 굳은 표정이었고 윤지혜를 보더니 얼른 외면했다. 앞쪽 자리에 윤지혜와 나란히 앉은 이광이 웃음 띤 얼굴로 물었다.

"잘 지냈지?"

"아, 저야 뭐……."

어물거린 안창문이 이광의 가슴께에 시선을 준 채 말을 이었다.

"갑자기 전화 받고 놀랐습니다."

"왜?"

"저야 떠난 몸인데 또 무슨 일일까 하고요."

"또 죄 지은 게 있는 모양이지?"

"그러지 마십시오."

머리를 든 안창문의 시선이 윤지혜를 스치고 지나갔다.

"쪽팔립니다."

이광이 의자에 등을 붙였다. 안창문은 동갑이었고 따지고 보면 입사도 선배다. 어쩌다 보니까 김성규 밑에서 같이 시련을 겪다가 이광의 심복이 되었지만 돈 먹은 것이 윤지혜한테 발각되는 바람에 이렇게 되었다. 이광이 똑바로 안창문을 보았다. 안창문은 회사를 그만두고 지금은 논다. 석 달째 노는 중인데 동종 업체에 경력 사원으로 취업하기는 어려울 것이다. 소문이 빠르기 때문이다. 그때 이광이 입을 열었다.

"수원에 공장 하나가 나왔어. 공장 사장이 도박에 미쳐서 근로자 임금 떼어먹고 공장 담보로 은행에서 돈을 빌려 도박으로 다 날린 거야."

안창문이 이제는 시선을 주었고 이광이 말을 이었다.

"근로자가 160명, 기계 설비가 잘 되어 있는 공장이고 서울에서 가까워서 관리하기도 좋아. 품목은 유성상사에서 생산 못 하는 우븐 계통이야."

"……."

"그 공장을 며칠 전에 내가 인수했는데 관리할 사장이 필요해. 어때? 안창문 씨가 그 회사를 맡아 주겠어?"

"제, 제가요?"

"그래, 공장 사장이 되는 거지."

"그, 공장이 과장님 소유인 겁니까?"

"내 명의는 아냐. 회사에 내 명의로 하청 공장 등록하기는 좀 그래서 다른 사람 명의로 했어."

"어쨌든……."

어깨를 늘어뜨렸던 안창문이 상기된 얼굴로 이광을 보았다.

"저 같은 배신자를 불러서 다시 일 시키는 이유가 뭡니까?"

"누가 그러더라."

이광이 똑바로 안창문을 보았다.

"배신할 기회를 만들어준 보스도 잘못이 있다고 말이야. 내 잘못도 있는 것 같다."

"천, 천만에요."

시선을 내린 안창문이 머리를 저었다.

"그건 아닙니다. 내 천성에 배신자 기질이 있는 것 같습니다."

"뭐, 거기서 돈 해먹기는 좀 힘들 거다."

"또 빈틈을 노릴 수도 있지 않겠습니까?"

"지금 무슨 말씀들을 하시는 거죠?"

불쑥 윤지혜가 끼어들었고 둘은 제각기 입을 다물었다. 입맛을 다신 윤지혜가 또박또박 말을 이었다.

"그 공장은 제가 관리하게 될 거예요. 오더 계약이나 관리, 자금 입출까지요. 그럼 됐죠?"

윤지혜의 시선을 받은 안창문이 다시 어깨를 늘어뜨렸다.

"내 팔자는 윤지혜 씨 손바닥 위에서 노는 팔자 같군."

"부처님 손바닥 위의 손오공이지."

이광이 혼잣소리처럼 말했을 때 윤지혜가 안창문에게 물었다.

"과장님이 딴 이야기만 하셨는데 결론은 아직 듣지 못했어요. 어때요, 공장을 맡으시겠어요?"

"아, 그럼요."

안창문이 커다랗게 머리를 끄덕였는데 어느덧 얼굴이 상기되었고 두 눈이 번들거리고 있다. 그러고는 윤지혜를 똑바로 보았다.

"고맙습니다. 저한테 마지막 기회라고 생각하고 최선을 다하겠습니다."

돌아오는 택시 안에서 윤지혜가 말했다.

"공장이 다음 달부터는 정상 가동될 테니까 그때부터 본격적으로 리스타 오더의 생산 준비를 시키겠어요."

이광이 머리만 끄덕였다. 이번 공장 인수는 리스타 앤 무칼리 오더를 직접 생산, 관리하기 위해서다. 리스타 오더의 전문 생산 공장 체제를 만들려는 것이다. 오더 생산에서부터 판매까지를 일원화시키면 이윤이 배가 된다. 윤지혜가 말을 이었다.

"안창문 씨는 적응력이 강하고 이해가 빠릅니다. 저하고 팀워크가 맞을 것 같습니다."

윤지혜가 시선을 주었지만 이광은 받지 않았다. 감동했기 때문이다. 윤지혜와 호흡이 맞는 것이다. 시선이 마주치면 그것이 전해질 것 같아서 그렇다.

"술 더 안 마셔?"

백영주가 묻자 이광이 머리를 끄덕였다.

"음, 오늘은 이 정도로 끝내지."

소공동의 카페 '보라'는 백영주의 단골이다. 분위기 좋고 밀실로 되어 있어서 은밀한 데이트에 적당하다. 오후 9시 반, 8시에 만나 둘이 양주 한 병을 거의 비워가고 있다. 오늘 이광은 출장 다녀와서 백영주와 처음 만난다. 8일 만이다. 서로 바쁘다는 핑계로 하루에 서너 번씩 사내 통화를 했고 회의도 했지만 밖에서는 지금 만난다. 지난번에 출장 다녀왔을 때는 바빴어도 이틀 만에 만나 엉켰던가? 백영주가 술잔을 들면서 말했다.

"김성규가 자기 출장 갔을 때 나한테 할 이야기가 있다면서 찾아왔어."

이광은 시선만 주었고 백영주가 말을 이었다.

"회의실에서 이야기했는데 미주 지역 오더를 확대하려면 멕시코에 공장을 짓는 것이 낫다는 거야. 구체적인 계획도 만들어 왔어. 제안서가 꽤 두툼했어."

"……."

"멕시코와 미국은 쿼터 없이도 수출입이 되는 데다 멕시코 정부가 적극 공장을 장려하고 임금도 한국보다 싸다는 거야."

이광이 숨을 들이켰다. 그 이야기를 트리톤의 강기창한테서도 들었던 것이다. 강기창은 유성에서 멕시코에 공장을 세우면 현재 오더의 10배는 더 늘어날 것이라고 했다. 그때 백영주가 한 모금 술을 삼키고 나서 말했다.

"회장님한테 건의를 해 달라는데 난 제안서를 회장님한테 보이지도 않았어."

"……."

"지금 현재 오더 증가하는 것만으로도 충분해. 매년 2배 이상씩 늘어나는데 구태여 멕시코까지 가서 투자할 일 있어? 안 그래?"

"그건 그래."

"1차 년도에 2백만 불을 투자해야 되겠더군. 누구를 믿고 그렇게 쏟아 부어? 김성규?"

쓴웃음을 지은 백영주가 제 잔에 술을 채웠다.

"난 이 상태로 회사 유지할 거야. 올해 실적이 1,500만 불쯤 될 테니까 내년은 2천쯤 되겠지? 2천 정도에서 회사를 안정시킬 거야."

이광이 머리를 끄덕였다. 올해 3과는 에이스무역의 로컬 오더까지 포함해서 7백만 불을 달성할 예정이다. 목표 400만 불에서 거의 100퍼센트 가깝게 초과한다. 그리고 내년에는 대략 1천5백만 불을 달성할 것이다. 김성규의 미주 지역은 올해 350만 불 목표에서 거의 600만 불 가깝게 수출한다. 내년에는 최소한 1천만 불이 되지 않을까? 그럼 그것만

가지고도 2천5백이다. 그런데 백영주는 내년에 2천으로 만족한다고 한다. 이광이 소리 죽여 숨을 뱉었다. 이 여자가 나한테 기대를 갖지 않고 있는 증거가 지금 드러났다. 누구라고 했던가? 대동건설 조성길 회장의 차남 조민수? 앞에 놓인 술잔을 집은 이광이 한 모금 술을 삼키고는 물었다.

"회장님도 그런 생각이실까?"

"그럼?"

정색한 백영주가 이광을 보았다.

"아버지는 다 나한테 맡긴다고 하셨어. 그리고 안정적인 관리가 우선이라고 말씀하셨어."

"그렇군."

"자기는 내년에 부장 진급할 테니까 다른 것에 신경 쓸 것 없어."

백영주가 이광의 잔에 술을 따르면서 말을 이었다.

"물론 김성규도 부장 진급하겠지만 자기가 선임이 될 거야."

머리를 끄덕여 보인 이광이 손목시계를 보는 시늉을 하고 나서 백영주를 보았다.

"난 어머니가 올라오셔서 가봐야 하는데 언제 나하고 잘 거지?"

"이 남자가?"

눈을 흘긴 백영주가 깔깔 웃었다.

"나한테 오더 받으려고 묻는 거야?"

"그래. 쿠웨이트에서 밤마다 자기 벌거벗은 몸을 생각했는데."

"정말?"

백영주의 두 눈이 번들거렸다.

"정말 내 생각했어?"

"그래. 자긴 어때?"

"나도 그래."

"언제 오더 줄 거야?"

"언제든지 말만 해."

"알았어."

몸을 일으킨 이광이 앞으로 그 기회는 아주 드물어질 것이라는 생각을 했다. 그것은 둘이 서로 핑계를 대고 미룰 것이기 때문이다.

빈 오피스텔로 돌아온 이광이 욕실로 들어가 종이에 싼 강은서의 칫솔을 풀어서 그것으로 이를 닦았다. 양치질을 다하고 입을 물로 헹군 이광이 앞쪽 거울에 대고 말했다.

"그래. 절대로 정을 주면 안 돼."

이광이 눈을 치켜뜨고 거울을 노려보았다.

"그냥 짝사랑만 하는 것이 신상에 이롭다."

이라크 군납 오더가 에이스무역으로 전해졌다. 오더 시트와 함께 신용장까지 함께 보내진 것이다. 군수 담당관이 쿠웨이트의 리스타상사에 들러서 오더를 주고 간 것이다. 물론 프라카시가 이광을 대신해서 오더를 받았다. 그런데 오더 물량이 무려 1,700만 불이다. 5백만 불 정도로 예상하고 있었는데 물량이 3배 이상 늘어난 셈이었다.

"1,300만 불은 대기업으로 넘기면 됩니다."

정남희가 회의실에서 말했다. 오전 11시 반, 이광이 회의실에서 유민우, 정남희와 함께 회의를 하고 있다. 오더 시트를 편 정남희가 말을 이었다.

“대기업은 실적 경쟁 중이라 마진이 늘어날 것 같습니다.”

그렇다. 이쪽에서는 대기업을 경쟁시키면 눈에 불을 켠 담당자들이 가격을 깎더라도 오더를 가져가려고 할 것이다. 이광의 시선을 받은 정남희의 볼이 조금 붉어졌다. 시선을 내린 정남희에게 이광이 물었다.

“정남희 씨는 입사한 지 얼마나 되었지?”

“네, 1년 되었습니다.”

“정확하게 11개월 15일이지.”

유민우가 정색하고 말했다.

“업무 습득이 빠른 편이야. 대놓고 말하기는 좀 뭣하지만 집중력, 조정력이 뛰어나고 입사 동기보다 낫지.”

입사 동기란 고춘식이다. 헌칠한 체격의 이성대 출신 엘리트지만 영업 업무에 치여서 본인이 검사 업무를 자원했다. 적극적인 성격이 아니어서 남과 다투는 것도 싫어한다. 이광이 다시 정남희를 보았다.

“정남희 씨.”

“네.”

머리를 든 정남희가 이광을 보았다. 시선이 마주치자 정남희의 검은 눈동자 속으로 빨려드는 느낌이 든다. 이번에 이광은 김방현에게 다시 윤지혜와 정남희까지 신상 조사를 시켰다. 결과는 며칠 후에 나올 것이다. 이것은 이광이 신촌 카스파 일을 거들어 줄 때부터 생긴 버릇이지만 습관으로 굳어졌다. 상대방을 믿지 못해서 그런다기보다 사고를 미연에 방지하는 것이 본인이나 이광에게도 이로운 일이 될 것이라고 생각했기 때문이다. 도둑질하는 습성이 있는 직원에게 더 큰 도둑질을 막는 것은 피차에게 득이 아닌가? 이광이 불쑥 물었다.

“정남희 씨의 꿈을 말해줄 수 있어?”

"네. 우선 에이스무역의 에이스가 되는 것이 꿈이죠."

정남희가 붉어진 얼굴로 똑바로 이광을 보았다.

"그다음에 에이스무역과 함께 성장하는 것입니다."

이광이 머리를 돌려 유민우를 보았다.

"형, 정남희를 과장으로 승진시킵시다."

"그러지."

미리 이야기를 나눈 터라 유민우가 두말없이 동의했다.

"우리 에이스무역은 능력에 따라 승진을 시키는 회사니까."

정남희의 얼굴이 더 빨개졌다. 당찬 성격이었지만 전혀 예상하지 못한 인사였기 때문이다.

"정남희 씨, 이제 우리끼리 이야기지만 에이스무역의 사주가 여기 앉은 이광 씨란 것을 아는 사람은 우리 회사에서 셋뿐이야, 그렇지?"

유민우가 웃음 띤 얼굴로 정남희를 보았다.

"쿠웨이트의 리스타상사 소유주도 이광 씨란 것까지 아는 사람이 셋이란 말이야, 그렇지 않나?"

"네, 전무님."

"또 한 명이 있어."

이광이 정남희에게 말을 이었다.

"윤지혜까지 넷이지."

"그렇군."

유민우가 웃음 띤 얼굴로 이광을 보았다.

"윤지혜는 진급시킬 수 없어?"

"지금 당장은 어려워."

따라 웃은 이광이 이제 홍조가 조금 가셔진 정남희를 다시 보았다.

"그 꿈이 이루어지도록 나도 열심히 노력할 거야."

"감사합니다, 사장님."

정남희가 처음으로 사장 호칭을 쓰더니 앉은 자리에서 머리를 숙였다.

"실망시켜 드리지 않겠습니다."

그날 오후 회사로 돌아온 이광이 쇼룸에서 나오는 윤지혜에게 말했다.

"정남희를 과장으로 진급시켰어. 내일 과장 승진이 될 테니까 축하 전화라도 해줘."

"잘됐네요."

윤지혜가 이를 드러내고 웃었다.

"과장 턱을 얻어먹어야겠어요."

쇼룸 앞에는 둘뿐이어서 윤지혜가 웃음 띤 얼굴로 이광을 보았다.

"과장이 과장 진급을 시켜 주다니요? 더구나 3천만 불 물량을 움직이는 에이젠시의 과장을요?"

이광이 숨을 들이켜고는 몸을 돌렸다. 그런데도 눈앞에 윤지혜의 얼굴이 떠 있다.

"너 어떻게 할 거냐?"

황학수 회장이 묻자 백영주가 정색하고 대답했다.

"내년까지 이대로 나가겠어요."

"이대로 나가다니?"

황학수가 찌푸린 얼굴로 소파에 등을 붙였다. 유성상사 회장실 안이다. 백영주는 결재 서류를 들고 왔지만 안은 비었다. 오후 5시, 황학수가 백영주를 회장실로 부른 것이다.

"내년에 부장으로 승진시켜주고 과를 편성할 때 부(部)에 관리과를 끼워 넣는 것입니다, 이것은 대성에서 쓰는 방식인데 아주 효율적이죠."

백영주의 얼굴에 생기가 띠어졌다.

"관리과가 각 과의 조정, 관리를 맡는데 결국 부를 통제하게 됩니다. 그 관리과장에 제 심복을 심어놓겠습니다."

"그거, 네 뜻대로 될까?"

"대성에서는 그 체제가 아주 효율적으로 운용되고 있습니다."

"중동부, 미주부에 각각 관리과를 신설해서 통제한단 말이지?"

"그렇게 되면 부장(部長)의 영향력이 감소되고 부(部)의 오더까지 관리과에서 장악하게 됩니다."

"만일 부장들이 반발하면?"

"어느 정도 피해는 감수해야겠지만 바이어들은 생산자를 보고 오더를 하는 것이지 사람보고 오더를 주지는 않습니다."

"……."

"이번 인사 때 중동, 미주과에 외부에서 영입한 경력 사원을 둘씩 끼워 넣을 예정입니다."

"……."

"그들이 그동안 오더 디테일을 파악하고 바이어들을 단속하도록 하겠습니다. 제가 하나씩 따로 교육을 시키고 있습니다."

황학수의 시선을 받은 백영주의 얼굴에 웃음이 떠올랐다.

"서로 모르고 있는 것이 낫거든요. 대성에서도 그런 식으로 점조직 관리를 했습니다."

"너, 이광하고는 그런 식으로 끝낼 생각이냐?"

불쑥 황학수가 묻자 백영주는 외면했다.

"믿을 수가 없어요, 아버지."

"……."

"공장에서 리베이트를 먹은 건 부하 직원들에게 나눠줬다지만 그것뿐만이 아닌 것 같아요."

"……."

"제가 보기에 김성규보다 더 위험한 존재인 것 같아요, 아버지."

"어떤 면에서?"

"도둑질하는 거요."

"……."

"에이스무역과의 관계도 수상하고요. 거기로 나가는 커미션을 나눠먹는 것 같은데 물증을 잡을 수가 없어요."

"언제부터 네가 그렇게 되었지?"

"네? 뭐가요?"

"언제부터 정이 떨어졌냐고 물었다."

"정이라고 말씀하셨어요?"

백영주의 얼굴에 다시 쓴웃음이 번졌다.

"저, 그 사람한테 정 준 적 없어요."

"……."

"혼자 살다 보니까 이젠 남 믿는 것이 어려워요. 우리는 서로 이용한 것 같다는 생각이 들어요."

"그만."

손을 들어 백영주의 말을 막은 황학수가 길게 숨을 뱉었다.

“네 인생이니까 내가 구태여 뭐라고 하지는 않겠다.”

“예, 아버지. 걱정하지 않으셔도 돼요.”

“난 내년 말쯤에 회사를 떠날 테니까 네가 알아서 해.”

황학수가 외면한 채 말을 이었다.

“이게 다 업보다, 너나 내가 짊어지고 가야 할 업보.”

그 시간에 이광과 김성규는 회의실에서 마주앉아 공장 배정에 대한 협의를 하는 중이다. 그러나 명분은 그렇지만 지금 딴 이야기를 한다.

“다음 달에 수출부에 18명이 증원되어 온다는 거 알지?”

김성규가 묻자 이광이 숨을 들이켰다.

“18명이나? 너하고 나한테는 몇 명씩이나 배정 되는 거야?”

“각각 6명씩, 나머지 6명은 다른 과로 한두 명씩 들어가고.”

“더블이 되는군.”

“하반기에 다시 6명씩 더 충원된단다.”

“넌 어떻게 그걸 알아?”

“내 특기 아니냐?”

눈을 가늘게 뜬 김성규가 지그시 이광을 보았다.

“그리고 내년에 미주부, 중동부로 승격시키면서 각 3개 과(課)를 만든다는 거다. 그중 1개 과(課)는 관리과라는 거야.”

김성규의 얼굴에 웃음이 떠올랐다.

“그 관리과 역할이 뭐겠냐?”

하사드의 전화가 왔을 때는 밤 12시 정각이다. 쿠웨이트 시간은 오후 6시, 이광이 오피스텔에서 전화를 받는다.

“형님, 하사드입니다.”

하사드가 예의 바르게 말을 이었다. 이 시간이면 출근 준비를 하고 있을 것이다.

"어, 그래, 하사드. 별일 없지?"

"예, 형님. 회사는 바쁩니다."

"그래야지, 열심히 일 배워라."

"예, 형님."

"너하고 내 관계를 다 알고 있을 테니까 겸손하도록 하고."

"예, 형님. 알고 있습니다."

"누나는 잘 있지?"

"예, 누나가 바꿔달라고 합니다."

하사드의 목소리에 웃음기가 띠어졌다.

"아까부터 기다리고 있습니다."

"바꿔, 하사드."

그러자 곧 마르카의 목소리가 울렸다.

"여보세요."

아직도 부끄럼을 타는 목소리다.

"마르카, 보고 싶다."

대뜸 이광이 말하자 마르카가 주춤하는 것 같더니 낮게 대답했다.

"저도요."

"얼마나 보고 싶어?"

"많이요."

그러더니 빠른 아랍어가 들렸다. 하사드에게 말하는 것 같다. 눈치를 챈 이광의 얼굴에 웃음이 떠올랐다. 하사드를 쫓아내는 것 같다.

"마르카, 잘 때 내 생각 안 났어?"

이제 이광이 묻자 마르카가 대답했다.

"났어요, 리."

"나, 사랑하니?"

"왜 먼저 물어요?"

"널 사랑해, 마르카."

"난 당신밖에 없어요, 리."

"내가 그렇다."

이광이 속으로 '내가 도둑놈이지'라는 생각을 한다. 마르카의 목소리가 맑고 빨라졌다.

"리, 카이로에 외삼촌이 살아요. 외삼촌도 대학교수인데 나한테 대학에서 공부하라고 해요. 석사 과정으로 등록할 수 있다는데요."

"옳지, 기회가 왔구나."

"아버지한테 연락했더니 리가 허락하면 가서 공부하는 것도 좋다고 하네요."

"내가 안 된다면?"

"안 가죠."

마르카의 목소리에 다시 웃음이 섞였다.

"여기서 당신 기다리고 살죠."

"네 생각을 말해, 마르카, 네가 바라는 것을. 네가 바라는 것을 해주는 것이 나한테는 기쁜 일이야."

"리!"

마르카의 목소리가 먹먹해졌다.

"난 당신 옆에 있을 때가 행복해요."

"그건 그렇고, 그다음은?"

"이집트에서 아랍 문학을 공부하고 싶어요."

"옳지."

"외삼촌은 역사 교수인데 외삼촌 집에서 다닐 수 있어요."

"잘되었다, 마르카. 준비해."

"그런데 입학금, 교재비가 2천 불쯤 들어요."

"그쯤은 내가 내주는 거 알지?"

"졸업하고 직장 다니면서 갚을게요."

"너 그런 말 계속하면 네 얼굴 안 봐."

"알겠어요, 리."

"외삼촌 집에서 다닌다지만 그냥 먹고 살 수는 없지."

"하사드가 제 월급 1백 불을 보내준다고 했어요. 그것이면 돼요, 리."

"하사드도 먹고 살아야지. 내가 매월 2백 불씩 보내줄 테니까 그걸로 써, 마르카."

"너무 많아요."

놀란 듯 마르카의 목소리가 높아졌다.

"외삼촌 월급이 2백 불인데 8식구를 먹여 살리고 있어요, 리."

"그럼 네가 생활비로 1백 불을 내고 1백 불은 용돈으로 쓰면 되겠다. 네가 살 방은 있어?"

"집은 우리 집보다 커요, 방이 10개가 넘어요."

"좋아, 그렇게 결정하지, 마르카."

"언제 와요?"

"네가 떠나기 전에 가야지."

"보고 싶어요, 리."

"나도 널 안고 싶어 미치겠다, 마르카."

"사랑해요, 리."

"내가 먼저 말하는 건데. 마르카, 사랑해."

전화기를 내려놓은 이광이 길게 숨을 뱉었다. 머리가 저절로 욕실 쪽으로 돌아간 것은 그곳에 강은서의 칫솔이 남아 있었기 때문이다.

아침에 출근한 이광이 외부 전화를 받았다. 직통전화로 수출3과장 이광을 찾는다.

"전데요, 누구십니까?"

"예, 전화로 실례합니다. 전 안기부 하동일이라고 합니다."

"예?"

서슬이 시퍼런 안기부다. 이광의 머릿속에 강은서의 얼굴이 떠올랐다. 무슨 일인가?

"예, 그런데 무슨 일이십니까?"

다음 날 오전 10시, 영등포경찰서 근처에 위치한 3층 빌딩의 사무실 안에서 이광이 사내 둘과 마주앉아 있다. 사무실 문에 신흥무역이라는 간판이 붙어 있기는 했어도 무역 회사 같지 않았다. 사내 서너 명이 책상에 앉아 있었는데 신문을 보거나 전화하는 시늉을 했다. 이곳이 안기부 안가(安家)인 것 같다. 어젯밤 전화를 받고 오늘 이곳에서 만나기로 했지만 이광은 겁이 나지는 않았다. 죄지은 것이 있어야 겁을 내지, 오히려 짜증이 좀 났다. 틀림없이 강은서에게 변호사 선임해주고 재워주고 독일로 보낼 때 경비까지 보태준 것 때문일 것이다. 강은서가 혹시 또 베를린에서 사고를 쳤는가? 북한으로 넘어간 것이 아닐까? 별놈의 생각이 다 났다. 그러나 내가 누구냐? 편의공작대 고구마3 벙커장이다. 공비를 둘이나 쏴 죽여서 표창까지 받고 1계급 특진된 영웅이다. 그 조영관이 개놈이 된장을 훔쳐가서 오입질을 하는 바람에 강등되고 영창까지 갔지만 무죄로 풀려났지 않은가? 그리고 보라, 이제 수출 영웅이 되었다. 이라크의 사담 후세인 대통령까지 면담하고 격려를 받은 인간이 대한민국에 있다면 나와 보라고 해라. 내가 얼마나 대한민국에 공헌하고 있는지 한번 너희들하고 겨뤄보자. 지금 이런 심정이다. 앞에 앉은 두 사내는 어젯밤 전화를 했던 하동일 과장과 그 상관이라는 오금봉 부장이다. 그때 오금봉이 먼저 입을 열었다.

"갑자기 뵙자고 해서 놀라셨지요?"

"예? 예."

이광이 40대 중반쯤으로 보이는 오금봉의 시선을 받았다. 평범한 얼굴, 체격이어서 구멍가게 아저씨 같다. 옷도 후줄근했고 넥타이도 싸구려다. 그때 오금봉이 물었다.

"강인숙 소좌 아시죠?"

"예?"

놀랐다. 놀란 이광이 숨을 들이켜면서 되물었고 오금봉을 쳐다보았다. 강인숙의 얼굴이 눈앞에 스치고 지나갔다. 쿠웨이트 밀튼호텔 1202호실, 강인숙의 알몸, 엉켜서 뱉어내던 신음 소리, 이광의 눈동자가 흐려졌다. 그때 오금봉이 눈을 가늘게 뜨고 웃었다. 그러자 옆집 아저씨 같이 편안한 인상이 되었다.

"이라크에서 알게 되신 사이지요?"

"예."

금방 대답한 이광이 심호흡을 했다.

"그런데 무슨 일이 있습니까? 내가 그 여자 만난 것이 잘못이라는 겁니까?"

"아니, 아닙니다."

오금봉이 손까지 저으며 말하더니 어느새 여직원이 내려놓고 간 커피를 손으로 가리켰다.

"커피 드시지요."

이광이 커피잔에 시선만 주었고 오금봉의 말이 이어졌다.

"만난 것 잘못 아닙니다. 비즈니스 하다가 만나는 건데요 뭐. 더구나 이라크 오더를 하면서요."

"……."

"그런데 지난번 쿠웨이트에서 만나셨을 때, 그러니까 밀튼호텔에서 만나셨을 때 말인데요……."

오금봉이 시선을 받지 않으려고 한다. 그러면서 말을 이어간다.

"그때 이 과장님한테 무슨 말을 하지 않던가요?"

이광의 머릿속에 다시 그날 밤이 떠올랐다. 격렬했지만 뜨겁고 감미로웠던 섹스, 아름다운 몸, 연체동물처럼 감겼던 강인숙의 신음 소리. 그렇지, 그때 그런 말을 했지, 이광이 눈동자의 초점을 잡고 오금봉을 보았다.

"나하고 만나는 걸 알면 숙청당할 것이라고 하더군요."

오금봉의 눈빛이 강해졌다. 이제는 옆집 아저씨가 아니다. 만화책에 나오는 살인범 같다.

"총살을 당할지 모른다고도 했습니다."

그때 오금봉이 한숨을 쉬었다. 옆에 앉은 하동일은 일절 나서지 않는다. 군기가 꽉 잡힌 조직 같다. 오금봉이 입을 열었다.

"이 과장님께 말씀드리지만 강인숙 같은 북한 측 인사를 감시하는 것이 저희들 임무지요."

"……."

"강인숙은 상당한 영향력이 있는 북한군 무역 일꾼입니다. 무기 거래에 직접 나설 만큼 고위층의 신임도 받고 있지요."

"……."

"그런데 강인숙이 이 과장님을 만나는 것은 행동반경에 벗어나 있습니다. 이 과장님께 이야기 한 것처럼 숙청을 당할 만큼 위험한 행동을 하고 있는 것이지요."

이제는 이광이 어깨를 부풀려서 숨을 들이켰다가 길게 내뿜었다. 그러고 보니 그 말이 맞다. 왜 그랬을까? 나를 좋아해서? 이런 제기랄, 그건 말도 안 된다. 그때 오금봉이 말했다.

"그건 우리한테 어떤 신호를 보내는 것 같다는 생각이 듭니다. 그래서 저희들이 이 과장님을 찾아 뵌 것입니다."

이광이 다시 옆집 아저씨로 돌아가 있는 오금봉을 보았다. 어쩌겠는가? 시킨 대로 해야지, 오히려 알려줘서 고맙다고 해야지.

이번 쿠웨이트 출장은 5일간으로 잡았지만 스케줄이 꽉 찼다. 쿠웨이트에서 2박, 바그다드에서 1박 후에 중국으로 날아가 푸저우시의 동남협영공장에 들렀다가 귀국하는 스케줄이다. 중국과 한국은 국교가 수립되지 않아서 중국에 가려면 정부 초청장을 받고 한 달쯤 기다려도 될 둥 말 둥 했다. 그런데 이광은 홍콩에서 우창이 기다렸다가 같이 입국하기로 했다. 홍콩 공항에서 우창이 다 준비해놓고 있겠다는 것이다. 오금봉을 만난 다음 날 오후, 이광은 이제 지방 출장을 가는 것처럼 쿠웨이트행 비행기에 올랐다. 14시간을 날고 시차 6시간을 뺀 8시간 후에 도착했으니 시장이 한창 일하는 밤이다. 공항에 마중 나온 프라카시가 시장으로 곧장 오는 차 안에서 그동안의 보고를 했다. 이광은 한 달 만에 오는 셈이지만 매일 보고를 받고 지시를 한 터라 새삼스러운 것은 없다.

"가게 분위기가 딱 잡혔습니다, 주인님."

프라카시가 엄숙한 표정으로 보고했다.

"이제 리스타상사는 쿠웨이트 시장에서 중견 상사로 인정받고 있습니다."

실적 면으로는 그렇다. 창립 3달이 된 리스타상사는 지난달 1,400만 불 실적을 올렸고 이번 달인 4개월째에는 1,700만 불을 달성할 예정이다. 이라크 군부 오더는 더 늘어날 것이고 리스타 앤 무칼리 브랜드가 지명도를 갖게 되면 실적은 폭등할 것이다.

"다 너희들이 노력한 덕분이야."

회사용 벤츠의 뒷좌석에 앉은 이광이 프라카시를 칭찬했다.

"아닙니다, 주인님. 주인님의 능력과 창의력 때문입니다."

정색한 프라카시가 말을 이었다.

"쿠웨이트 시장에서 주인님처럼 정부 오더를 끌어오거나 정부의 배경을 가진 가게가 없습니다. 더구나 가게에서 고급 브랜드를 직접 개발해서 시장에 내놓는 경우도 우리가 처음입니다. 그런데도 시장에서 톱클래스에 진입하지 못한다면 저희들이 무능하기 때문입니다."

"그런가?"

이광이 활짝 웃었다. 프라카시는 아부를 하는 것이 아니다. 이런 기회를 이용해야만 한다는 전의(戰意)를 불러일으키고 있다.

그날 밤 12시가 조금 넘었을 때 이광이 일찍 집으로 돌아왔다. 가게는 오전 3시가 넘을 때까지 일을 하는 것이다. 기다리고 있던 마르카가 이광을 맞았다. 현관문이 닫히고 방에 둘이 되었을 때 마르카가 이광이 양손을 벌린 품 안으로 몸을 던지듯이 안겼다. 영화에서나 보았지 한국 가정생활에서는 거의 보기 힘든 장면이다. 기쁨에 반짝이는 눈, 상기된 얼굴, 말이 필요 없다. 마르카의 입술을 덮친 이광이 그대로 밀고 안방의 침대로 가서 넘어뜨렸다. 옷을 벗겼는데 마르카도 거들어서 순식간에 알몸이 되었다. 침대로 올라가 엉켰을 때 이광은 애무도 하지 않고 마르카와 몸을 합쳤다.

"아아아!"

마르카의 거침없는 탄성이 방을 울렸다. 바그다드에서 마르카의 첫 몸을 가진 후로 여자로 만들어준 것이 이광이다. 이제 마르카는 이광의 조그만 동작 하나에도 자극을 받는다. 체위를 바꾸는 것에도 부끄러워하지 않는다. 마르카는 얼마 지나지 않아서 절정에 올랐다. 힘껏 이광을 껴안고 몸을 떨면서 환성을 뱉은 것이다. 그러고는 늘어졌다가 이광이 깨우자 부끄러운 표정을 짓고 따라 움직이기 시작했다. 알몸이 땀에 젖어 번들거리고 있다.

"사랑해요."

빨갛게 상기된 얼굴로 이광을 부둥켜안으면서 마르카가 헛소리처럼 말했다.

"내 사랑, 잊지 않을 거예요."

"마르카."

이광이 마르카의 잘생긴 귀를 입안에 넣으면서 더운 숨을 뱉었다.

"열심히 공부해, 마르카. 넌 학자로 성공해야 된다."

"당신과 함께 있는 것이 내 꿈이에요, 리."

다시 절정으로 오르면서 마르카가 말했다. 마르카는 이틀 후에 카이로로 떠나는 것이다. 카이로 대학의 입학 수속은 다 끝났고 이제 출발하기만 하면 된다. 이광이 한 달 만에 쿠웨이트에 온 이유도 떠나기 전에 마르카를 보려는 것이었다. 이윽고 마르카가 또 터졌다. 이번에는 이광도 함께 폭발했다.

"마르카, 하사드는 곧 가게 경리 책임자를 시킬 거야."

이광이 거친 숨을 뱉으면서 마르카의 몸을 감싸 안고 말했다.

"하사드는 내 처남이야, 마르카. 가게 직원들도 모두 알고 있다. 그러니까 하사드 걱정은 마."

마르카가 이광의 목을 두 팔로 감아 안은 채 머리만 끄덕였다. 뜨겁고 가슴이 젖어가는 밤이다.

밤 비행기로 바그다드 공항에 내린 이광을 이번에도 하타가 맞는다. 그런데 하타 계급장이 바뀌었다. 중령이다. 이광의 표정을 본 하타가 빙그레 웃었다.

"예, 진급했습니다. 전장(戰場)에 나가 있으면 진급이 더 빠를 텐데. 내 친구 중에 대령이 된 놈도 있어요."

오늘도 곧장 총사령부가 위치한 지하 벙커로 달려가는 차 안이다. 짙은 불빛 한 점 보이지 않는 어둠 속을 거침없이 질주하고 있다.

"어쨌든 축하드립니다, 하타 중령님."

이광이 정식으로 축하 인사를 했다.

"중령님이 장군이 되시는 것을 보고 싶습니다."

"아이고, 그러지 마십시오."

하타가 쓴웃음을 짓고는 손까지 저었다.

"이라크에서 전부터 전해오는 말이 있지요. 욕심이 과하면 사고가

난다고 했습니다."

한국에도 비슷한 속담이 있다. 이광이 화제를 돌렸다.

"북한 강 소좌가 바그다드에 있습니까?"

"아, 미녀 강 소좌 말입니까?"

하타가 웃음 띤 얼굴로 이광을 보았다. 이광이 따라 웃으며 시선을 받았다. 바그다드에 온 주목적이 바로 이것이다. 오금봉은 강인숙을 다시 한 번 만나보라고 부탁한 것이다. 이쪽에서 자연스럽게 접촉하면 어떤 반응이 있을지도 모른다고 했다. 그쯤은 국가를 위해서 못 하겠는가, 공비 2명까지 사살한 편의공작대장이. 안기부에서 부탁을 한 것이 오히려 자랑스럽게 느껴졌던 이광이다. 그런데 막상 하타에게 운을 떼고 난 순간부터 몸이 무거워진 느낌이 든다. 발 한 짝이 수렁에 빠진 것 같기도 하다. 그때 하타가 대답했다.

"어제 사령부에서 봤습니다. 그런데 지금은 모르겠군요."

"어디 가면 만날 수 있지요?"

"바빌론호텔에 투숙한 것 같던데요."

"고맙습니다."

하타가 웃음 띤 얼굴로 무슨 말을 하려는 듯 입을 반쯤 벌렸다가 다물었다.

"여, 이 사장."

이광이 들어서자 야합 소장이 자리에서 일어나 반겼다. 야합도 소장으로 진급된 것이다.

"장군 덕분에 회사가 잘 됩니다."

이광이 인사했다.

"곧 쿠웨이트 시장 안에서 상위 랭크에 들 것 같습니다."

"그래야지."

탁자를 사이에 두고 앉았을 때 이광이 가져온 트렁크를 탁자에 놓았다. 대형 트렁크였고 무겁다. 야합이 잠자코 시선만 주었을 때 이광이 트렁크를 열었다. 그러자 1백 개의 보석 상자가 드러났다. 트렁크에 가득 담겨 있는 것이다. 이광이 보석 상자 한 개를 집어 뚜껑을 열었다. 그 순간 밤알만 한 자수정이 불빛을 받아 반짝였다.

"오!"

야합이 저도 모르게 탄성을 뱉더니 손을 뻗어 보석 상자 한 개를 집었다.

"아니, 왜 이렇게 많이 가져왔는가?"

야합이 놀란 표정으로 묻자 이광이 웃음 띤 얼굴로 대답했다.

"선물하시라고 가져온 겁니다."

"고맙군. 선물 싫어하는 사람은 없지."

야합이 웃음 띤 얼굴로 머리를 끄덕였다.

"지금 전장에 계신 사령관께도 보내드려야겠군. 이 사장은 상대방을 감동시키는 능력이 있어."

"감사합니다."

"그것이 성공 비결 중의 하나가 될 거야."

그때 이광이 야합에게 결산서를 내밀었다.

"장군, 결산서를 보시지요."

군납 오더에 대한 결산서다. 선적이 끝나면 이윤을 60 대 40으로 나누어 카심과 야합의 지분을 따로 보관해 두는 것이다. 결산서를 훑어본 야합이 만족한 얼굴로 머리를 끄덕였다.

"수고했네. 우리는 거저먹는 느낌이 드는구먼."

"무슨 말씀을 그렇게 하십니까?"

"곧 군수품 오더가 또 있을 거네. 다음 달 초에 군수 장교들이 리스타상사로 갈 테니까 준비하게."

"예, 연락만 주십시오."

이광이 화답했다.

전화기를 든 이광이 손목시계를 보았다. 오전 1시 반이다. 심호흡을 한 이광이 곧 버튼을 꾹꾹 눌렀다. 바빌론호텔의 로비 라운지 안이다. 이곳도 등화관제가 되어 있지만 안은 환하다. 창문에 두꺼운 커튼이 덮였을 뿐이다. 라운지 안에는 투숙객과 손님이 많아서 떠들썩했다. 전쟁이 오래 계속되면 감각이 무디어지는 것 같다. 밤거리에 불빛 한 점 없는 것도 보통으로 느껴진다. 그때 신호음 5번 만에 응답 소리가 울렸다.

"아이와."

아랍어 응답, 여보세요라는 뜻이다. 여자 목소리, 바로 강인숙이다. 그때 이광이 말했다.

"나, 이광이오."

한국말, 그러자 강인숙이 3초쯤 대답하지 않았다. 이광이 잠자코 기다렸고 마침내 강인숙이 물었다.

"나 여기 있는지 어떻게 알았어요?"

그러더니 서둘러 이어 물었다.

"거기 어디예요?"

"나 지금 로비에 있어."

이광이 말하자 수화구에서 숨 들이켜는 소리가 분명히 들렸다. 그러더니 갈라진 목소리로 묻는다.

"어디?"

"여기, 바빌론호텔 로비."

이제는 숨을 멈춘 것 같다. 그러더니 목소리가 조금 서두는 느낌이 들었다.

"언제 왔어?"

"세 시간 전, 상담 끝나고 나온 길이야."

"……."

"나 올라갈까?"

"안 돼."

"그럼 나 아랍호텔에 있는데, 902호실, 거기로 올 거야?"

"안 돼."

"누구 있어?"

"뭐?"

"방에 남자 있냐고."

"미쳤어?"

"어쩔 거야?"

"나 죽는 꼴 볼래?"

"아니."

"그럼 돌아가."

"어디로? 내 호텔로 올 거야?"

"그 근처에 이맘호텔이 있어, 모스크 옆에 조그마한……."

"알아."

"거기 제임스란 이름으로 방 빌려놓고 기다려."

"알았어."

전화기를 내려놓은 이광이 주위를 둘러보았다. 동양인은 없다. 하지만 알 수 없다. 아랍인을 정보원으로 고용했을 수도 있으니까.

손목시계를 보았을 때는 오전 2시 40분이다. 이맘호텔의 307호실, 호텔 이름은 붙었지만 여관 수준이다. 투숙객은 지방에서 올라온 상인이 대부분인 모양으로 로비에 오늘 밤 구입한 의류품과 전자제품을 쌓아 놓고 떠들썩했다. 방에서 퀴퀴한 냄새가 풍겨왔다. 벽지는 너덜너덜했고 욕실의 변기 뚜껑은 깨졌다. 침대를 눌러 보았더니 꺼져서 올라오지 않는다. 이광이 다시 손목시계를 보았을 때 문에서 노크 소리가 났다. 튕겨 일어난 이광이 문을 열자 서 있던 강인숙이 밀치고 들어왔다. 히잡을 썼고 온몸을 차도르 식으로 가린 차림이라 아랍 여자 같다. 이광이 문을 잠그고 돌아섰을 때 강인숙이 히잡을 풀면서 눈을 흘겼다. 그 순간 이광의 가슴이 철렁 내려앉았다. 고혹적이었기 때문이다. '아름답다' 더하기 '섹시하다'면 고혹적이라는 것이 이광식(式) 해석이다.

"왜 왔어?"

강인숙이 눈을 흘긴 채 물었다.

"보고 싶어서."

한 걸음 다가선 이광이 똑바로 강인숙을 보았다.

"왜? 안 돼? 넌 쿠웨이트까지 찾아 왔잖아?"

"여긴 달라, 이 바보야."

"뭐가 달라?"

"도처에 정보원이 숨어 있다고."

"없던데."

"정보원이 네 눈에 보이겠어?"

"이게 이제는 날 바보 취급이네."

바짝 다가선 이광이 두 손으로 강인숙의 볼을 감싸 쥐었다. 그러고는 입술을 붙이자 주춤했던 강인숙이 이광의 허리를 감싸 안았다. 이광이 입술을 헤집었을 때 강인숙의 입이 열렸다. 곧 혀가 꿈틀거리면서 뽑혀 나왔고 이어서 강인숙의 두 팔이 이광의 목을 감아 안았다.

폭풍이 몰아치고 있다. 물결이 부딪치는 소리가 난다. 비명 같은 탄성이 계속해서 이어졌다가 곧 가쁜 숨소리에 막혔다. 방안은 뜨거운 습기로 보일러실 같다. 에어컨이 고장난 터라 한 쌍의 알몸은 물속에서 빠져 나온 것처럼 젖어 있다. 이윽고 강인숙이 절규하듯 외치더니 절정에 올랐다. 이광도 함께 오른다. 늘어져 있던 강인숙이 이광의 가슴에 얼굴을 붙였다. 아직도 땀으로 범벅이 된 몸이어서 몸이 맞닿자 미끈거렸다. 느낌은 오히려 아늑했다. 이광이 강인숙의 허리를 감싸 안고 이마에 입술을 붙였다. 그때 강인숙이 다리 한쪽을 이광의 몸에 감으면서 물었다.

"누가 나 만나라고 한 거야?"

"응?"

놀란 이광이 강인숙의 엉덩이에서 손을 떼었다. 그때 강인숙이 몸을 더 붙이면서 물었다.

"나 만난 거 그쪽에서 알고 있지?"

강인숙의 숨결이 가슴을 스치고 지나갔다. 숨을 들이켠 이광이 다시 물었다.

"알고 있다니? 누가?"

"안기부에서."

강인숙이 손을 뻗어 쪼그라진 이광의 남성을 감싸 쥐었다.

"나 요즘 실적을 올리지 못해서 큰일이야. 내가 이쪽 고위층의 신임을 받고 있어서 아직은 안전한데 곧 직책이 바뀔 것 같아."

머리를 든 강인숙이 이광을 보았다. 검은 눈동자가 반짝이고 있다.

"내 주변만 정리되면 탈북할 거야. 안기부에 그렇게 이야기해줘."

그렇구나, 그래서 날 이용했다. 이광은 소리 죽여 숨을 뱉었다. 그러나 실망하거나 화가 나지도 않았다. 어려운 수학 문제 해답을 본 기분하고 비슷했다.

"어머, 얘가 또 성났네."

강인숙이 놀란 듯 말했을 때 이광은 제 남성이 제대로 성이 난 것을 깨달았다.

"그렇군."

다시 강인숙의 몸 위로 오르면서 이광이 말했다. 나는 열심히 해주면 된다. 이러면 나도 좋고 너도 좋을 것 아니냐?

5장 중국시장 개척

바그다드에서 돌아온 날 오후 1시에 이광은 쿠웨이트 공항에서 마르카를 전송하고 있다. 마르카는 히잡에 긴소매 셔츠를 입고 진 바지 차림인데 날씬한 몸매의 미인이어서 시선이 집중되었다.

"마르카, 공부 안 하고 남자 만나고 다니면 안 돼."

티켓을 끊고 짐을 보낸 마르카가 출국 게이트로 들어가기 전에 이광이 정색한 표정으로 말했다. 그러자 옆에선 하사드는 풀썩 웃었지만 마르카는 주룩 눈물을 흘렸다. 입맛을 다신 이광이 주위를 둘러보며 말했다.

"마르카, 어린애냐? 이제 새 인생이 열리는 거야."

"리, 고마워요."

마르카가 손등으로 눈물을 닦으며 말했다.

"열심히 공부해서 박사 학위 딸 거예요."

"그래야지, 마르카. 아버지, 어머니를 위해서라도."

"당신을 위해서도."

"마르카, 카이로에 내가 들를 테니까 그때 보자."

이광이 반걸음 물러서면서 하사드에게 말했다.

"하사드, 누나에게 인사해라."

하사드가 마르카 앞에 서자 둘이 아랍어로 열심히 이야기했다. 그러더니 먼저 하사드가 물러섰다.

"마르카, 들어가."

이광이 머리를 끄덕이며 말했다.

"어서."

그때 문득 강은서의 얼굴이 떠올랐다. 강은서도 베를린으로 공부하러 떠난 것이다. 그쪽은 입장이 다르긴 하다. 마르카가 안으로 사라졌을 때 이광이 머리를 돌려 하사드를 보았다.

"하사드, 이제 가게에서 일한 지 3개월이 된 거냐?"

"예, 형님."

하사드의 검은 눈동자가 이광을 보았다. 건장한 체격이었고 키도 이광만 했다. 스물하나, 이제는 성인이다. 턱수염도 짙고 빳빳해서 어색하지 않다. 이광이 입을 열었다.

"하사드, 내년부터 네가 리스타상사 경리 책임자가 되어야겠다."

긴장한 하사드가 시선만 주었고 이광의 말이 이어졌다.

"넌 가게 직원 중 유일한 대학을 다닌 학력에다 내 처남이야."

이광이 처남이란 말에 힘을 주었다.

"그리고 모두 네가 내 처남인 것을 알고 있어. 그러니까 아무도 불공평하다는 말은 하지 못할 거다."

발을 뗀 이광이 하사드를 보았다.

"오늘부터 네가 무함마드하고 같이 경리 업무를 보도록 해. 내가 가게에 가서 그렇게 조치할 테니까."

"예, 형님."

"잘할 수 있지?"

"열심히 하겠습니다."

"가장 중요한 업무야."

"알고 있습니다, 형님."

이광이 하사드의 어깨를 감싸 안았다.

"그리고 다음 달부터 네가 마르카한테 돈을 송금해. 네가 해주는 게 낫다."

오후 6시, 가게 안쪽의 사장실은 이광이 왔을 때만 개방된다. 사장실에는 이광과 프라카시, 경리 책임자 무함마드와 하사드까지 넷이 둘러앉았다. 이광이 프라카시와 무함마드를 번갈아 보고 나서 말했다.

"오늘부터 하사드에게 경리 보조 업무를 맡기겠어. 그러니까 둘이 적극 협조해 주도록."

"예, 주인님."

프라카시가 금방 대답했다. 하사드가 이광과 어떤 관계인지를 아는 터라 군말이 있을 리 없다. 무함마드도 머리를 끄덕였다.

"잘 알겠습니다, 주인님."

"하사드에게 잘 알려주기 바란다."

"예, 주인님."

"난 너희들하고 끝까지 갈 거야."

이광이 말을 이었다.

"나하고 같이 있는 한 미래를 걱정할 필요는 없어."

머리를 돌린 이광이 프라카시를 보았다.

“프라카시, 이달 중순에 일주일 휴가를 줄 테니까 뭄바이에 가서 신붓감을 만나보도록 해라.”

숨을 들이켠 프라카시에게 이광이 말을 이었다.

“신붓감이 오면 네 월급을 월 1천 불로 올려줄 것이고 집도 한 채 얻어주겠다.”

프라카시는 몸을 굳힌 채 쳐다보기만 한다. 이것이 직원들의 꿈이다. 그 꿈이 지금 실현되고 있는 것이다.

다음 날 오전 10시에 이광은 홍콩행 캐세이퍼시픽 1등석에 앉아 있다. 비행기가 활주로를 벗어나 운항 고도에 닿았을 때 스튜어디스가 다가와 물었다.

“미스터 리, 마실 것을 드릴까요?”

“아, 오렌지주스를.”

이광이 말하자 스튜어디스가 몸을 돌렸다. 잘빠진 몸매, 중국 공주처럼 고귀한 분위기를 풍기는 얼굴이다. 이광은 침대만 한 의자에 등을 붙이고는 눈을 감았다. 나는 열심히 일한 대가를 이렇게 찾아 쓴다. 이건 내 몫이다. 홍콩에 도착했을 때 입국장의 환영 플래카드 중에서 리스타상사라고 쓴 팻말이 가장 컸다. 그 팻말을 사내 하나가 들고 선 옆쪽으로 우창과 비서 윤선, 그리고 미모의 여자까지 넷이 이광을 기다리고 있었다.

“어서 오십시오.”

만면에 웃음을 띤 우창이 이광의 손을 두 손으로 감싸 쥐었다. 바이어 접대다. 이곳에서는 거꾸로 되어서 이광이 빅 바이어인 것이다. 가방은 플래카드를 들었던 사내와 윤선이 빼앗듯이 가져갔고 우창이 미모의 여자를 소개했다.

“시에서 오신 안내역 린린 씨십니다.”

“만나서 반갑습니다.”

여자가 유창한 영어로 인사했다. 웃음 띤 얼굴이 그림에서 본 양귀비 같았다. 목소리도 낭랑해서 섹스할 때 신음 소리가 귀에서 울리는 것 같았다. 그만큼 성적 매력이 풍긴다는 뜻이다. 자주색 투피스 차림이었는데 반소매 밑의 미끈한 팔이 드러났고 허리와 엉덩이가 딱 붙는 옷이어서 곡선이 눈이 부실 지경이다. 무릎 위쪽에서부터 드러난 맨다리는 기름을 바른 것처럼 반들거렸다. 날씬한 키, 계란형 얼굴은 또 어떤가? 눈초리가 조금 솟은 눈, 눈동자가 자수정 같고 입술은 분홍 꽃잎을 붙인 것 같다. 그때 여자가 옆쪽을 가리키며 말했다.

“저쪽으로 가시지요. 푸저우행 비행기는 두 시간 후에 출발입니다.”

그러더니 손을 내밀었다.

“여권을 주세요. 제가 출입국 허가증을 갖고 있으니까요.”

그때 우창이 거들었다.

“린린 씨가 시당국의 허가증을 갖고 오셨습니다. 이 사장님은 우리 시의 빅 바이어니까요.”

한국 상사맨들의 바이어 접대가 세계 특급 수준인 줄만 알았더니 중국도 못지않았다. 출국 심사는 물 흐르듯이 진행되어서 이광은 그냥 서 있기만 하면 되었다. 푸저우행 중국항공 1등석에 린린과 나란히 앉았을 때 이광은 소리 죽여 숨을 뱉었다. 바그다드 공항에서 하타의 영접을 받는 것보다는 조금 못했지만 린린의 대접은 세련되었다. 비행기가 땅을 박차고 날아올라 운항 고도에 서 있는 것처럼 날 때 린린이 이광에게 말했다.

"오늘은 호텔에서 쉬시고 내일 공장을 보시지요."

"그렇게 해야겠군요."

"내일 저녁 비행기로 홍콩을 거쳐 귀국하신다고 들었는데 하루 더 묵으시면 안 됩니까?"

"서울의 회사 일이 바쁩니다."

"그렇군요."

머리를 끄덕인 린린이 말을 이었다.

"중국에 출입하는 한국인이 드물어서 홍콩 공항이 까다롭게 할지 모릅니다. 그래서 제가 홍콩까지 모셔다 드리겠습니다."

"이렇게 고마울 수가……."

"그게 제 일인데요."

린린의 웃는 얼굴을 홀린 듯이 바라보던 이광이 마침내 물었다.

"린린 씨, 영어는 어디서 배우셨습니까?"

"푸저우 대학 영문과를 졸업했지요."

린린이 눈웃음을 치자 이광은 심장이 쿵 떨어지는 느낌을 받았다. 숨을 들이켠 이광이 다시 물었다.

"결혼하셨습니까?"

"미혼입니다."

이제는 린린이 웃음 띤 얼굴로 물었다.

"이 사장님도 미혼이시지요?"

"예, 아직."

다른 때 같으면 그렇게 대답하는 순간 여자들의 얼굴이 주르르 눈앞에 떠올랐겠지만 지금은 안 그렇다. 린린의 시선을 받은 눈에서 불이 나는 느낌만 든다. 그때 린린의 시선이 통로 건너편 뒤쪽에 앉은 우창과 윤선의 자리를 스치고 돌아왔다.

"저는 푸저우 시당국에서 근무합니다. 동남협영공장의 요청을 받아 이 사장님을 모시려고 온 것이죠. 시당국에서는 이 사장님에 대해서 큰 기대를 갖고 있습니다."

짐작하고 있었다. 공무원 신분이어야 홍콩 공항에서 출입국 관계를 처리할 수 있는 것이다. 이광이 지그시 린린의 눈을 보았다. 거리는 50센티 정도밖에 떨어지지 않았다. 옅은 향내가 맡아졌다. 내일 홍콩까지 같이 가준다니 이광의 가슴이 기대감으로 부풀었다. 푸저우 공항은 대도시 공항이었지만 홍콩 공항에 비교하면 시골 역 같았다. 김포공항보다도 시설이 열악했고 어수선했다. 그러나 린린이 앞장서서 입국 심사대를 통과할 때는 바그다드의 하타 분위기와 비슷했다. 린린이 빨간색 증명서를 내보였더니 제복 차림의 입국 심사원들이 벌떡 일어나 경례를 올려붙인 것이다. 중국은 공산당 원조다. 북한의 할아버지쯤 된다. 그 원조 땅에 이렇게 경례를 받으면서 진군하다니, 이광의 어깨가 저절로 펴졌다. 살아가면서 문득 사는 보람을 느낄 때가 있다. 이때가 바로 그때다. 내가 제대로 일하고 있구나, 하는 보람.

푸저우 호텔은 특급 호텔이었지만 외국 손님에 대한 준비가 덜 되었다. 프런트에 영어할 줄 아는 직원이 적어서 지배인이 헐레벌떡 돌아다녔고 1불짜리 지폐로 팁을 주었더니 객실 담당 직원이 깜짝 놀라 뒷걸음질을 했다가 받았다. 린린이 저녁 식사 때 다시 오겠다면서 돌아갔을 때 방까지 따라 들어온 우창이 어깨를 늘어뜨리며 말했다.

"린린은 공산당원으로 경제국 과장입니다, 실권자죠."

방안에 둘뿐이었지만 우창이 창가로 다가가 창문을 열어 소음을 들여놓고 말을 이었다.

"머리가 명석하고 예민한 사람이죠."

우창의 시선을 받은 이광이 쓴웃음을 지었다. 둥근 얼굴이 상기되었고 코끝에 작은 땀방울이 솟아나 있다. 이광이 우창 옆으로 바짝 다가가 섰다.

"걱정하지 마세요, 그런 눈치는 보이지 않을 테니까."

"조심해 주십시오."

정색한 우창이 이광을 보았다.

"알면 끝장입니다."

이번 오더에도 우창에게 20만 불을 주기로 했던 것이다. 이것이 탄로 나면 이광도 문제가 된다. 뇌물 준 놈이나 받은 놈이나 같은 통속인 것이다. 그것이 걱정되었던지 이광의 다짐을 들은 우창의 얼굴이 곧 밝게 펴졌다. 그러더니 눈을 가늘게 뜨고 말했다.

"이 사장님, 린린이 유혹하면 넘어가 주셔도 됩니다."

"아, 그거야 얼른 넘어가지요."

바로 대답했던 이광이 제 말이 우스워서 풀썩 웃었고 우창도 따라 웃었다.

"이 사장님하고 친해져서 그것을 제 공으로 삼으려는 것입니다. 공무원들이 그렇게 점수를 따는 것이지요."

목소리를 낮춘 우창이 말을 이었다.

"이 사장님은 VIP십니다. 시 고위층에서도 주목하고 있습니다. 오늘 저녁 만찬 때 고위층이 올 겁니다."

과연 호텔 식당에서 열린 환영 만찬에는 푸저우시 부시장과 경제국장, 공안부장까지 참석했다. 모두 제복 차림이었고 호텔 앞에는 관용차가 늘어선 바람에 교통 통제까지 했다.

"푸저우시에 찾아온 첫 한국인 기업가시오."

부시장 왕군이 이광을 치켜세웠다.

"시장과 당 비서께서도 다음에는 꼭 만나 보신다고 하셨습니다."

"영광입니다."

이광이 겸손하게 대답했다.

"제 할아버지가 중국을 동경하셨습니다. 제가 중국에 오신 것을 지하에서라도 아신다면 기뻐하실 것입니다."

"오오!"

60대쯤의 부시장 왕군이 감동한 듯 커다랗게 머리를 끄덕였다. 끝쪽에 앉은 린린이 이광과 시선이 마주치자 눈웃음을 쳤다. 이광은 심호흡을 했다. 할아버지가 중국을 동경하시다니, 개뿔이다. 할아버지는 중공군 즉, 되놈들이 6·25 때 치고 내려왔기 때문에 통일이 안 되었다고 저주를 퍼붓다가 돌아가셨다. 공안부장이 맥주잔에 50도짜리 백주를 가득 부어서 이광에게 건네주었다. 그러고는 제 잔에도 따르더니 건배를 제의했다. 무식한 놈 같으니.

다음 날 오전, 술이 덜 깬 이광이 우창의 안내로 동남협영공장을 방문했다. 공장에 들어서면서 우창이 손가락으로 위쪽을 가리켰다. 그 순간 이광은 술이 깨었다. 거대한 플래카드가 걸려 있었던 것이다. 1층 건물의 위쪽에 가로 30미터, 세로 2미터쯤의 면적을 차지한 붉은색 플래카드, 황금색 글씨로 커다랗게 써져서 10리 밖에서도 보일 정도였다. 바로 이광의 환영 플래카드다.

"축 이광 대인 동남협영공사 방문 만세 만세 만만세."

이렇게 써 놓았다. 이광은 감동했다. 저렇게 큰 플래카드는 한국 대통령 선거 때도 못 보았다. 세상에, 중국 땅에서 이렇게 큰 플래카드로 환영받는 한국인이 있다면 나와 보라고 해라. 이광은 감동을 가라앉히려고 심호흡을 계속해야만 했다.

공장은 과연 거대했다. 중공군이 6·25 때 인해전술로 새까맣게 땅을 덮고 내려왔다는 말을 이곳에서 실감했다. 공장의 끝이 보이지 않았던 것이다. 탁 트인 공장에 흰 가운을 입고 앉아 있는 공원들은 중공군이었다.

"7,800명입니다."

우창이 별것 아니라는 표정을 짓고 말했다.

"제2공장은 5,700명이죠."

밖에서 본 공장은 단층 건물로 길이가 5백 미터는 되었다. 땅이 넓으니까 무식하게 1층 건물로 길게 지었을 것이다. 그러니 공장 안에서 자전거를 개조한 짐차가 씽씽 달려가고 있다. 이광도 우창과 함께 자전거 짐차 뒷좌석에 앉아 공장을 순시했다.

"생산 능률이 안 나옵니다."

우창이 한탄하듯 말했다.

"하루 10장 생산하는 놈이나 1,000장 생산하는 놈이나 배급을 똑같이 받으니까요."

오후 5시가 되었을 때 이광은 다시 푸저우공항 출국장에 서 있다. 그런데 출국장은 소란했다. 왜냐? 동남협영공장 임직원 3백여 명이 환송을 나왔기 때문이다. 이번에도 수십 개의 플래카드를 들고 있었는데 '이광' 이름이 붉은 바탕의 천에 황금색으로 박혀 있다. 버스 5대를 타고 온 임직원들은 공항 건물 앞에서부터 환성을 지르고 야단이었기 때문에 공안들이 정리를 해야만 했다.

“자, 그럼 쿠웨이트에서 뵙지요.”

우창이 이광의 손을 두 손으로 감싸 쥐며 말했다.

“저 열렬하게 환송하는 동무들을 보십시오. 앞으로 ‘리스타상사’와 ‘동남협영공장’의 무궁한 발전을 바라는 것입니다.”

속으로는 ‘개뿔 같은 소리’라는 말이 나왔지만 이광도 수백 쌍의 눈이 보고 있는 터라 웃으며 덕담을 했다.

“앞으로 훌륭한 파트너가 될 것입니다.”

다시 한 번 군중들을 향해 허리를 숙여 절을 한 이광은 환성을 등 뒤로 들으며 출국장 안으로 들어섰다. 출국장과 대합실의 문이 닫혔을 때 이광이 어깨를 늘어뜨리며 숨을 뱉었다. 그때 옆에서 목소리가 들렸다.

“이 사장께 부담을 주려는 의도지요.”

린린이다. 머리를 든 이광이 옆에 선 린린을 보고는 눈을 가늘게 떴다. 눈이 부셨기 때문이다. 린린은 몸에 딱 붙는 검은색 원피스를 입었는데 깃과 소매 끝, 허리 부근에 흰 꽃무늬가 자수로 박혀 있다. 이 그림 같고, 물이 흘러내리는 것 같고, 볼록하며 오목한 이 곡선을 어떻게 표현한단 말인가? 목이 멘 이광이 헛기침을 했다. 린린은 다시 자신을 홍콩까지 데려다주려는 것이다.

“자, 가시죠.”

다시 린린이 앞장섰고 출국 스탬프는 이광이 걸음을 멈추지도 않은 상태에서 찍혔다. 탑승 게이트 앞쪽 벤치에 나란히 앉았을 때 린린이 웃음 띤 얼굴로 이광을 보았다.

“저를 처음 보셨을 때 무슨 생각이 들었어요?”

“아, 그거야 당연히…….”

이광이 정색하고 린린을 보았다.

"황홀했지요, 나도 미인을 꽤 많이 겪었지만 린린 씨 같은 미인은 처음이었으니까요."

"아유."

린린이 눈을 가늘게 뜨고 웃었다.

"미인계라는 생각은 안 들었어요?"

"미인계에 넘어가는 사람들을 이해할 수 있을 것 같습니다."

"이 사장님은 미인계를 쓰기 힘든 분이실 것 같아요."

"걱정 마세요. 넘어가겠습니다."

이광이 여전히 정색하고 말하자 린린이 손으로 입을 가리고 웃었다.

"이 사장님 같은 분이 어려워요."

"아니, 내가 답을 다 알려 드린다는데 왜 이럽니까?"

"아유, 그만둡시다."

눈을 흘긴 린린이 손바닥으로 이광의 허벅지를 가볍게 쳤다. 그 순간 이광이 숨을 들이켰다. 다리 사이의 남성이 그 순간 불끈 일어섰기 때문이다. 팬티와 바지 속에 감춰져 있었지만 바지가 금방 부풀었다. 당황한 이광이 손에 들고 있던 가방을 슬쩍 바지 위에 놓았다. 그때 린린이 이광을 똑바로 보았다. 검은 눈동자가 마치 보석처럼 반짝이고 있다.

"이 사장님은 후세인 대통령하고도 친분이 있더군요."

"친분?"

되물은 이광이 쓴웃음을 지었다.

"분명히 말하는데 그건 과장된 소문입니다. 난 후세인 대통령을 만나 격려를 들었을 뿐이오. 그것이 전부요."

"리스타상사가 동부군사령관 카심 대장과 동업하고 있는 것도 압니다."

"그건 이미 다 알려진 일이고."

"이 사장님은 실력자시죠."

"난 권력이 없어요. 오해 말아요."

그러자 린린이 물끄러미 이광을 보았다.

"당신만큼 유력한 사업가가 없어요, 이 사장님."

그때 탑승 안내 방송이 울렸으므로 둘은 자리에서 일어섰다. 어느덧 다리 사이의 물건은 얌전해져 있어서 이광은 반듯이 서도 되었다. 홍콩으로 날아가는 비행기 안이다. 1등석에 나란히 앉아 있는 것이 마치 침대에 함께 누워 있는 느낌이 든다. 스튜어디스가 스카치와 마른안주를 놓고 돌아갔을 때 린린이 머리를 돌려 이광을 보았다. 아까부터 무슨 말을 하려는 듯 자꾸 힐끗거렸다.

"당신하고 자는 것이 내 실적에 들어가요, 이광 씨."

쉽게 말했지만 이광이 말뜻을 이해하는 데 시간이 조금 걸렸다. 이광의 시선을 받은 린린의 얼굴에 웃음이 떠올랐다.

"당신을 이용하려는 건 두 번째죠. 당신하고 자야 내 능력을 인정받게 됩니다."

이광이 머리를 끄덕였다. 이것도 오더다. 가짜 오더라도 받았다고 해야 무능하다는 소리를 안 듣는다. 나도 겪었지 않은가?

"같이 잡시다."

홍콩공항에서 시내로 들어가는 택시 안에서 불쑥 이광이 말했다. 린린은 그림 같은 옆모습을 보인 채 앞쪽만 보았고 이광이 말을 이었다.

"같은 방을 쓰자는 말이오."

그때 머리를 돌린 린린이 이광을 보았다. 심장 박동이 두 배는 빨라지면서 이광의 눈이 뜨거워졌고 목구멍이 순식간에 말라버렸다. 이것이 열병이다. 여자에 미치면 이 꼴이 된다. 그때 이광이 말했다.

"모나게 행동할 필요는 없지요."

안 잤다. 섹스를 안 했다는 뜻이다. 특급 호텔인 팔머호텔 스위트룸에 투숙한 이광과 린린은 숙박부에 '이광' 이름 하나만 썼다. 이것이 증거가 될 것이다. 무슨 증거? 린린이 오더를 받았다는 증거. 그러나 섹스는 안 했지만 이광이 천금 같은 이 분위기를 그냥 보낼 위인이 아니다. 편의공작대 고구마3 벙커장을 하면서도 쏠 건 다 쏘았지 않은가?

"나에게 바라는 건 뭐요, 린린?"

소파에 앉아 선반에서 꺼낸 향 좋은 브랜디를 마시면서 이광이 물었다. 이광은 지금 호텔 가운 차림이고 린린도 그렇다. 흰 가운을 걸치고는 허리띠를 매었는데 맨다리가 다 드러났다. 밤 10시 반, 둘은 룸서비스로 저녁을 시켜 먹고 각자 자기 방에서 샤워를 하고 나와 응접실에 앉아 술을 마시는 중이다. 린린이 머리칼을 쓸어 올리면서 웃었다.

"당신의 여자가 되어서 무슨 정보를 빼낸다든가 섹스 증거를 미끼로 협박을 한다는 각본 따위는 없어요."

"오더를 중국으로 돌리도록 방법을 찾을 수 있겠지."

"이윤이 나야 오더를 돌리겠죠. 당신한테 압력을 넣는다는 것은 현실성이 없고."

"그럼 자도 되겠는데."

웃지도 않고 말한 이광이 한 모금 브랜디를 삼키고는 입안에서 굴렸다. 향이 코끝으로 뿜어져 나왔다. 이광의 시선을 받은 린린이 빙긋 웃었다.

"마음 내키는 대로 해요, 리. 난 어차피 잤다고 보고할 테니까."

"누구한테 보고하는데?"

"시정부 당위원회."

"내 물건 사이즈나 테크닉 같은 것도 보고를 하는 거요?"

"……."

"시간도?"

"……."

"내가 안 했을 때는 말로 설명을 해줘야 되겠는데……."

"당신하고 우창하고의 비리도 조사하라는 상부의 지시가 있었지만 현실성이 없다고 곧 취소되었어요. 만일 드러난다면 당신까지 연루될 테니까요. 그럼 우리가 제 무덤을 파는 꼴이 되죠."

린린의 얼굴에 웃음이 떠올랐다.

"나를 당신의 애인 또는 섹스 상대로 가볍게 생각해도 돼요. 당신이란 존재는 그만큼 우리한테 중요하니까요."

"애국자군."

감동한 이광이 다시 브랜디를 한 모금 삼키고는 린린을 보았다. 홀린 듯한 표정이다.

"린린, 당신은 내가 꿈도 꿔보지 못한 여자야."

"난 당신의 노리개나 같다고 말했어, 리."

이제 린린도 자연스럽게 말을 놓는다. 서로 홀짝이며 마신 브랜디가 벌써 한 병이 비워지고 있다. 린린이 말을 이었다.

"그래, 맞아. 당신이나 나나 각각 애국자야. 몸을 바쳐서 나라를 위해

일하고 있다고."

그때 이광이 차고 있던 손목시계를 풀어 린린에게 내밀었다.

"자, 이거 받아, 린린."

린린이 엉겁결에 시계를 받았을 때 이광이 눈으로 시계를 가리켰다. 시장에서 산 싸구려 시계다.

"내가 직장에 입사했을 때 내 아버지가 기념으로 사주신 시계야. 그것을 섹스한 기념으로 내가 줬다고 하라고."

린린이 시계 뒷면을 보자 'LEE KWANG'이라고 새겨져 있다. 이광이 말을 이었다.

"그것을 오늘 밤의 증거로 보이란 말이야."

"고마워, 신경써줘서."

"하지만 섹스는 안 해."

"짐작하고 있었어."

린린이 시계를 앞에 내려놓고 웃었다.

"할 생각이 있다면 시계를 풀지는 않았겠지."

"나 꽤 오래 해. 한 시간쯤 해."

"여자 죽겠네."

"여러 번 죽지."

"어떤 체위를 좋아해?"

"정상위, 후배위, 그리고 옆으로."

"참조해. 난 빨리 올라가, 특히 정상위가 좋고."

"알았어. 앞으로 참조하지."

이광이 술잔을 든 채 자리에서 일어섰다. 가운 다리 사이가 무섭게 튀어나와 있었지만 이제는 가리지 않고 린린을 향해 섰다가 몸을 돌렸다.

다음 날 오전 9시가 되었을 때 이광은 조심스럽게 호텔방을 나왔다. 린린은 제 방에서 나오지 않았지만 깨어 있을 것이다. 인사하기가 멋쩍은 데다 오히려 안 보는 것이 개운한 분위기다. 이광은 가벼운 마음으로 공항으로 향했다.

오후 2시 반, 김포공항에 도착한 이광이 입국심사대로 다가갔을 때 옆쪽에서 안기부 하동일 과장이 다가왔다.

"이 과장님, 마중 나왔습니다."

하동일은 이광이 놀라리라고 생각했는지 모르지만 천만의 말씀이다. 바그다드공항에서 받는 대접에 비교하면 게임도 안 된다. 홍콩공항에서 하동일에게 입국 스케줄을 알려줬지만 마중 나오리라고는 예상하지 못했다. 그만큼 중요하게 생각하고 있는 것 같다. 입국수속을 하동일이 앞장서서 해치워주고 짐 가방을 찾은 다음 공항 직원 출입구로 밖에 나왔을 때 검정색 승용차가 앞에 대기하고 있었다. 승용차 안으로 들어서자 안쪽에 앉아 있던 오금봉 부장이 손부터 내밀었다.

"수고하셨습니다."

"어휴, 뭘요."

악수를 나누면서 이광의 눈앞에 잠깐 강인숙의 알몸이 떠올랐다. 차가 출발했을 때 이광이 먼저 입을 열었다.

"바그다드에서 만났어요. 저 만난 건 안기부에 보내는 신호였습니다."

오금봉은 숨을 죽였고 앞좌석에 앉은 하동일까지 머리를 돌려 시선만 주었다.

"안기부가 알고 있느냐고 묻더군요."

"그렇군. 그래서요?"

오금봉이 커다랗게 머리를 끄덕였다. 두 눈이 번들거리고 있다. 이광이 말을 이었다.

"실적을 올리지 못해서 곧 직책이 바뀔 것 같다는 겁니다."

숨을 고른 이광이 오금봉을 보았다.

"주변만 정리하면 탈북한답니다. 안기부에 그렇게 전해 달라고 했습니다."

"옳지."

탄성을 뱉은 오금봉이 어깨를 부풀렸다가 긴 숨을 뱉었다. 그러더니 손을 뻗쳐 이광의 팔을 쥐었다.

"이 과장님, 큰일 하셨어요. 강인숙이 넘어온다면 우린 엄청난 정보를 얻게 되는 겁니다."

오금봉은 이광을 에이스무역 앞에 내려주고 돌아갔다. 차 안에서 이야기를 다 듣고 간 것이다. 사무실로 들어서자 유민우와 정남희 등이 반색을 했다. 자리에 앉아 있던 직원들이 모두 일어나 인사했다. 이광은 곧장 유민우, 정남희와 함께 회의실로 들어섰다. 사장실은 언제나 비워둔 채였지만 이광은 들어가지 않는다. 이광이 앞에 앉은 유민우와 정남희를 둘러보며 말했다.

"리스타상사가 한 달 매출액이 1,700만 불이 되었어. 예상보다 실적이 30퍼센트 이상 오버야."

"어휴."

정남희가 눈을 둥그렇게 떴다.

"그럼, 연간 매출액이 1억 5천인가요?"

"그 이상이 될 거야."

"에이스무역도 내년에는 7천만 불 가깝게 될 것 같아요."

엄청난 성장이다. 6개월 만에 2천만 불을 달성했고 내년에는 7천만 불이다. 리스타상사에서 넘어온 양이 대부분인 것이다. 리스타상사의 매출액 중 절반 정도만 소화해낸다고 해도 그렇다. 이광이 리스타상사에서 가져온 오더 리스트를 유민우에게 건네주면서 말했다.

"내가 내년에는 유성상사에서 부장 진급이 될 거야."

두 쌍의 시선을 받은 이광의 얼굴에 쓴웃음이 번졌다.

"유성상사, 에이스무역, 리스타상사까지 세 곳을 뛰니까 벅찬데, 당신들 생각은 어때?"

"내가 거들어주고 싶지만 능력이 닿아야 말이지."

입맛을 다신 유민우가 쓴웃음을 지었다.

"닥친 일은 어떻게든 처리를 하겠는데 말이야……, 그건 이 사장이 결정하는 대로 따르겠어."

"에이, 회사 안에서 사장이라고 부르지 말라니까. 그냥 과장이라고 불러."

이광이 말했을 때 정남희가 끼어들었다.

"리스타상사 사장이라고 하신 거예요."

"그런가?"

의자에 등을 붙인 이광이 정남희를 보았다.

"정 과장 생각은 어때?"

"부장 진급하시고 1년간은 유성상사에 계시는 것이 나을 것 같습니다. 그래야 업무 연결이 쉽거든요."

이광이 잠자코 시선만 주었다. 자신의 생각도 그렇게 굳어져 있었던 것이다. 또 지금 당장 나가면 나는 편하겠지만 유성상사에 '도리'가 아니다. '머리'를 잃은 유성상사의 중동 수출은 엉망이 될 것이다. 에이스무역으로 옮겨간 이광이 원격 조정을 해준다고 해도 그렇다.

"유성에서는 내년에 나를 중동 부장으로 승격시켜놓고 중동부 조직 내에 관리과를 신설해서 나를 견제할 작정이야. 어차피 오래갈 수는 없어."

이광이 말하자 정남희가 머리를 끄덕였다.

"윤지혜 씨한테서도 들었어요. 기조실에서 지금도 수시로 체크한다더군요."

정남희와 윤지혜는 업무 연결이 잘 되어 있다. 둘이 속으로는 어떤지 모르겠지만.

"과장님!"

방으로 들어선 윤지혜가 활짝 웃는 얼굴로 부른 순간 이광은 가슴이 철렁 내려앉는 느낌이 들었다. 감동한 것이다.

"어, 왔어?"

이광이 웃음 띤 얼굴로 앉은 채 손을 내밀었다. 다가온 윤지혜가 이광의 손을 잡는다. 말랑하고 따뜻한 손, 섬세한 손가락의 촉감이 느껴졌다.

"어, 윤지혜 씨, 오늘 더 이뻐졌네."

옆에 앉은 유민우가 반겼고 윤지혜가 머리를 숙여 인사했다.

"안녕하셨어요, 전무님."

"안녕."

맨 나중에 정남희가 윤지혜의 손을 끌어 옆에 앉히면서 맞았다. 이곳은 인사동의 한정식당 '진주옥', 에이스무역에서 회의를 마친 이광이 정남희를 시켜 윤지혜를 이곳으로 불러낸 것이다. 오후 8시, 곧 진수성찬의 교자상이 놓였고 넷은 저녁을 먹는다. 육회를 한 점 먹은 윤지혜가 앞에 앉은 이광을 보았다.

"입국하시고 바로 에이스무역으로 가신 건가요?"

이광이 머리만 끄덕이자 윤지혜가 입술을 내밀었다.

"오더도 정 과장 통해서 받고 과장님 오셨다는 말도 정 과장 통해서 연락받았어요. 이러니 제가 기가 죽을 수밖에요."

"어머, 또 시비네."

정남희가 눈을 흘기는 시늉을 했다.

"할 소리 다하는 사람이. 난 그런 말 대놓고 못 하겠더라."

"윤지혜 씨가 스트레스 먹을 만하겠다."

유민우가 윤지혜 역성을 들었다.

"우리 정 과장이 좀 깐깐하거든."

"윤지혜 씨한테는 아니거든요?"

잠자코 듣기만 하던 이광은 셋이 '한식구'라는 의식을 공유하고 있는 것을 느낄 수 있었다. 비밀을 공유하는 자들의 은밀한 유대감이다. 이광이 소주병을 들고 유민우, 정남희, 윤지혜의 잔을 차례로 채웠다.

"자, 에이스무역과 리스타상사를 위해서 건배."

술잔을 든 이광이 말하자 윤지혜가 덧붙였다.

"유성상사를 위하여."

유민우와 정남희가 풀썩 웃었고 넷은 한 모금에 술을 삼켰다. 술잔을 내려놓은 이광은 웃지 않았다. 그것을 의식한 듯 윤지혜가 눈치를 보았다. 이광이 윤지혜에게 말했다.

"난 1년만 더 유성에 있다가 나올 거다."

윤지혜가 정색하고 이광을 보았다. 검은 눈동자가 반짝이고 있다. 윤지혜와 정남희가 나란히 앉았고 그 앞쪽에 이광과 유민우가 앉은 배치다. 그때 윤지혜가 물었다.

"그럼 저는요?"

"네 생각을 말해."

방안은 조용했고 윤지혜가 바로 대답했다.

"저도 그만두겠어요."

그러고는 덧붙였다.

"과장님 따라갑니다. 생각할 것도 없죠."

"옳지."

유민우가 술기운에 붉어진 얼굴을 펴고 웃었다.

"당연히 그래야지."

그때 윤지혜의 시선을 받은 이광이 머리를 끄덕였다.

"그럼 너도 1년만 참아. 1년 후에 에이스무역의 과장으로 옮겨와."

"그럼 저하고 동급이 되네요."

정남희가 웃음 띤 얼굴로 나섰다.

"그때까지만 참아, 윤지혜 씨. 아니꼽겠지만."

"시끄러."

다시 윤지혜가 눈을 흘겼다가 곧 웃었다.

한식당에서 술까지 곁들여 마셨기 때문에 밖으로 나왔을 때는 밤 10시 반이다.

"나 피곤해서 먼저 가야겠어."

짐 가방을 에이스무역에 두고 온 상황인 것이다. 식당 앞에서 셋에게 손을 들어 보인 이광이 먼저 택시 정류장으로 다가가며 말했다.

"가방은 내일 찾으러 갈게."

손가방만 든 이광이 택시 정류장으로 다가가 섰다. 10여 명의 승객이 기다리고 있었기 때문에 택시를 기다리는 데 시간이 걸렸다. 앞의 손님이 두 명으로 줄어들었을 때다. 옆에서 인기척이 났다. 머리를 돌린 이광이 숨을 들이켰다. 윤지혜가 서 있었기 때문이다. 윤지혜는 옆모습을 보인 채 옆에 딱 붙어 서 있었기 때문에 뒤쪽 승객들은 잠깐 자리를 비웠던 일행인 줄 알고 무심했다. 택시 두 대가 한꺼번에 와서 앞쪽 손님을 태우고 사라졌다. 그때 윤지혜가 이광 쪽으로 머리를 돌리더니 낮게 말했다.

"집까지만요."

택시가 멈춰 섰다. 이광은 택시 문을 열고 윤지혜를 보았다. 먼저 타라는 시늉이다. 윤지혜가 먼저 올랐고 이광이 탔다.

"신촌 그린오피스텔."

운전사에게 말한 이광이 의자에 등을 붙이고는 긴 숨을 뱉었다. 그때 윤지혜가 말했다.

"아무도 몰라요. 버스 타고 가다가 내렸어요."

방으로 들어선 윤지혜가 방안을 둘러보았다. 이광도 일주일 만에 돌아오는 방이다. 환기가 안 된 방안에서 매캐한 냄새가 났고 침대 위의 시트는 한곳으로 뭉쳐 있다. 이광이 오피스텔 안으로 윤지혜를 데려온 것이다. 벽시계가 11시 15분을 가리키고 있다. 이광이 손가방을 소파 위에 던지고는 저고리를 벗으며 말했다.

"자, 집 구경까지 시켜 주었으니까 됐지?"

"네."

윤지혜가 소파에 구겨진 채 놓인 저고리를 집으면서 얌전히 말했다.

"좀 있다가 갈게요."

윤지혜는 집까지만 같이 가겠다고 했던 것이다.

"나 씻을 테니까."

욕실로 다가가면서 이광이 말을 이었다.

"난 직장의 상하 관계인 상태에서 친해지는 거 싫어. 누가 무슨 말을 하건 간에 그건 내 성격이야, 고집이고."

욕실 앞에 멈춰 선 이광이 윤지혜를 향해 빙그레 웃었다.

"그렇다고 내가 초인도 아니야. 식당 방으로 들어서는 널 본 순간에 눈이 부셨다, 목도 메었고. 난 성욕이 솟구치면 목이 메거든."

"……."

"널 부하 직원으로 데리고 있는 내가 행복해. 근데 널 데리고 자는 욕심까지 내겠다고? 그건 도둑놈이지, 과유불급이야."

그때 윤지혜가 '픽' 웃더니 눈을 흘겼다. 그 모습이 요염해서 이광의 목이 또 메었다.

"사랑해요."

윤지혜가 이광을 똑바로 응시하며 말했다.

"저도 할 말 다할게요."

"아니, 안 해도……."

"잠깐 거기 들어가지 말고 들으세요."

"너, 성난 얼굴이 더 섹시하구나."

"지금 장난치지 말아요."

윤지혜의 두 눈이 번들거렸고 얼굴이 상기되었다. 숨을 죽인 이광을 향해 윤지혜가 다시 또박또박 말했다.

"과장님, 아니 이광 씨를 사랑해요."

"고맙다."

"제 감정을 숨기지 않고 말씀드린 거예요. 다른 의미는 없어요."

"알았어."

"과장님의 눈빛을 보면 가끔 느낄 때가 있어요."

"난 잡놈이야. 그런 감정은 그대로 표출했는데 너한테도 그랬는 갑다."

"하지만 절제를 잘하시죠. 정 대리한테서 들었어요."

정 대리는 대리로 진급한 정현애다. 윤지혜가 웃음 띤 얼굴로 이광을 보았다.

"이제 시원해요. 들어가서 씻으세요."

"이런 젠장."

"씻고 나오시기 전에 저 갈게요."

몸을 돌린 윤지혜가 탁자 위에 흩어진 물건들을 치우면서 말을 이었다.

"이게 제 성격이죠. 나도 한성격 해요."

물론 씻고 나왔더니 윤지혜는 방을 깨끗이 치워놓은 후에 사라졌다. 성격답게 쪽지도 남기지 않았다. 개운해진 이광이 가운 차림으로 소파에 앉아 전화기의 버튼을 눌렀다. 한국 시간은 밤 12시, 쿠웨이트는 오후 6시다. 일을 막 시작했을 시간이다.

다음 날 회사에 출근한 이광이 회장실에 들어가 귀국 보고를 마쳤을 때 황학수 회장이 말했다.

"수출 3과, 4과를 중동부, 미주부로 내년 초부터 격상시킨다는 건 이제 전 회사가 알고 인정하고 있어."

회장실에는 수출부장 이태진과 기조실장 백영주까지 넷이 둘러앉아 있다. 황학수가 주름지고 햇볕에 탄 얼굴을 들고 이광을 보았다.

"그런데 지금부터 체제를 보완해야 될 것 같아. 내년 1월에 부로 신설하고 갑자기 증원한다는 것도 문제가 있어, 그렇지 않은가?"

"그렇습니다."

맞는 말이다. 머리를 끄덕인 이광이 덧붙였다.

"갑자기 과(課)나 인력을 늘리면 혼란이 일어날 겁니다."

"그래서 말인데……."

황학수가 똑바로 이광을 보았다. 눈동자가 흔들리지 않는다.

"3과와 4과에 각각 관리과장 하나씩을 배치시켰네. 외부에서 채용한 경력 사원인데 제법 유능해, 경력도 충분하고."

"……."

"직급이 과장인데 물론 현재 3과장, 4과장 휘하 부서장으로 배속되지, 자네들이야 곧 부장 진급을 할 테니까."

"……."

"우리는 차장 단계를 거치지 않고 바로 부장으로 진급시키기로 했네."

이광은 황학수의 이마에 깨알만 한 땀방울들이 돋아나 있는 것을 보고는 갑자기 가슴이 뭉클해졌다. 미안한 감정이 용솟음쳐 올라왔다. 그러나 다음 순간 옆쪽에 앉아 있는 백영주를 의식하고는 어깨를 늘어뜨렸다. 다 저 여우의 장난이다. 저 여우가 회장을 꼬드겼다. 회장은 어쩔 수 없이 저러는 것이다. 가엾은 양반.

"들었지?"

사무실로 돌아왔을 때 옆쪽의 4과장 김성규가 다가와 물었다. 얼굴에 웃음이 떠올라 있다.

"관리과장 이야기 말이야."

두 손을 이광 책상 위에 짚은 김성규가 목소리를 낮췄다.

"과장 밑에 과장을 박는단다. 내가 알아보았더니 두 놈이 대성 기조실 출신이야. 거기서 백 차장 부하였더구먼. 경력 3년 차, 2년 반짜리 사원이었던 놈들이지."

"……."

"졸지에 과장 달고 유성상사에 오는 거야. 우리를 견제하려고 말이야."

"……."

"아마 백 차장이 약속해주었을걸. 너희들 장래는 보장하겠다. 그러니까 중동부, 미주부로 들어가 오더 파악하고 오더 장악해서 그 두 놈들이 오더 갖고 뛰지 못하게 해라."

"야, 그만 해."

"백영주는 내년에 회장 딸임을 대내외에 공표하고 나서 대표이사 상무로 취임한단다."

"대표이사 상무?"

머리를 끄덕인 김성규가 물었다.

"난 내년 중반쯤 해서 뛸 텐데, 넌 어때?"

김성규가 상반신을 굽히고 이광을 보았다. 얼굴이 20센티 정도의 거리로 가까워져 있다. 이광은 김성규가 어느 정도 눈치를 채고 있으리라 믿었다.

"글쎄, 하는 것 봐서."

"넌 에이스무역에 당장이라도 부장이나 중역으로 갈 수 있잖아?"

정색한 김성규가 말을 이었다.

"난 국제통상에 갈 수 있어."

"……."

"이젠 비밀도 아니지만 국제통상 사장이 내 이모부라고, 알지?"

"요즘 들었다."

"유성에선 그렇다고 날 자르지 못해, 오더 대부분이 국제통상을 통해 오니까."

허리를 편 김성규가 이제는 팔짱을 꼈다. 뒤쪽에 수출부장 이태진이 앉아 있었지만 신경 쓰지 않는다. 이미 김성규와 이광은 부장 대접을 받고 있는 상황이다. 김성규가 이광을 빤히 보았다.

"너도 마찬가지 아니냐?"

"그런 셈이지."

"너하고 내가 관리과장 못 받겠다고 하면 백영주 저건 두 손 들 수밖에 없어. 어때? 우리 쿠데타 한번 일으킬까?"

"야, 놔둬."

마침내 이광이 정색하고 말했다.

"나갈 때는 조용히 나가자. 일 만들 거 없다."

"난 요즘 네놈이 겁나."

쓴웃음을 지은 김성규가 입맛을 다시면서 말했다.

"좋아, 당분간 사형 말을 듣지."

"뒤숭숭해요."

정현애가 회의실에서 말했다. 김성규와 이야기를 마치고 나서 이광이 회의실로 정현애와 윤지혜를 부른 것이다. 윤지혜는 시치미를 뗀 얼굴로 시선만 주었고 정현애가 말을 이었다.

"3과, 4과에 관리과장이 심긴다는 소문은 진즉 퍼졌어요. 기조실에서 소문이 나왔는데 백 차장이 그 사람들을 자주 만난다고 하더군요."

이광은 듣기만 했다. 회사 소문은 빠르다. 특히 여직원들을 통한 소문은 번개 같다.

"그건 곧 힘이 세어진 3, 4과 과장들을 견제하기 위한 것이라고 다 알아요. 그래서 3, 4과 직원들은 부로 승격된다는 기대감보다 앞으로 어떻게 될 것인가 하고 불안감에 뒤숭숭해요."

정현애의 표현이 정확하다. 회사 생활을 오래하다 보면 폭넓게 정보를 수집하고 그것을 분석하는 기술이 늘어나기는 한다. 그러나 정현애는 나쁜 경험을 많이 겪었기 때문인지 정보에 민감했고 분석도 심도가 있다. 더구나 정현애는 지금도 김성규에 대해서 촉각을 곤두세우고 있다. 이광이 보기에는 추종, 배신, 증오, 체념을 거쳐서 지금은 무시의 단계에 이르렀다. 그 과정을 겪는 동안 정현애는 부쩍 성장했고 지금은 과장대리다. 그렇게 만들어준 이광에 대해서 정현애는 절대적인 신뢰를 보이고 있다. 이광이 정현애에게 물었다.

"부(部)가 되면 정현애 씨는 선임 과장이 될 것이고 윤지혜 씨는 사원이지만 과장 직무대리를 맡길 거야. 나머지 1개 과와 관리과장은 낙하산이 내려오겠지."

정현애의 시선을 받은 이광이 말을 이었다.

"어때? 해보겠어?"

"언제까지 버티실 건데요?"

불쑥 정현애가 물었고 윤지혜가 놀란 듯 몸을 굳혔다. 순간 이광은 정현애에게 지금까지 털어놓지 않은 것에 미안함을 느꼈지만 곧 자위했다. 이것은 인생(人生)이 걸린 사업이다. 입을 가볍게 놀림으로써 패가 망신할 수도 있는 것이다.

"견딜 때까지."

"그러고요, 견디지 못하실 때는요?"

다그치듯 물은 정현애가 번들거리는 눈으로 이광을 보았다.

"그때 저도 데리고 나가실 수 있어요?"

정현애가 시선도 떼지 않고 말을 잇는다.

"여기 있는 윤지혜 씨도 따라 나갈 겁니다."

사무실로 나온 이광이 업무를 시작한 지 얼마 되지 않았을 때 구내 전화 벨이 울렸다. 구내전화는 푸른색 불빛이 반짝이는 것이다. 전화기를 귀에 붙인 이광이 응답했을 때 곧 윤지혜의 목소리가 들렸다. 윤지혜는 쇼룸으로 가 있는 것이다.

"과장님, 정 대리를 데려가는 게 나을 것 같아요."

조금 전 회의실에서 이광은 알겠다고만 했던 것이다. 정현애는 에이스무역은 물론이고 리스타상사에 대한 내막도 전혀 모른다. 이광이 숨을 골랐다. 앞쪽의 정현애 자리도 비었다. 직원들 자리도 비어 있는 것이 회의실에서 회의 중인 것 같다. 이광이 입을 열었다.

"일단은 그렇게 하지. 하지만 에이스무역과 리스타상사 이야기는 하지 말도록."

"알겠습니다."

주위를 둘러본 이광이 목소리를 낮췄다.

“적게 알수록 좋아. 정 대리한테는 따로 회사를 차려서 독립하는 것으로 말을 맞추자.”

“저도 그것이 낫다고 생각합니다.”

“미안하지만 할 수 없어.”

“나중에 이해하겠지요.”

“입조심해라.”

“염려하지 마세요.”

“전화 끊어.”

“잠깐만요.”

“뭐야?”

“다음 주에 관리과장하고 11명이 충원된다는 소식이 쫙 퍼졌어요. 그때 조직 개편이 되는 건가요?”

“그래야겠지.”

“몇 개 과가 돼요?”

“4개 과.”

“우와.”

“너도 사원이지만 과장 직무대리를 맡아.”

“제가요?”

“정 대리, 너, 그리고 박형우도 과장 직무대리다.”

“박형우 씨도요?”

“그래야겠어.”

“훗훗.”

“왜 웃어?”

“박형우 씨 놀라는 얼굴이 상상돼서요.”

"박형우가 내부 업무는 익숙해, 전문성을 잘 살리고 있어."

"알았어요, 보스."

"뭐라고 했어?"

"보스요."

그러고는 통화가 먼저 끊겼다. 부(部)에 대한 조직 개편안은 이광이 기안해서 이미 제출한 것이다. 회장은 그대로 받아들였는데 김성규가 제출한 미주부의 조직도 그대로 결재를 했다. 관리과를 쑤셔 놓은 대신 부장들의 요구를 받아들인 셈이다.

오후 5시, 영등포역 근처의 커피숍에서 이광이 김방현을 만나고 있다. 마주보고 앉았을 때 김방현이 바로 본론을 꺼냈다.

"백영주는 요즘 매일 저녁 퇴근 후에 제 아파트로 진남철, 곽영훈을 불러 회의를 합니다. 매일 서류가방을 들고 집에 오는 것을 보면 서류 검토를 시키는 것 같습니다."

진남철, 곽영훈은 관리과장으로 올 사내들이다. 이광이 머리만 끄덕였고 김방현이 말을 이었다.

"사흘에 한 번꼴로 밤 11시쯤이면 조민수가 와서 자고 갑니다. 이제는 집으로 불러들이는군요."

"바쁘니까 나갈 시간이 없는 거지."

"형님을 이용한 것 아닙니까?"

"나도 이용했다."

"교활한 여잡니다."

"나는 그 이상이야."

"사회생활이 무섭습니다."

"전쟁보다 더하지, 이건 적이 보이지 않아. 까닥하면 등에 칼이 꽂힌다."

이광이 주머니에서 봉투를 꺼내 내밀면서 말을 이었다.

"윤지혜와 정남희 사생활 조사를 해."

"둘은 형님 심복 아닙니까?"

놀란 김방현이 묻자 이광이 머리를 끄덕였다.

"집안 형편을 좀 알아야겠다, 남자관계까지 다. 내 심복이지만 내 여자가 될 수는 없지. 내가 왕도 아니고."

"알았습니다."

쓴웃음을 지은 김방현이 머리를 끄덕였다.

"형님 입장 이해합니다."

"삭막하지. 하지만 이건 양쪽을 위한 일이야. 더 큰 상처를 받기 전에 예방하려는 의도도 있어."

이광이 먼저 자리에서 일어서면서 덧붙였다.

"네가 많이 도움이 돼."

회사로 돌아왔을 때는 6시가 조금 넘었을 무렵이다. 자리에 앉은 이광에게 정현애가 몸을 돌리더니 말했다.

"과장님, 기조실 백 차장이 들어오시면 연락하라고 하던데요."

"예, 이광입니다."

송수화기에 대고 이광이 말했더니 백영주가 웃음 띤 목소리로 대답했다.

"아, 네, 잠깐만요. 다시 제가 연락드릴게요."

그러더니 전화가 끊겼고 이광도 송수화기를 내려놓았다. 앞쪽에 앉아 있는 정현애가 신경을 쓰고 있을 것이다. 백영주도 마찬가지, 아무도 없는 회의실로 들어가 이광에게 다시 전화를 하려는 것 같다. 곧 벨이 울렸고 이광이 송수화기를 들어 귀에 붙였다.

"예, 이광입니다."

"오늘 저녁에 시간 있어?"

불쑥 백영주가 묻는 순간 이광이 쓴웃음을 지었다.

"예, 말씀하십시오."

앞쪽 정현애의 등에 대고 대답하자 백영주가 말을 이었다.

"8시에 소공동 국도호텔 커피숍에서 만나. 오랜만에 할 이야기도 많아."

"알겠습니다."

송수화기를 내려놓았을 때 정현애가 몸을 돌려 이광을 보았다. 이쪽 말은 다 들었을 것이다.

"내일 아침에 회의를 하자는군."

이광이 말하자 정현애가 바로 대답했다.

"관리과장 이야기일 거예요."

커피숍으로 들어선 이광은 안쪽 자리에 앉아 있는 백영주를 보았다. 시선이 마주치자 손을 들어 보이면서 환하게 웃는다. 앞쪽에 앉은 이광에게 백영주가 말했다.

"여기 일식당이 괜찮아. 회에 소주 마실 거야?"

"좋지."

"그럼 그냥 식당으로 가지."

백영주가 자리에서 일어섰고 이광은 따라 일어섰다. 백영주는 화사한 붉은색 투피스 차림이었는데 사내들의 시선이 모였다.

"우리 오랜만이지?"

일식당 방안에서 주문을 마치고 둘이 앉았을 때 백영주가 웃음 띤 얼굴로 물었다. 백영주하고 이렇게 둘이 만나는 건 두 달 가깝게 된다. 이광이 백영주의 두 눈을 똑바로 보았다. 이광도 웃음 띤 얼굴이다.

"그렇군, 서로 바빴지."

"격변기니까. 아마 내년에 부(部) 체제가 정착되면 여유가 있을 거야."

백영주가 부드러운 표정으로 말했다.

"모두 자기가 이렇게 만든 거지. 자부심을 느껴도 돼."

"어쩐지 으슬으슬한데."

어깨를 움츠려 보인 이광이 지그시 백영주를 보았다.

"낯 뜨겁게 띄우는 이유는 뭐야? 다음 주에 관리과장을 감시자로 집어넣는 것 무마해 보려는 거야?"

"뭐, 그것도 있고."

백영주가 이를 드러내고 웃었다.

"자긴 중동부장으로 끝낼 것 아니잖아?"

"무슨 말인데?"

"나하고 함께 가기로 했잖아."

"어디로?"

그때 백영주가 눈을 흘겼다.

"정말 삐진 모양이네."

"회사에 소문이 다 났어, 백 실장이 이광, 김성규를 견제한다고. 관리과장 두 놈은 대성에서 데리고 있었던 놈이라면서?"

"그래."

"그놈들이 앞으로 내 일거수일투족을 견제할 텐데 마음 놓고 영업이나 할 수 있을까?"

"너무 오버하는 거 아냐?"

이제는 백영주가 눈썹을 세웠다.

"자기는 이해해주리라고 믿었는데, 너무해."

"너무 빨랐어."

이광도 똑바로 백영주를 보았다.

"견제 장치가 말이야. 너무 속이 보였어."

"자기는 이해해줄 줄 알았어."

그 순간 이광은 심호흡을 했다. 입 밖으로 '조민수' 이름이 터져 나오려고 했기 때문이다. 그다음 순간 이광은 깨달았다. '인간은 몰두하면 제 위주로 생각하게 된다'는 것이다. 백영주는 조민수에게 몰두하고 있다. 그러고는 모든 상황을 제 중심으로 맞추려고 하는 것이다. 눈이 뒤집혔다. 조직 개편으로 '관리과 신설'도 '회사를 위해서', '이광과의 미래를 위해서'라는 '자기중심적 최면'에 빠져 있다. 이광은 지금 터트릴 일은 아니라는 현실을 의식했고 곧 눈동자의 초점을 잡았다.

"내가 김성규 때문에 함께 족쇄를 찬 느낌이 든다고. 그래서 그래."

이렇게 부드럽게 말하자 백영주가 금방 머리를 끄덕였다. 눈이 번들거리기까지 한다.

"맞아, 내가 그 말을 해주려고 부른 건데 자기가 먼저 화를 내는 바람에……."

"그래서 오늘 밤 나하고 자 줄래?"

이광이 이렇게 물어 버렸다. 그래야 자연스러울 테니까.

"아, 아, 아!"

백영주가 격렬하게 몸을 떨더니 곧 이광에게 사지를 엉켰다. 마치 전신에 흡반이 붙은 연체동물 같다. 절정에 오른 것이다. 거친 숨소리에 섞여 신음이 이어진다. 온몸에 땀이 배어나 끈적이는 피부, 방안은 비 온 후의 대기처럼 습기로 가득 차 있다. 비린 애액의 냄새도 맡아졌다. 두 알몸이 어지럽게 엉킨 방안은 열풍이 휩쓸고 지나간 것 같다. 이윽고 이광이 몸을 떼어 옆으로 누었다. 비스듬히 보이는 탁자 옆의 전광 시계가 밤 12시 반을 가리키고 있다. 오늘은 아파트에 조민수가 오지 않는 날인가 보다. 문득 그 생각이 머릿속에서 일어났다. 그때 거친 숨을 뱉던 백영주가 몸을 비틀어 이광의 가슴에 얼굴을 붙였다.

"아유, 나 죽는 줄 알았어."

더운 숨을 이광의 가슴에 뱉으면서 백영주가 말했다. 팔을 뻗어 이광의 허리를 감싼 백영주의 다리 한쪽이 이광의 하반신을 감는다.

"자기, 너무 잘해."

문득 이광은 '조민수보다는 낫지?' 하고 물어보고 싶은 충동이 일어났다. 그러나 묻는 대신 백영주의 허리를 감아 안고는 이마에 입술을 붙였다. 그 순간 가슴이 가라앉으면서 백영주가 가엾게 느껴졌다. 유성상사를 일으키려고 기를 쓰고 있는 것이다. 그렇지, 처음부터 백영주는 나, 이광이란 삼류 인간에게 호의를 보이지 않았다. 그러다가 아버지인 황학수 회장의 권고에 의해 나, 이광과 가깝게 되었던 것이다. 이제 회사의 기반이 잡히고 자신의 위치도 굳어지는 상황에서 굳이 내키지 않았던 '삼류'와 끝까지 같이 갈 필요가 있겠는가? 의리? 신의? 그건 개가 풀 뜯어 먹는 소리다. 그때 백영주가 손을 뻗어 이광의 남성을 움켜쥐었다.

"어머나, 또 성났어."

백영주가 감탄했다. 이광이 백영주의 엉덩이를 움켜쥐었다. 내일 세상이 멸망하더라도 오늘은 나무를 심자, 아니 말뚝을 박는가?

다음 날 오전 11시 반, 이광이 부동산 사장 윤기덕과 함께 강남의 황무지에 서 있다. 이곳은 지난번 구입한 땅에서도 한참 아래쪽으로 내려온 불모지다. 자갈과 바위투성이의 메마른 땅이 끝없이 펼쳐져 있다. 수백 년간 사람의 손길이 닿지 않은 땅이다. 윤기덕이 주위를 둘러보며 말했다.

"이 땅이 사장님께서 구입하신 땅과 가깝긴 하지만 제가 진심으로 충고를 드립니다."

윤기덕이 눈을 가늘게 뜨고 이광을 보았다.

"이 땅은 수백 년간, 아니 수천 년간 이렇게 불모지로 남겨졌습니다. 이 땅 임자는 아마 일제 강점기의 토지 대장에다 장난을 쳐서 해방 후에 토지 개혁을 할 때 거저 넘겨받았을 것입니다. 아무도 거들떠보려고도 하지 않았으니까요."

이광이 머리를 끄덕였다. 주인은 헐값에 이곳 땅 40만 평을 매물로 내놓았지만 수십 년간 사려는 사람이 없다고 했다. 윤기덕이 말을 이었다.

"평당 500원씩 40만 평이니 2억입니다. 2억이면 강북의 아파트 5채를 삽니다."

윤기덕의 입가에 흰 거품이 일어났다. 게거품이다.

"그럼 그 아파트가 3년만 지나면 10채가 됩니다, 사장님."

그러고는 윤기덕이 손으로 불모지를 가리켰다.

"이 땅은 3년 후에도 아마 평당 500원이나 그 이하가 되어 있을 것입니다. 이걸 사는 건 미친 짓이죠."

그때 이광이 말했다.

"구입해요, 내가 내일 2억 드릴 테니까."

순간 숨을 들이켰던 윤기덕이 초점이 흐려진 눈으로 이광을 보았다.

"그, 그러시면 제가……."

"그렇지. 흥정을 해서 깎은 비용의 절반을 드리지. 2천만 원을 깎았으면 1천만 원을 드린다는 말이오."

"예, 사장님."

윤기덕이 어깨를 부풀렸다. 이제는 눈을 치켜떴는데 눈이 뒤집히려는 것 같다.

"제가 내일 끝내겠습니다."

더 이상 말할 것도 없다. 이렇게 나오는 이상 돈을 벌어야겠다는 생각뿐이다.

다음 날 이광은 1억 6천5백으로 불모지 40만 평을 구입했다. 이로써 이광은 강남에 150만 평이 넘는 땅을 소유하게 되었다. 모두 불모지, 버려진 땅이다. 이광은 윤기덕에게 차액 1,750만 원을 약속대로 지급해줬기 때문에 1억 8천250만 원에 구입한 것이다. 거금을 받은 윤기덕은 황송해서 부동산비는 받지 않았고 그날로 소유권 이전을 마쳤다.

"대한민국의 미래를 믿으니까 이러는 거요, 다른 이유는 없어."

이전 서류를 받아든 이광이 웃음 띤 얼굴로 윤기덕에게 말했다.

"내가 그 미래를 개척해 나가는 사람 중의 하나거든."

윤기덕은 건성으로 머리를 끄덕였고 이광이 말을 이었다.

"그러니까 저 불모지도 5천 년 만에 제값을 받게 될 때가 오겠지."

그러나 윤기덕은 아직 멍한 상태다. 호주머니에 든 1,750만 원 외에는 생각이 더 나가지 않는다.

그다음 주 초에 대규모 조직 개편이 일어났다. 유성상사 창사 이후로 처음인 대개편이다. 중동부는 11명의 부원이 증원되었는데 경력 사원도 포함되었다. 또한 중동부는 본사 건물 3층으로 옮겨가 중동부만 1백 평 규모의 독립 사무실을 사용하게 되었다. 중동부는 4개 과로 편성되어 1과장은 정현애, 2과장 윤지혜, 3과장 박형우, 관리과장은 진남철이다. 그중 과장대리는 정현애 하나였고 외부 영입 케이스인 관리과장 진남철의 직급은 과장이다. 29세, 이광보다 한 살 연하다. 이광은 기존 직원 8명에 11명을 배합, 1과에 5명, 2과에 5명, 3과에 5명, 관리과에 4명을 배치했다. 관리과장 진남철이 사원 하나를 데리고 왔는데 그도 대성 계열사 출신이라고 했다. 총무부에서 책상과 집기를 날라 와 소란스러운 좌석 배치가 끝났을 때 이광이 회의실로 부원 전체를 소집했다. 증원된 11명 중 신입은 6명, 경력이 5명이다. 중동부 총원은 아직은 부장 직대인 이광 포함해서 20명, 4개 과로 편성되었다. 이광이 테이블에 둘러앉은 19명을 훑어보았다. 오늘 증원된 11명은 아직 이름도 외우지 못했다. 이광이 입을 열었다.

"내가 부장(部長)으로 한마디만 한다. 가장 평범한 말이지만, 열심히 해라. 그럼 기회가 올 것이다."

그러고는 이광이 자리에서 일어서며 말했다.

"지금부터는 과장이 팀원들과 이야기하도록. 내가 시간 뺏지 않겠다."

회의실을 나온 이광이 사무실 맨 끝 쪽에 만들어진 부장 책상으로 가 앉았다. 책상 옆에는 소파가 놓였고 탁자 위에는 음료수가 여러 종류 진열돼 있었다. 총무부 솜씨다. 부장 자리 앞쪽에 4개 과 과장들의 책상이 벌여 놓였고 그 위쪽으로 과원들의 책상이 놓였다. 눈을 가늘게 뜬 이광이 지금은 텅 빈 책상들을 보았다. 앞쪽의 회의실과 상담실, 쇼룸에 4개 과가 제각기 들어가 회의를 하기 때문이다. 어느 쪽 방에서는 웃음소리가 울렸다. 이광의 얼굴에도 저절로 웃음이 번졌다. 3년 전만 해도 자신은 저기 맨 앞쪽 자리에 앉아 고졸 출신 여사원 정현애한테까지 무시당했던 신세 아니었던가? 그 후로 어떻게 지냈는지 정신이 없다. 조금 전 부원들에게 '열심히 하라'고 말한 것이 바로 진심이다. 열심히 했을 뿐이다. 전력투구를 했다. 그러고 나서 기회를 잡았다. 그리고 기회는 놓치지 않았다. 그때 앞쪽 문으로 백영주가 들어섰다. 화사한 차림이고 눈이 부실 정도로 아름답다. 저 여자한테는 '부티'가 난다. 금수저이기 때문인가? 사무실을 둘러본 백영주가 이광과 시선이 마주치자 이를 드러내고 웃었다. 백영주의 시선이 회의실 쪽을 훑더니 곧장 이광에게로 다가왔다. 그러고는 3미터쯤 앞에 멈춰 서더니 말했다.

"어울려."

듣는 사람이 없었기 때문에 반말을 한다.

"자기는 그 자리에 오래 앉아 있었던 사람 같아."

"왜 온 거야?"

"기획실장으로 둘러보러 온 거야."

눈을 흘긴 백영주가 말을 이었다.

"옆방 미주부로 갔더니 김성규가 연설을 오래하고 있더군. 듣다가 나왔어."

미주부도 오늘 10명이 증원되어 총원 20명, 역시 4개 과로 관리과장은 과장급이 충원되었다. 중동부와 같다.

"이제 내년에는 백영주 시대가 열리겠군."

이광이 웃음 띤 얼굴로 백영주를 보았다.

"두 달도 안 남았어, 백 대표님."

"그러지 마."

따라 웃은 백영주가 몸을 돌리면서 말했다.

"어쨌든 축하해. 내가 조만간 술 한 잔 살게."

6장 권력과의 결탁

퇴근 시간이 되었을 때 이광이 소파로 과장들을 불렀다. 정현애, 윤지혜, 박형우, 진남철의 순서로 둘러앉았다. 이광의 시선이 진남철에게 옮겨졌다.

“진 과장, 일하다가 어려운 일 있으면 바로 나한테 말해, 도와줄 테니까.”

“네? 네.”

진남철은 장신에 미남이다. 작년에 결혼을 했고 이성대 출신, 백영주와 대성에서 같이 근무했던 인연이 있다. 이광의 말에 조금 당황한 듯 눈동자가 흔들렸다. 이광이 말을 이었다.

“관리과는 필요한 조직이야. 견제 장치가 없는 조직은 없어. 난 앞으로 관리과를 많이 이용할 테니까 진 과장도 협조해줘야겠어.”

“네, 알겠습니다.”

진남철의 얼굴이 붉어졌다. 정현애 등은 모두 숨을 죽인 채 둘을 주시하고 있었는데 윤지혜의 눈이 유난히 반짝였다. 이광이 셋을 둘러보며 말했다.

"이젠 모두 한식구니까 서로 협조해주도록 해. 그것이 내가 과장들한테 부탁하는 말이다."

그러고는 이광이 자리에서 일어섰다. 진심에서 나온 말도 있고 인사치레도 있다. 그러나 떼어내지 못할 바에는 감싸 안고 가는 것이 낫다. 그것이 이광의 신조다.

리스타 앤 무칼리 브랜드의 오더가 리야드에서 350만 불로 시작되었다. 무칼리가 신용장을 오픈한 것이다. 무칼리로서는 그리스로부터 중급품 브랜드를 수입해서 팔다가 자신의 브랜드를 내놓게 되자 사기가 충천했다. 그런 기회를 만들어준 이광의 말이라면 빵을 고기라고 해도 믿을 정도였다. 이광도 무칼리의 의욕에 의지만 하지는 않았다. 에이스무역으로 윤지혜를 불러 정남희까지 셋이서 리스타 앤 무칼리 브랜드의 광고 전략을 상의했다.

"내가 중동을 이곳저곳 다녔는데 각 도매상이 제대로 된 광고를 하는 곳이 없어."

이광이 말을 이었다.

"그저 오더 주고 쌓아놓고 팔아왔어. 그런 면에서 리스타 앤 무칼리의 고급 브랜드화 방법은 획기적이다."

이광이 자화자찬했지만 그럴 만했다. 350만 불 신용장이 에이스무역에 도착했으니 이미 절반은 성공한 셈이다. 윤지혜와 정남희를 둘러본 이광이 물었다.

"광고에 대한 의견 없어?"

"광고판이나 TV 광고, 그런 건 돈이 들잖아요?"

윤지혜가 먼저 말했고 정남희가 거들었다.

"그리고 광고 주체가 어딘가요? 리스타상사인가요? 아니면 에이스무역? 누가 광고비를 내죠?"

"광고는 에이스무역이 해야겠죠. 리스타는 광고 계획을 수립하고 집행할 직원이 있나요?"

윤지혜가 묻자 이광이 머리를 끄덕였다.

"그렇죠, 주체는 에이스가 돼야겠다."

"유성상사에서 감 놔라 배 놔라 하는 건 좀 우습네요."

정남희가 웃지도 않고 말하자 윤지혜도 정색하고 대답했다.

"어차피 생산을 유성에서 하게 될 테니까 광고비는 유성에서 지급하도록 하는 것이 낫겠습니다."

"역시 윤지혜 머리가 명석해."

머리를 끄덕인 이광이 정남희를 보았다.

"넌 근시안적이야. 윤지혜의 말에서 허점이나 찾으려다가 이 꼴이 되는 거다."

그때 윤지혜가 앞에 놓인 서류를 세워 들고 얼굴을 그 뒤로 숨겼다. 웃음을 가리려는 것이다. 얼굴이 금방 붉어졌던 정남희가 이광에게 눈을 흘겼다. 이광이 또 나무랐다.

"저, 눈 흘기는 것 좀 봐. 이게 상사한테 할 짓이냐? 회의 중에 버르장머리 없이."

"윤지혜는 지난번에 사장님 험담했어요."

정남희가 말하자 윤지혜가 서류를 치웠다. 눈을 치켜뜬 정남희가 말을 이었다.

"쿠웨이트에 사장님 여자가 있는 것 같다고 했어요."

"내가 언제?"

윤지혜의 얼굴이 빨개졌다.

"있을지도 모른다고 했잖아?"

"그게 그거지."

정남희가 윤지혜를 노려보았다.

"향수를 매일 다른 걸 뿌린다고도 했지?"

"어머나, 저는……."

"그만."

이광이 손을 들어 막고는 둘을 번갈아 보았다.

"우선 리스타 앤 무칼리 찻잔 받침을 1만 개, 재떨이 5천 개, 자동차 열쇠고리 1만 개를 만들어서 보내도록 하지. 그 디자인을 에이스에서 의뢰하도록 해."

이광이 말을 이었다.

"유성상사에 광고비 전액을 부담시키지 말고 에이스무역도 절반쯤 부담하지."

"그럴 필요 없습니다."

이번에는 정남희가 말했다.

"계산하기 복잡하니까 광고용 찻잔 받침은 유성에서, 재떨이나 열쇠고리는 에이스에서 따로 보내도록 하죠."

"그렇군."

이광이 머리를 끄덕였다.

"계획은 정남희 씨가 세우도록 해라."

이광이 자리에서 일어서자 정남희와 윤지혜가 서로를 흘겨보았다.

유성으로 돌아오는 택시 안에서 이광이 옆에 앉은 윤지혜에게 물었다.

"너, 내가 매일 다른 향수를 뿌린다고 했어?"

"네."

윤지혜가 이광의 시선을 그대로 받았다.

"쿠웨이트에 여자가 있는지도 모른다고도 했어요."

"그 증거가 있어?"

"분위기를 보면 그래요."

"어떤 분위기인데?"

"가시기 전에는 들떠 있거든요. 애인 만나러 가는 사람 같았어요."

"귀신이군."

윤지혜가 다음 말을 기다리는 듯 시선을 떼지 않았지만 이광은 입을 다물었다.

"어머, 웬일이세요? 갑자기 연락도 안 주시고요?"

정남희가 회의실에서 기다리는 배기준에게 물었다. 배기준, 국내 제1의 재벌그룹인 태우상사 섬유3부장, 34세. 이런 명함이면 동갑내기 판, 검사나 의사보다 윗길로 쳐준다. 본인도 그것을 아는 터라 자부심이 하늘을 찌르지만 딱 한 곳, 배기준의 자존심을 상하게 만드는 회사와 족속들이 있다. 지금 앞에 앉으면서 웃음 띤 얼굴로 묻는 정남희가 제2번이고 이광이 1번이 되겠다.

"나야 온다고 연락을 해도 누가 들은 척이나 해줍니까? 이곳 에이스무역의 위세가 하늘을 찌르는 상황이라……."

배기준이 이죽대자 정남희가 풀썩 웃었다.

"그렇게 생각하고 계셨어요? 그 말씀 그대로 윗분들께 전해 드릴게요."

"방금 정 과장님이 윗분들께라고 하셨지요?"

"왜요?"

"에이스무역에서 정 과장님 상관이 지금 유 전무님 말고 또 있습니까?"

순간 눈썹을 모은 정남희를 향해 배기준이 '비식' 웃었다.

"여기 사장님이야 나타나지 않으시는 분이고. 그렇지 않습니까?"

"……."

"그럼 그 복수형의 다른 분은 누굽니까?"

"지금 그거 알아보려고 오신 건가요?"

"뭐, 그와 비슷하죠."

의자에 등을 붙인 배기준이 지그시 정남희를 보았다.

"내가 우리 회사 자랑할 것이 있다면 막강한 정보력이죠. 안전기획부도 우리 해외 정보망은 따라오지 못할 겁니다."

"……."

"우리는 대사관도 없는 나라에 지사를 두고 있으니까요. 그 지사원들이 모두 정보원들이지요."

배기준이 어깨를 올렸다가 내렸다.

"그래서 말인데요, 정 과장님."

"말씀하세요."

"제가 들은 소문으로는 유성상사의 이광 과장이 이곳 에이스무역의 실소유자라는데 맞지요?"

"누가 그래요? 그 잘난 태우 정보원들이?"

정남희가 눈썹을 곤두세웠지만 배기준은 쓴웃음을 지었다.

"또 있어요."

"뭐죠?"

"요즘 빅 바이어로 부상한 쿠웨이트의 리스타상사."

"……."

"리스타가 무슨 말인지 다 아시죠? '별 같은 리', 리 장군, 하하."

"됐어요."

정남희의 얼굴에도 쓴웃음이 번졌다.

"지금 그런 말씀 하시는 의도부터 들읍시다."

"이광 씨를 만나자고 해주세요. 내가 이런 이야기 했다고 다 말해주셔도 됩니다."

"직접 말씀하지 않은 이유는요?"

"내가 세 번이나 통화를 시도했지만 받지 않으시더군요. 인편으로 만나자고 해도 어쩐지 피하시는 것 같고."

"그 이야기도 해도 됩니까?"

"그럼요."

"그냥 만나기만 하면 된다고요?"

"그렇다니까요?"

"혹시 폭로하지 않을 테니 돈이나 오더를 내라는 사항은 없고요?"

"너무 나가시는데."

배기준의 얼굴에서 웃음기가 지워졌다.

"정 과장님, 너무 그러지 마세요."

"알았습니다."

자리에서 일어선 정남희가 몸을 돌리면서 말했다.

"분명히 전해 드리죠."

"알았어."

정남희의 말을 들은 이광이 머리를 끄덕였다. 오후 2시 반, 배기준이 다녀간 지 2시간이 지났다. 이광이 에이스무역에 들렀다가 자초지종을 들은 것이다.

"신경쓰지 마."

손목시계를 본 이광의 얼굴에 웃음이 떠올랐다.

"배 부장이 배가 아픈 거야. 중동 오더가 다 리스타를 통하고 있거든."

과연 그렇다. 배기준의 중동 오더가 30퍼센트나 줄었다.

퇴근 시간이 되었을 때 배기준의 책상 위에 놓인 전화벨이 울렸다. 내선 전화다. 전화기를 귀에 붙인 배기준이 응답했다.

"예, 섬유3부장 배기준입니다."

"여기, 사장실인데요. 바로 오시죠."

사장 비서실장 유중호의 목소리다. 직급은 부장이지만 배기준쯤은 하루아침에 날릴 수 있는 실력자다. 배기준이 헐레벌떡 17층 사장 비서실로 들어섰을 때 유중호가 턱으로 사장실을 가리켰다.

"들어가 보세요."

"어, 왔나?"

90도로 허리를 꺾어 절을 한 배기준에게 사장 박규식이 말했다. 사장실에는 외부 손님 둘이 앉아 있었는데 배기준은 모르는 얼굴이다. 박규식은 배기준의 가슴께에 시선을 준 채 말을 이었다.

"자네, 내일 자로 우간다 지사장대리로 나가도록 해. 발령장은 내일 아침에 낸다."

그러고는 됐다는 듯이 머리를 끄덕였다.

"나가 봐."

이것이 회사이긴 하다. 배기준은 몸을 돌렸는데 아직 정신이 덜 들었다. 그래서 문 대신 캐비닛을 열었다.

다음 날 오전, 정남희가 전화를 했다. 9시 정각이다.

"사장님, 들으셨어요?"

회사에다 전화할 때는 과장으로 부르라고 했는데 정남희는 잊은 것 같다.

"뭐야?"

"저기, 배기준 부장이 오늘 자로 우간다로 발령이 났어요."

정남희의 목소리가 흥분으로 떨렸다.

"너, 지금 어디서 전화해?"

"물론 회의실이죠, 혼자 있어요."

"다른 사람한테 이야기하지 마."

"네?"

정남희가 숨을 들이켜는 소리를 냈다.

"무슨 이야기를요?"

"배기준 이야기를 나한테 했다는 말."

"아."

다시 숨을 들이켠 정남희가 목소리를 낮췄다.

"내 예상이 맞았군요."

"예상 같은 소리하고 있네."

"보스의 파워는 막강하군요."

"보스?"

"네, 보스."

"그놈이 리스타상사를 세 번이나 찾아왔다는 말을 듣고 예상하고 있었어."

"무슨 이야기를 하려고 보스를, 아니 과장님을 만나려고 했을까요?"

"리스타상사와 에이스무역을 약점으로 삼아서 사업을 벌이려고 했겠지."

"무슨 사업요?"

"동업이나 오더 관계 등등."

"꿈도 크네, 개자식."

"그건 당연한 거다. 그런데 광고물 제작은 다 끝났지?"

"이번 주에 다 끝납니다."

"그럼 오늘 오후 7시에 회사 근처의 '영빈관'으로 와. 회의다."

"저하고 둘이요?"

정남희의 목소리가 은근해졌다.

"제가 먼저 가서 요리하고 술 시켜놓을까요?"

"회의야. 윤지혜도 같이 간다."

그러고는 이광이 통화를 끝냈다.

오후 7시, '영빈관'의 방에 셋이 둘러앉았다. 영빈관은 고급 중식당으로 자장면은 안 팔고 요리만 판다. 요리를 주문한 이광이 윤지혜와 정남희를 번갈아 보았다.

"너희들한테 할 이야기가 있어."

둘의 얼굴이 차츰 굳어졌다. 물잔을 든 이광이 한 모금 삼키고는 말을 이었다.

“너희들 둘이 리스타상사에 가서 광고 계획을 집행하고 와. 여기서 세운 계획대로 추진해 보란 말이야.”

둘은 숨만 쉬었다. 해외여행이 처음이었던 것이다. 이광이 손가락 2개를 펼쳐 보였다.

“두 번째, 리스타상사의 장래 계획을 구상해봐라. 너희들이 한 단계 더 높고 긴 생각을 할 때가 되었다.”

그때 윤지혜가 물었다.

“저는 생산자 입장에서 연구해야겠군요.”

“그렇지.”

이광이 커다랗게 머리를 끄덕였다.

“윤지혜, 넌 생산 전문가로서의 무역업자다.”

“그럼 난 영업전문가로서의 무역업자인가요?”

정남희가 재빠르게 묻자 이광이 웃었다.

“그러고 나서 한 계단 더 올라가는 거야.”

“보스는 영업자 이야기를 하는군요.”

정남희가 말하자 이광이 머리를 끄덕였다.

“너희들도 그렇게 계단을 밟아야 돼.”

윤지혜와 정남희의 중동 출장은 열흘 후로 결정되었다. 윤지혜는 이광이 회사 결재를 받아야 했지만 정남희는 이광이 결재했다. 그런데 출장비 차이가 컸다. 윤지혜는 1일 숙박비, 교통비, 식비까지 포함해서 1,000불이었지만 정남희는 2,000불이다. 무려 2배다. 2천 불이면 재벌그룹 태우상사의 부장급 1일 출장비인 것이다. 떠나기 전날, 이광이 윤지혜를 회의실로 불러 봉투 하나를 내밀었다.

"2천 불이야. 출장비에 보태 써."

"감사합니다."

냉큼 받아서 누가 볼세라 노트 사이에 넣은 윤지혜가 웃음 띤 얼굴로 이광을 보았다.

"저는 정남희하고의 출장비 차액 1천 불만 주실 줄 알았는데 제 기대의 2배네요."

"그런가?"

"흥분돼요."

"다른 남자 앞에서는 그런 말 쓰지 마."

"알겠습니다."

"그런데 정남희한테도 1천 불 줬다. 그러니까 너희들은 각각 3천 불씩 가져가는 거지."

"……그렇군요."

"너희들은 내 양팔이야. 한쪽에 치우칠 수 없어."

자리에서 일어선 이광의 얼굴에 쓴웃음이 번졌다.

물론 둘은 따로 공항에 나간 후에 탑승 게이트 앞에서 만나 같은 비행기를 탔다. 나란히 앉았기 때문에 들뜬 둘은 비행기 창밖의 구름은 물론이고 아무것도 없는 하늘과 바다 사진까지 수십 장을 찍었다. 몇 년 후에는 물론 다 버리게 될 것들이다.

김성규는 아직 부장 진급을 하지 않았지만 부장 명함을 찍고 부장 행세를 했다. 하긴 11월 말이어서 한 달만 지나면 인사 발령이 날 것이었다.

“야, 이 부장.”

제가 부장 행세를 하는 터라 김성규가 이광을 그렇게 불렀다. 회사의 복도에서 만났을 때다. 멈춰 선 이광에게 김성규가 다가왔다. 오전 11시, 둘은 복도 끝 쪽의 창가로 옮겨가 섰다.

“우리 관리과장 놈이 커미션 뒷조사를 하는데…….”

입맛을 다신 김성규가 이광을 보았다.

“넌 어때?”

“나도 샅샅이 뒤지고 있어.”

“백영주 지시를 받은 것 같은데. 너 어떻게 생각하냐?”

“뭘?”

“우리가 군기를 한번 잡는 것이 낫지 않을까? 처음부터 군기를 잡아야 돼.”

“군대도 안 간 놈이 군기는 무슨.”

“개소리 말고, 어떻게 생각하냐?”

주위를 사원들이 스치고 지났지만 모두 경원하는 표정이다. 유성상사에서 이 둘만큼 떠오르는 ‘스타’가 없는 것이다. 신입 사원들의 멘토이며 기간 사원들에게는 선망의 대상이다. 김성규의 시선을 받은 이광이 머리를 끄덕였다. 관리과장은 중동부에도 수수료 금액과 지급 방법 확인, 거기에다 수수료 받는 업체의 확인까지 하고 있는 것이다. 규정이라고는 했지만 당사자로서는 모욕이나 마찬가지다. ‘의심’과 ‘불신’을 받고 있다는 것이 느껴지기 때문이다.

“직접 백 부장한테 이야기하는 것이 낫겠다. 그것이 빠르겠지.”

“그래야겠지.”

사기를 얻은 김성규가 손목시계를 보는 시늉을 했다.

"지금 당장 만나자. 저나 우리나 같은 부장인데 뭐, 면담 신청하고 자시고 할 것 없다. 기조실로 들어가자."

"이해해요."

김성규의 항의 같은 설명을 들은 백영주가 웃음 띤 얼굴로 머리를 끄덕였다.

"당연히 그런 분위기가 되시겠죠."

"그럼 조사는 중지시킬 겁니까?"

김성규가 묻자 백영주가 여전히 웃음 띤 얼굴로 커피잔을 들었다.

"형식적으로 끝내도록 하겠습니다. 관리과 사기 문제도 있으니까요."

"어떻게 한다는 겁니까?"

"수수료 발생 시에 관리과 확인을 받는 것으로 하는 겁니다."

"확인을 받지 못하면 수수료 지급이 안 되겠군요?"

"그럴 수가 있어요?"

백영주의 시선이 이광을 스치고 지났다.

"키는 수출부에서 쥐고 있는 걸요 뭐."

"그렇게 못 하겠습니다."

"그럼 어떻게 해 드릴까요?"

"사후 승인으로 하십시다."

"그냥 도장만 찍으라는 말이군요."

"관리과가 위에서 군림할 수는 없어요."

그때 백영주가 이광에게 물었다.

"이 부장님 의견은 어떠세요?"

백영주의 시선을 받은 이광이 쓴웃음을 지었다.

"이런 전쟁은 양쪽이 피투성이가 되어서 싸우다가 둘 다 죽어야 끝나지."

두 쌍의 시선을 받은 이광이 말을 이었다.

"관리과장 인사권을 수출부장한테 주시죠. 그게 내 의견입니다."

둘의 얼굴이 굳어졌고 먼저 입을 연 것이 김성규다. 김성규가 머리 회전이 빠르다는 것은 모르는 사람이 없다.

"좋은 아이디어인데, 그래도 인사권자가 백 부장인데 치우치지 않을까?"

"이미 관리과장이 와 있어. 받아들여 놓고 방법을 만들어야 돼. 무조건 배제시킬 수는 없어."

백영주 앞이었지만 이광이 정색하고 말했다.

"관리과장을 이해시켜야 돼, 회유가 아니라 이해야. 그러지 못하면 아예 지금부터 때려치워야 돼."

회의는 이광이 제의한 대로 결정되었다. 관리과장 인사는 담당 부장이, 그것도 즉시로 인사이동 시킬 수 있다는 조건이 붙여진 것이다. 김성규도 불만인 기색이 아니었다. 자신이 주장한 '군기'를 잡은 것이나 마찬가지다. 그것도 확실한 '성과'를 올렸으니 만족한 표정으로 돌아갔다. 이광이 백영주의 전화를 받은 것은 30분쯤 후다. 구내전화여서 이광이 응답하자 백영주가 물었다.

"지금 옆에 김 부장 있어?"

"없어."

김성규는 회의 중이다. 그때 백영주가 웃음 띤 목소리로 말했다.

"역시 자긴 노련해. 칼자루를 쥐는 방법이야."

"너무 그러지 마."

"무슨 말이야?"

"거긴 얼마든지 또 다른 방법을 생각해낼 여자야."

"잘 아네."

이제는 백영주가 소리 내어 웃었다.

"어때, 오늘 시간 있어? 밤에."

"어떻게 할 거야?"

술잔을 든 백영주가 물었다. 밤 10시 반, 둘은 소공동의 카페 방안에 앉아 있다. 지금 백영주는 집에 같이 갈 거냐고 묻는 것이다. 양주를 한 병 반 나눠 마신 상태여서 백영주는 취했다. 상기된 얼굴, 불빛을 받은 두 눈이 번들거린다. 이광이 의자에 등을 붙였다. 방안은 조용하다. 한 모금 술을 삼킨 백영주가 말을 이었다.

"부담 갖지 마. 난 좋아서 하는 일이야."

"부담은 없어."

이광이 얼굴을 펴고 웃었다.

"그리고 영주 씨한테 부담을 지울 생각도 없고."

"지금 영주 씨라고 했어?"

백영주의 얼굴에 웃음이 떠올랐다.

"그렇게 부르니까 분위기가 새롭네."

"그전처럼 너라고 해버릴까?"

"그래도 좋고."

"이젠 혼자서도 잘되겠지?"

불쑥 이광이 묻자 백영주의 얼굴에서 웃음이 지워졌다.

"그게 무슨 말이야?"

"혼자서도 유성상사를 꾸려갈 수 있겠느냐고 묻는 거야."

백영주는 입을 다물었고 이광이 제 빈 잔에 술을 채웠다.

"그렇다고 내가 당장 유성을 떠나는 것은 아니니까 신경 안 써도 돼."

"왜? 무슨 일 있어?"

백영주가 물었다. 긴장한 듯 눈초리가 세워져 있다.

"갑자기 그런 말은 왜 해?"

"우리는 결혼을 약속한 사이가 아냐. 그저 같이 지내자는 식의 합의가 있었을 뿐이지."

"……."

"암묵적 합의라고 하나?"

"여자 생겼어?"

백영주가 물었으므로 이광이 쓴웃음을 지었다.

"여자는 많아."

"……."

"다만 결혼을 할 여자는 아직 정하지 않았을 뿐이지."

이광의 시선이 백영주에게로 옮겨졌다.

"영주 씨는 있어?"

"없어."

한마디로 대답한 백영주가 똑바로 이광을 보았다.

"당신밖에 없어."

"그 거짓말 정말이야?"

"농담 아냐."

"내가 부담을 느끼게 하려는 거야?"

"그래."

그때 머리를 끄덕인 이광이 자리에서 일어섰다.

"늦었다. 가자."

백영주의 집으로 갔다. 그렇다고 이광이 백영주와 헤어져 혼자 돌아갈 위인이 아닌 것이다. 돌에는 돌, 칼에는 칼, 위선에는 위선이다. 백영주가 그렇게 나온다면 이쪽도 가면을 쓰고 대하는 수밖에 없는 것이다. 깊은 밤, 유리창 밖으로 도심의 불빛이 명멸하는 백영주의 침실에서 한 쌍의 알몸이 엉켜 있다. 오늘도 백영주는 적극적이다. 물에 들어간 고기처럼 몸부림이 심했고 탄성이 높았다. 그러나 그 몸짓은 본능을 최대한 끌어올린 반응이어서 연극은 아니다. 이광은 함께 몰두했다. 함께 절정으로 솟아올랐다가 내려오기를 반복하면서 백영주와의 쾌락을 만끽했다. 이광은 이것이 백영주와의 마지막 섹스가 될 것 같다는 생각을 했다. 그러나 자신하지는 않는다. 인생은 예측할 수 없는 것이다.

"아아, 여보!"

또다시 백영주가 터지면서 마음껏 탄성을 뱉었을 때 이광도 폭발했다. 완벽한 리듬이다.

다음 날 오전 10시 반이 되었을 때 회장실에서 호출이 왔다. 황학수 회장이 찾는 것이다. 비서실을 통해 회장실로 들어서자 황학수가 그늘진 얼굴로 맞았다.

"응, 거기 앉아라."

황학수의 주름진 얼굴이 찌푸려져 있었으므로 이광이 저절로 숨을 내쉬었다. 그때 황학수가 물었다.

"너, 영주하고 결혼할 생각이 없느냐?"

"예, 회장님."

먼저 대답부터 한 이광이 황학수를 보았다. 황학수는 백영주와 조민수의 관계를 알고 있는 것이다. 이광이 입을 열었다.

"저하고는 환경이 다릅니다, 회장님. 심사숙고를 했지만 그것이 나을 것 같습니다."

"응, 그래?"

황학수가 지그시 이광을 보았다.

"넌 미래가 보장된 사내야. 난 네 능력을 아는 사람이다."

"감사합니다, 회장님."

"영주는 유성상사로 충분해. 하지만 넌 아냐."

"과분한 칭찬이십니다, 회장님."

"넌 유성상사로 만족할 그릇이 아니지. 그렇게 되면 영주가 안쓰럽게 되는구나."

이광이 소리 죽여 숨을 뱉었다. 황학수의 배려다. 이것이 자신과 백영주에 대한 배려인가?

쿠웨이트 시티의 리스타상사 안, 오후 8시 반, 안쪽에 만들어진 상담실에서 정남희와 윤지혜, 프라카시 셋이 둘러앉아 있다. '생산자'와 '에이전시' 그리고 '바이어'까지 셋이 다 모인 셈이다. 그런데 그 셋이 모두 이광과 관계가 있는 것이다. '이광 그룹'이라고 해도 맞다. 먼저 입을 연 것은 정남희다. 정남희가 에이스무역 대표 역할로 말한다.

"광고물은 더 만들어 올 겁니다. 그런데 광고물이 효율적으로 분배되지 않는 것 같아요. 앞으로는 광고물 분배 계획도 세우도록 하세요."

"예, 오늘 중으로 끝내겠습니다."

프라카시가 바로 대답했다. 지금까지 프라카시는 이런 형태의 회의를 해본 적이 없다. 그래서 긴장하면서도 의욕을 내보이고 있다. 그때 윤지혜가 말했다.

"우리 차에는 우리 광고물이 프린트되어 있지만 차량용 광고 스티커를 만들어서 무료로 나눠주도록 해야겠어요."

"차량용 스티커 말입니까?"

처음 듣는 말인지 프라카시가 눈을 둥그렇게 떴다. 한국에는 아직 차량이 많지 않아서 스티커는 구경도 못 한다. 요즘 서울에는 승용차를 사면 가장 먼저 구입하는 장식품이 사각형 휴지통이다. 뒷좌석 창가에 온갖 휴지통을 놓고 자가용이 달려가는 것이다. 그 외에 차 겉면에 붙이는 스티커나 액세서리는 없다. 윤지혜가 말을 이었다.

"내가 그림이 붙은 '리스타 앤 무칼리' 스티커를 5종 개발해서 가져왔어요."

윤지혜가 가방에서 번쩍이는 금박 스티커를 꺼냈다. 그 순간 프라카시가 숨을 들이켰고 정남희의 얼굴은 굳어졌다. 스티커는 5종으로 가로 20센티, 세로 10센티 규격의 그림 스티커다. 리스타 앤 무칼리는 구석에 조그맣게 붙어 있을 뿐이다. 짐승, 풍경, 바다와 배 등 아름다운 그림, 누구라도 가져가 차에 장식품으로 붙이고 싶어 할 스티커다.

"훌륭하십니다."

감동한 프라카시가 존경하는 표정으로 윤지혜를 보았다.

"이 스티커는 돈을 받고 팔아도 잘 팔릴 것 같습니다."

"그럼 이 스티커를 각 스타일당 10만 장씩 만들기로 하죠."

윤지혜가 말했을 때 정남희가 물었다.

"허락받았어?"

한국말이다. 이광의 허락을 받았느냐는 말이다. 정남희는 표정 없는 얼굴을 짓고 있었지만 자존심이 상한 것이 분명했다. 스티커 문제는 사전에 상의도 하지 않고 윤지혜가 독자적으로 불쑥 내놓았기 때문이다. 윤지혜도 정색하고 대답했다.

"이쯤은 내 권한이야. 나도 한 달 후에는 팀장이 된다고."

"그래도 나한테 사전에 상의는 해줄 수 있지 않아?"

"나는 내 권한을 빼앗기지 않아."

재빠르게 한국말로 주고받은 후에 먼저 프라카시에게 영어로 말한 사람은 정남희다.

"그럼 저 5가지 스티커 50만 장은 광고 계획에 포함시키기로 하죠."

시장을 둘러본 정남희와 윤지혜의 사기는 충천했다. 이곳이 중동 지역의 중심(中心)인 것이다. 리스타상사는 이제 확실하게 기반이 굳어졌다. 이라크 군부(軍部) 오더가 늘어나는 데다 아프리카 물량도 증가하고 있었기 때문이다. 더욱이 이번에 둘이 온 주(主)목적인 리스타 앤 무칼리 브랜드의 시장 개척은 성공적이었다.

"보스가 이렇게 다 개척해 놓다니."

호텔 로비로 들어선 윤지혜가 머리에 쓴 스카프를 벗으면서 감탄했다.

"난 아직도 감동이 가시지 않았어."

"나도 내 눈으로 보니까 더 실감이 나."

이글거리는 한낮의 열기가 식어가는 중이었지만 오후 4시 반은 아직도 섭씨 40도다. 호텔의 시원한 에어컨 바람을 쐬면서 둘은 커피숍에서 마주앉아 말을 이었다.

"보스는 미래 계획을 세워보라고 했어. 네 생각은 어때?"

정남희가 묻자 윤지혜가 눈을 가늘게 떴다.

"무슨 계획?"

"또 오리발 내밀지 말고."

"누가 오리발 내밀었다는 거야?"

"스티커, 그 착상을 내놓았을 때 프라카시의 얼굴 기억하니?"

"응, 감동 그 자체더군."

"보스한테도 보고 안 했단 말이지?"

"그렇다니까?"

"지금 말하지만 그 스티커 착상, 기발했어. 히트할 거야."

"고맙다, 늦은 칭찬이지만."

"자, 네 미래 계획부터 듣자."

다시 정남희가 말하자 윤지혜가 정색했다.

"마켓."

"그렇지."

정남희가 이를 드러내고 웃었다.

"맞아, 이젠 마켓이야."

"그럼 우리 제품을 생산, 판매까지 하게 되는 거야. 우린 완벽한 체제를 갖추게 되는 거지."

윤지혜의 두 눈이 반짝이고 있다.

사무실에서 이광이 안기부 오금봉 부장의 전화를 받았다. 오전 10시 반이다.

"이 과장님, 아니 이 부장님이신가?"

오금봉이 웃음 띤 목소리로 말했다.

"일취월장하시는군요. 축하드립니다."

"모두 오 부장님 덕분입니다."

"아니 이런, 지금 농담하시는 거죠?"

"그럴 리가요. 배기준이를 우간다로 쫓아내시지 않았다면 골치 아플 뻔했거든요."

"그 친구, 당해도 쌉니다."

오금봉의 목소리가 굳어졌다.

"문제가 많은 사람이었습니다."

그러더니 오금봉이 말을 이었다.

"그런데 이 부장님, 강인숙 소좌가 탈북했습니다. 이틀 전에 홍콩에서 저희 직원을 만나 지금 모처에 은신하고 있습니다."

"……."

"곧 한국으로 올 겁니다. 강 소좌는 북한 대외 무역과 무기 거래 실체, 그리고 북한 비자금 조성에 대한 기밀을 쥐고 있는 실무자여서 CIA에서도 큰 사건으로 취급하고 있습니다."

"……."

"모두 이 부장님 덕분입니다."

"아닙니다. 저는 전달만 해 드렸을 뿐인데요. 그런데"

숨을 고른 이광이 물었다.

"강인숙 씨는 언제 한국에 옵니까?"

"곧 오겠지요. 그때는 꼭 연락드리지요."

"부탁합니다."

전화기를 내려놓은 이광이 한동안 앞쪽을 보았다. 초점이 먼 시선이어서 앞쪽 관리과장 진남철의 등을 향한 채로 강인숙의 얼굴을 떠올렸다. 결국 탈북을 한 것이다. 이제 한국에서 강인숙과 인연이 있는 사람은 기관원 외에 자신뿐이다.

이광이 대전에 내려간 것은 다음 날이다. 동생 이철의 결혼식이 있었기 때문이다. 자동차 정비업소 사장인 이철은 이제 자수성가한 사장님으로 아내도 대졸 출신에 미인을 맞았다. 하긴 이철도 야간 대학에 등록하여 지금 졸업반이긴 하다.

"다 네 덕분이다."

아버지 이동만이 이광에게 말했다. 결혼식의 가족사진을 찍고 났을 때다. 좀처럼 그런 이야기를 하지 않는 이동만이어서 놀란 이광이 시선만 주었다. 그때 이동만이 붉어진 눈으로 말을 이었다.

"네가 도와줘서 집안이 일어났다, 고맙다."

"무슨 말씀을요? 철이가 성실하게 사업을 한 겁니다, 아버지."

그 말도 맞다. 이철은 5명으로 시작한 수리소를 지금은 기술자를 포함한 직원 120명 규모의 '회사'로 성장시켰다. 본인이 노력하지 않았다면 이룰 수 없는 결과다. 피로연을 마치고 호텔 식당 옆 휴게실에 혼자 앉아 있던 이광에게 여동생 이명화가 다가왔다. 이명화는 유아원과 유치원을 운영하고 있다.

"오빠, 소개시켜 드릴 분이 있어요."

이명화가 뒤에 선 여자를 눈으로 가리키며 웃었다.

"제 고등학교 2년 선배인데 서남대학에서 영문학 강사로 있어요."

이광의 시선이 여자에게 옮겨졌다. 미인이다. 시선이 마주치자 여자가 웃음 띤 얼굴로 머리를 숙였다.

"안녕하세요, 오선희입니다."

"반갑습니다, 이광입니다."

이광이 여자에게 자리를 권했다. 처음에는 이명화가 무슨 쓸데없는 짓을 하나 생각이 들었지만 오선희를 본 순간에 생각이 바뀌었다. 이 여자한테서 새로운 분위기가 느껴진다. 단발로 쇼트커트한 머리, 갸름한 얼굴, 날씬한 체격, 화장을 하지 않은 것 같은 매끈한 피부, 2년 선배라면 28세다.

"오빠 자랑을 많이 했거든요."

앞쪽 자리에 나란히 앉은 이명화가 말을 이었다.

"오빠가 무역업을 해서 우리 집안을 일으켰다고 했어요."

"이런, 내가 과대포장이 되었구나."

웃음 띤 얼굴로 말한 이광이 오선희를 보았다. 시름을 싹 가시게 하는 밝고 신선한 분위기의 여자다. 윤지혜, 정남희하고도 다르다. 그때 이광의 시선을 받은 오선희가 입을 열었다.

"명화하고는 집안 이야기를 다 하는 사이거든요. 그래서 처음 봬도 친근한 느낌이 드네요."

"그렇군."

저절로 기분이 좋아진 이광이 오선희를 보았다.

"그럼 지금부터 나한테 오빠라고 불러도 돼."

"봐요, 우리 큰오빠는 저런 스타일이라니까."

이명화가 웃음 띤 얼굴로 오선희에게 말했다.

"거침없어요, 언니."

"그래요."

오선희가 이광을 향해 머리를 끄덕였다.

"오빠!"

오빠라고 부른 것이다. 이광이 환하게 웃었다.

"내가 대전에서 빅 오더를 했구나."

그날 저녁, 이광은 서울로 상경하지 않고 오선희하고 데이트를 했다. 유성의 그린호텔 라운지에서는 유성의 야경이 내려다보인다. 위스키를 절반쯤 둘이 나눠 마셨을 때는 10시 반이 되어 있었다.

"오빠는 유성상사에서 계속 근무할 생각이세요?"

불쑥 오선희가 묻자 이광의 얼굴에 웃음이 떠올랐다. 오선희의 얼굴은 술기운으로 조금 붉어져 있었는데 그것이 육감적이다.

"갑자기 그건 왜 물어?"

"지금까지 쿠웨이트, 중동 지역 수출 이야기를 듣다 보니까 오빠 스케일이 커 보여서요."

"내 말이 그렇게 들렸어?"

"많이 자제하는 것처럼 들렸어요."

"그래?"

"과장하지 않으려는 노력도 했고."

"예민하구나."

"오빠, 이래 봬도 석사 받고 내년에 박사 과정 끝나요, 박사 받는다고요."

오선희가 붉어진 얼굴로 눈을 흘겼다.

"어설프게 공부하고 대답하는 수강생은 대번에 찍어낼 수 있어요."

"대단하다. 오성대 출신인 나는 네 앞에서 시선을 깔아야 되는데."

"글쎄 오성대 출신이 나한테 이런 경우는 처음이라니까요?"

시선이 마주치자 오선희가 이를 드러내고 웃었다.

"정말이에요, 오빠. 난 일성대 출신이거든요."

"근데 난 별로 거부감이 들지 않아."

"그 자신감이 나한테 전달된 거죠."

"내 부하 여직원 중 이성대가 많아."

"오빠는 별종에 들어요."

"그건 맞아."

"나한테 이렇게 자신 있게 대하는 남자는 처음 만나요."

"남자 많이 만났어?"

"제 나이 스물여덟입니다."

정색했던 오선희가 똑바로 이광을 보았다.

"남자 유혹이 많았죠."

"유혹이라니?"

"갖가지 조건을 내건 섹스 요구가 대부분이었죠."

"그럴 만하지."

머리를 끄덕인 이광이 한 모금에 위스키를 삼켰다. 오선희는 솔직하고 담백한 성품이다. 성품에서도 향내가 맡아지는 것 같다. 그때 오선희가 말을 이었다.

"교제했던 남자도 셋 있었죠."

"옳지."

"자, 그럼 전 이만 하고 오빠 내력을 내가 쏟은 만큼 말해 봐요."

"어이쿠."

"나만 내놓으면 재미없잖아요. 공평하게 하자는 의미는 아녜요."

"그러지."

다시 잔을 비운 이광이 지그시 오선희를 보았다.

"난 많이 겪었어."

"옳지."

이광 흉내를 낸 오선희가 제 잔에 술을 채웠다. 라운지 안에는 낮은 재즈 음악이 잔잔하게 깔렸고 손님은 드물다. 적당히 어두운 조명, 둘 주위의 좌석은 텅 비었다. 그때 이광이 말을 이었다.

"물론 섹스를 낀 교제, 하지만 정기적으로 만나는 여자는 없어."

"하긴 능력자는 여자가 따른대요."

혼잣소리처럼 말한 오선희가 눈웃음을 쳤다.

"오빠는 능력자 같아요."

"중소기업 과장이야, 다음 달에 부장이 되겠지만."

"오빠."

정색한 오선희가 이광을 보았다.

"오빠가 명화 작은오빠 사업장 차려주고 명화한테 보육원 건물 사줬죠?"

"그건 왜 물어?"

"명화는 오빠가 경영하는 회사가 있다던데, 맞죠?"

"명화 그놈, 별 이야기를 다 했군."

"다시 원점으로 돌아가서."

오선희가 그렇게 말하고는 빙긋 웃었다. 그러고는 지그시 이광을 보았다.

"오빠, 내가 교제한 남자 이야기 어디까지 했죠?"

"술 취했냐?"

"조금."

"교제했던 남자가 셋 있었다고 했다."

"그렇군요. 그런데……."

"또 생겼어?"

"난 셋하고 5년쯤 사귀었지만, 물론 1년, 2년, 2년, 이런 식으로."

"계속해."

잔에 술을 따른 이광이 머리를 끄덕였다.

"그래서 어쨌다고?"

"난 한 번도 섹스를 한 적이 없어요."

그때 술을 삼켰던 이광이 사레가 들려 술을 밖으로 뿜어내었다. 다행히 머리를 옆으로 돌려서 오선희는 술 벼락을 피했다. 이광이 이제는 재채기를 심하게 했다.

"집에 들어가."

호텔 앞으로 나온 이광이 택시를 세우면서 말했다.

"오늘 재미있었어. 또 만나."

"오빠."

택시 옆에 멈춰 선 오선희가 이광을 보았다. 밤 11시 반, 서늘한 밤공기가 얼굴의 열기를 식혀주고 있다.

"왜 날 그냥 보내는 거야?"

"무슨 말이야?"

"다 알면서. 그 이유를 한 개만 말해봐."

"이유가 여러 개 있냐?"

"말해."

그때 택시가 경적을 울리자 오선희가 머리를 돌려 운전사에게 그냥 가라고 말했다. 오선희가 호텔 현관 옆쪽으로 옮겨가자 이광도 따라가 섰다.

"집에 안 갈 거야?"

이광이 웃으며 물었다.

"나 참, 별걸 가지고 다 시비네."

"말하라니깐."

현관의 불빛을 받은 오선희의 눈이 반짝였다. 호텔 현관 앞은 그들 둘뿐이다. 이광이 지그시 오선희를 보았다.

"널 아끼려고."

"웃기고 있네."

"그래야 내 가치도 올라가니깐."

"무슨 말이야?"

"넌 아낄 만한 가치가 있는 여자라고 생각해서."

정색한 이광이 말을 이었다.

"널 안고 싶은 마음이야 굴뚝같지. 하지만 아끼면 아낄수록 네가 더 빛이 난다는 것도 알고 있거든."

"……."

"물론 내 경험상이야."

그러고는 이광이 다시 다가온 택시를 향해 손을 들었다. 택시가 멈추자 이광이 문을 열어주면서 말했다.

"난 12시 반 열차로 서울 올라갈 거야."

오전에 윤지혜가 일주일 만에 쿠웨이트 출장을 마치고 귀국했다. 물론 에이스무역의 정남희도 출근했던 것이다. 이광은 먼저 윤지혜로부터 출장 보고를 받는다. 유성상사에 출근해 있었기 때문이다. 회의실에는 중동부 과장대리 셋이 둘러앉아 있었는데 정현애, 윤지혜, 박형우다. 그러나 정현애만 과장대리로 진급했을 뿐 윤지혜와 박형우는 아직 사원급 과장대리다. 윤지혜가 입을 열었다.

"쿠웨이트 시장은 현 상태보다 몇 배 더 성장할 가능성이 있습니다."

윤지혜의 목소리는 생기에 차 있었고 눈이 반짝였다.

"리스타상사를 통한 오더 수주를 위해 여러 가지 광고 선전 계획을 수립해서 서로 상부상조하도록 하겠습니다."

이광이 머리를 끄덕였다. 그것이 유성상사의 방침인 것이다. 그러나 유성상사는 리스타상사와 직접 거래할 수는 없다. 에이스무역을 통해야만 한다. 윤지혜의 시선이 이광에게로 옮겨졌다. 공모자, 비밀을 공유하고 있는 은밀한 시선이었지만 다른 사람들은 의식하지 못하고 있다. 오직 이광과 윤지혜 둘의 교감이 전류처럼 통하고 있다. 이광이 입을 열었다.

"광고 계획을 세워서 보고하도록 해."

이것으로 윤지혜의 출장 보고가 끝났다. 그러나 오늘 오후에 에이스무역에서 윤지혜와 정남희까지 참석한 종합 회의가 열릴 것이다.

"난 유성에서 부장이 한계다. 넌 어떻게 생각하냐?"

회사 복도에서 만난 김성규가 이광의 소매를 쥐더니 불쑥 말했다. 지나가는 사람은 없었지만 이광이 쓴웃음을 지었다. 이광이 김성규를 끌고 창가로 다가가 섰다. 오후 3시 반, 유리창 밖의 회사 운동장에 흰 눈이 덮였다. 12월 중순에 첫눈이 내린 것이다. 이광이 입맛을 다시면서 말했다.

"이 자식, 2주 후에는 부장 진급할 놈이 벌써부터 나갈 궁리를 하고 있는 거냐?"

"넌 나보다 더할 텐데."

눈을 가늘게 뜬 김성규가 이광을 노려보았다.

"얀마, 회사에 소문이 쫙 퍼졌어, 너하고 나는 딴살림 차리고 있다는 소문."

"그 소문이야 우리가 대리 때부터 떠돌아 다녔을 텐데."

"그거 사실 아니냐?"

"뭐가 말이야?"

"우리가 딴살림 차리고 있다는 소문."

"증거를 대."

"에이스무역을 네가 조종하고 있다던데, 맞지? 에이스무역 놈들은 바이어인데도 메이커인 네가 가면 바짝 얼어붙는다던데."

"그게 증거냐?"

"난 국제통상 전무다. 물론 비공식이지만."

김성규가 이실직고를 했다. 이광이 쓴웃음을 지었다. 이놈 페이스에 말려들 수는 없다.

"마켓이 필요해요."

셋의 회의에서 윤지혜가 먼저 말했다.

"이것은 정남희 씨도 같은 생각입니다."

그렇게 윤지혜가 끌고 들어갔을 때 정남희가 말을 받았다.

"쿠웨이트의 마켓을 조사했습니다. 지금 대부분의 상사들은 도매업 중심으로 중저가품을 대량으로 판매하는 것에 중점을 두고 있지만 우리는 고급품 위주의 마켓을 설립, 브랜드 이미지를 고양시키면 리스타의 광고 효과와 더불어 매출 증대에 큰 도움이 될 것입니다."

그때 윤지혜가 말을 받았다.

"리스타 매장, 리스타백화점이 되는 것이죠. 한국에서 아직 이런 식으로 진출한 회사가 없습니다. 대기업은 물량 위주로 세일즈를 하고 전문 업체는 영업력 부족으로 진출하지 못했기 때문이죠."

이제는 정남희가 잇는다.

"현재 리스타 앤 무칼리 브랜드가 진출했지만 무칼리와의 동업은 곧 정리해야 될 것입니다. 리스타 브랜드만으로 나가야 해요."

이광은 듣기만 했어도 심장 박동이 빨라졌다. 자신의 계획이 바로 이것이었기 때문이다. 그러나 내색하지 않았다. 그때 다시 윤지혜가 말했다.

"처음에는 쿠웨이트에, 다음에는 사우디와 두바이, 바레인에 매장과 리스타 지점을 설치한 후에 아프리카로 나가는 것입니다."

정남희가 잇는다.

"대형 백화점과 소규모 판매점을 병행하는 방법도 고려해봐야 합니다. 하지만 철저히 고급화, 브랜드화 계획을 수립해야 됩니다."

둘의 릴레이식 보고가 끝났을 때 이광이 머리를 끄덕였다.

"가르친 보람이 있군."

둘이 서로의 얼굴을 보았고 이광의 말이 이어졌다.

"좋아, 그렇게 하겠다. 그것이 바로 우리의 미래야."

둘이 다시 얼굴을 보더니 정남희가 참지 못하고 물었다. 정남희 성미가 조금 더 급하다.

"사장님, 정말이세요?"

"뭐가?"

"매장, 백화점, 지점, 우리가 말한 계획대로 시행한다는 거요."

"그래야겠어."

이광이 둘을 번갈아 보았다.

"프라카시가 그 계획을 세우고 있어. 그러니까 이제는 셋이 구체적인 계획을 함께 세워보도록 해."

"프라카시가……."

숨을 들이켠 정남희가 윤지혜를 보았다. 그러나 윤지혜는 그것 보라는 표정으로 시선을 마주치지 않았다.

회의는 에이스무역에서 했기 때문에 회사로 돌아가는 차 안에서 윤지혜가 옆자리에 앉은 이광을 보았다.

"저, 집에서 결혼하라고 해요."

이광의 시선을 받은 윤지혜가 말을 이었다.

"의사예요. 집안끼리도 잘 아는 사이고 어렸을 적에 그 남자하고 이웃집에서 살았기 때문에 중학교 때까지 알고 지냈어요."

"……."

택시 안이다. 운전사가 있었지만 윤지혜는 거침없이 말했다.

"내일 만나는 날이에요."

"……."

"저녁 7시에 만나기로 했는데 내일 저녁에 시간 내주실 수 있죠?"

"……."

"7시에."

윤지혜의 두 눈이 반짝였다.

"내일 토요일이에요, 보스."

회사에 돌아왔을 때는 오후 4시 반이다. 정현애가 이광에게 다가와 보고했다.

"부장님, 대한무역 오 부장이란 분한테서 전화가 왔습니다."

이광의 시선을 받은 정현애가 눈웃음을 쳤다. 교태다. 정현애한테서는 익어서 터질 것 같은 복숭아가 연상된다. 김성규의 노리개였다가 헤어진 후에 정현애는 어깨만 살짝 건드려도 넘어갈 것 같은 분위기를 풍기고 있다. 그러나 이광은 절제해 왔다. 또다시 정현애한테 상처를 주면 안 되는 것이다. 머리를 끄덕인 이광이 전화기를 들었다. 대한무역 오 부장은 안기부 오금봉이다. 연락할 일이 있을 때는 그렇게 말하기로 한 것이다. 신호음이 두 번 울렸을 때 오금봉이 전화를 받았다.

"오금봉입니다."

"이광입니다. 전화하셨다고요?"

"아, 이 부장님."

오금봉의 목소리가 굳어져 있다. 예감이 수상한 이광이 숨을 골랐다. 그때 오금봉이 말했다.

"이 부장님, 강은서 아시죠? 지금 베를린 대학에서 박사 과정에 있는……."

"예, 압니다."

심장이 철렁거리는 느낌을 받은 이광이 대답했을 때 오금봉이 말을 이었다.

"강은서가 평양으로 들어간 것 같습니다. 평양 김일성 대학에 있는 것이 사진으로 찍혔더군요. 뭐, 이 부장께서 참고하시라고 전해 드립니다."

통화를 끝낸 이광이 한동안 초점 잃은 시선으로 앞쪽을 보았다. 놀라지는 않았다. 그럴 가능성이 많았기 때문이다. 조금 예상은 했다. 강은서의 얼굴이 눈앞에 떠올랐다. 맑고 환한 얼굴, 그러나 의지가 강한 여자다. 평양으로 들어가 '한민족'을 위한 일을 하려는가? 그때 강은서의 얼굴에 겹쳐 강인숙의 모습이 나타났다. 강인숙은 거꾸로 북에서 남으로 들어왔다. 둘 다 남과 북에서 엘리트가 아닌가? 그렇다면 나는 어느 쪽인가? 머리를 기울였던 이광이 곧 결정했다. 나는 리스타다. 리스타 쪽이다. 돈을 벌면 남이건 북이건 다 꼬인다. 강은서나 강인숙도 끌어안을 자신이 있다. 그때 책상 앞으로 관리과장 진남철이 다가와 섰다.

"부장님, 드릴 말씀이 있습니다."

진남철의 얼굴은 굳어져 있다. 군기가 잡혀 있는 것이다. 이광의 시선을 받은 진남철이 말을 이었다.

"저기, 회의실에서……."

"좋지."

퇴근 시간이 되어갈 무렵이어서 사무실 분위기는 떠들썩했다. 바쁜 회사는 이때가 마무리 작업으로 소란스러운 법이다. 둘이 회의실에서 마주보고 앉았을 때 잠깐 정적이 덮였다. 방음 장치가 잘 된 회의실이라 소음이 뚝 끊겼다. 그때 진남철이 이광을 보았다.

"저기, 제3과 유영균이 안산비닐에서 50만 원을 받았습니다."

이광의 눈앞에 유영균의 얼굴이 떠올랐다. 27세, 3과는 박형우가 과장대리로 원부자재 발주, 선적, 서류 관계 업무를 처리한다. 유영균은 국내영업본부 자재과에서 근무하다가 이번에 증원된 경력 사원이다.

진남철이 말을 이었다.

"안산비닐의 자재 가격이 높은 것을 체크하다가 사장한테서 직접 들었고 자술서도 받았습니다. 유영균 씨가 자재 대금 100만 원을 올려준 대가로 50만 원을 요구해서 받아간 것입니다."

"……."

"유영균 씨가 맡은 업체가 6개 있는데 다른 업체도 심증은 가지만 물증을 확보하지는 못 했습니다."

이광이 진남철의 콧잔등에 배어난 작은 땀방울을 보았다. 진남철은 유영균과 자신과의 공모 가능성도 염두에 두고 있는 것이다. 이광은 숨을 들이켰다. 부로 승격, 증원을 받은 지 1개월 만에 일어난 부정 사건이다. 부원이 20명이니 온갖 잡놈이 다 섞여 있을 것이다. 일일이 내막을 체크하고 받아들일 수는 없는 노릇이다. 이광이 진남철을 보았다.

"어떻게 했으면 좋겠어?"

"예?"

"자네 의견을 말해, 허심탄회하게."

"예."

"아주 잘했어, 진 과장."

"예."

어깨를 부풀린 진남철이 번들거리는 눈으로 이광을 보았다.

"중동부가 아직 정식 발족되기 열흘 전이니까 인사 조치를 하는 것이 낫겠습니다."

"인사 조치만 한단 말인가?"

"물론 리베이트 먹은 것도 변상시켜야지요."

"맡기겠어."

"그럼 바로 결재 올리겠습니다."

"그렇게 해."

이광이 자리에서 일어섰을 때 진남철이 붉어진 얼굴로 말했다.

"최선을 다하겠습니다, 부장님."

"그것이 진 과장 일이야, 맡기겠어."

몸을 돌린 이광이 이제는 자신도 새 조직에 적응해야 된다는 각오를 다졌다. 달라져야 하는 것이다. 진남철 같은 측근도 있어야 된다.

다음 날 오후 7시 15분, 로얄호텔 커피숍으로 들어선 이광이 안쪽 자리에 앉아 있는 윤지혜를 보았다. 머리를 숙인 채 앉아 있던 윤지혜가 시선을 들더니 이광을 보았다. 그 순간 윤지혜가 눈을 흘겼다. 다가온 이광을 보고도 눈을 흘긴 채 입을 열지 않는다. 앞쪽 자리에 앉은 이광이 이맛살을 찌푸렸다.

"어디 아프냐?"

"안 오시는 줄 알았잖아요."

내쏘듯 윤지혜가 말한 순간이다. 이광이 숨을 들이켰다. 윤지혜의 눈에서 눈물이 주르르 흘러내렸기 때문이다. 무의식중에 이광이 주위를 둘러보았지만 옆쪽 자리는 비었다. 그때 윤지혜가 가방에서 손수건을 꺼내더니 눈물을 차분한 동작으로 닦았다. 콤팩트까지 꺼내 거울을 보면서 눈물을 닦는 바람에 이광이 멀거니 쳐다만 보았다. 이윽고 말짱한 얼굴이 된 윤지혜가 눈웃음을 쳤다.

"우리 술 마시러 가요."

"이런 젠장."

"어머, 점잖지 못하게 무슨 말씀을."

자리에서 일어선 윤지혜가 이광에게 다가와 팔을 끌어 일으켰다.

"오늘 실컷 마셔요, 보스."

윤지혜가 이광을 끌고 간 곳은 근처의 돼지갈비 식당이다. 식당은 손님들로 가득 차 있었는데 다행히 둘은 구석 쪽 빈자리에 앉을 수 있었다.

"어떻게 이곳을 알게 된 거냐?"

주문을 마쳤을 때 이광이 주위를 둘러보고 물었다.

"장사가 잘되는 집이구나."

"맛이 있거든요."

윤지혜가 웃음 띤 얼굴로 이광을 보았다.

"영업의 기본 원리죠. 광고 선전도 그다음이죠. 제품이 좋아야 한다고요."

"원부자재를 좋은 걸 쓰는 모양이지?"

"주방장을 잘 쓴 것 같아요."

"그건 사장 몫이야."

곧 돼지갈비와 소주가 놓였고 윤지혜가 익숙한 솜씨로 고기를 구웠다. 한 모금 술을 삼킨 이광이 갈비 한 대를 뜯고는 감탄했다.

"음, 맛있다."

"지금쯤 화가 나서 집에 돌아가고 있겠죠?"

"응?"

소주를 채웠던 이광이 움직임을 멈췄다. 그렇다, 7시에 윤지혜는 선볼 남자와 그 가족들을 만나기로 했던 것이다. 물론 윤지혜의 가족도 나와 있었을 터였다. 이광의 시선을 받은 윤지혜가 환하게 웃었다.

"어때요? 멋지게 끝을 내버렸죠?"

"너, 큰일 난 거 아니냐? 그쪽은 그렇다고 쳐도 네 부모님한테."

"오늘 밤 들어가지 않으면 클라이맥스를 화려하게 장식하는 거죠."

"심장마비 걸리시지 않을까?"

"그렇게까지는……, 제 성격을 아시니까요."

"오늘 밤 어디서 자게?"

"보스하고 같이."

술잔을 든 윤지혜가 시선을 떼지 않고 말했다.

"제가 같이 잤다고 책임지라고 할 체급 같아요?"

"네가 헤비급이냐?"

"썰렁한 농담 마세요."

"이게, 돼지갈비 먹고 기어오르네."

그때 한 모금 소주를 삼킨 윤지혜가 이광에게 물었다.

"다음 주면 신년이네요, 보스."

"중동부가 정식 발족되는 첫 주지."

"제가 과장대리로 특진되고요."

"박형우도 함께 진급되니까 너만 특진되는 건 아니지. 그게 회사야, 너무 튀게 만들지 않아."

머리를 끄덕인 윤지혜가 조금 붉어진 눈으로 이광을 보았다. 눈빛이 반짝이고 있다. 돼지기름이 묻은 입술도 반들거린다. 육감적이다. 이광이 그 시선을 받고 물었다.

"왜?"

"보스, 저 대리 3개월만 할래요."

"3개월 후에 과장 진급시켜 달라고?"

"아니, 유성상사 그만둘래요."

이광이 잠자코 술잔을 들고 한 모금에 소주를 삼켰다. 식당 안은 소란하다. 밝은 분위기여서 이곳저곳의 웃음소리에 떠들썩하다. 이광이 빈 잔에 술을 채우면서 물었다.

"에이스로 가겠단 말이냐?"

"아뇨."

"그럼 뭐야?"

"리스타상사로."

순간 술잔을 입에 대려던 이광이 움직임을 멈췄다.

"리스타? 쿠웨이트?"

"네, 그럼 회사에서도 별말이 없겠죠. 회사에는 유학 간다고 할 테니까."

"네가 쿠웨이트로 간다고?"

"네, 보스."

윤지혜가 반짝이는 눈으로 이광을 보았다.

"가서 매장 계획을 구체화시킬게요. 리스타상사로 발령을 내주세요."

"……."

"리스타상사 기획팀장 자리가 좋겠어요."

윤지혜가 한 모금에 소주를 삼키고는 너운 숨을 뱉었다.

"정남희보다 한 발 더 앞선 조직에서 일하고 싶어요, 보스."

"이 자식이 그 이야기를 하려고 작정했군."

"쿠웨이트에 있을 때부터 보스한테 말씀드려야겠다고 생각했어요."

"……."

"보스, 보내주세요."

윤지혜가 반짝이는 눈으로 이광을 보았다.

"제가 매장 설치 기획에는 적격이에요. 제가 힘껏 일할 수 있는 기회를 주세요."

"……."

"리스타를 세계적인 회사로 만들겠어요, 보스."

그때 이광이 천천히 머리를 끄덕였다. 그것을 본 윤지혜의 얼굴이 허물어지듯 웃음이 떠올랐다. 이광이 말했다.

"좋아."

"보스, 사랑해요."

윤지혜의 손이 뻗어 나가 이광의 손을 쥐었다.

밤 11시 반, 이곳은 이광의 오피스텔. 오직 강은서의 체취만 배어 있는 비밀의 공간이었다. 그런데 지금 이광은 침대에서 윤지혜를 안고 있다. 윤지혜는 방금 욕실에서 샤워를 마치고 향기로운 비누 향을 풍기면서 침대에 올라온 참이다.

"불 끌까?"

윤지혜의 욕실 가운을 벗기면서 이광이 물었다.

"맘대로."

윤지혜가 이광의 가슴에 머리를 붙이면서 가쁜 숨을 뱉었다. 이광은 불을 끄지 않기로 마음먹었다. 가운을 벗기자 브래지어와 팬티 차림의 알몸이 나타났다. 미끈한 몸이다. 그러나 젖가슴의 볼륨도 적당했고 허벅지는 탄력이 넘쳐흐른다. 먼저 브래지어를 벗긴 이광이 젖가슴 한쪽을 입에 물었다. 놀란 윤지혜가 두 손으로 이광의 머리를 감싸 쥐더니 짧게 신음했다. 이광이 입안의 젖꼭지를 혀끝으로 굴리면서 윤지혜의 팬티를 끌어내렸다. 윤지혜가 허리를 비틀어 팬티가 벗겨지는 것을 도왔지만 곧 두 다리를 잔뜩 붙였다. 이광은 이미 알몸이다. 상반신을 세운 이광이 윤지혜를 내려다보았다. 윤지혜가 누운 채 시선을 마주쳤지만 이미 눈동자의 초점이 멀다. 이광이 손바닥으로 윤지혜의 골짜기를 쓸어 올렸다. 그 순간 온몸의 힘을 푼 윤지혜가 사지를 늘어뜨렸다. 윤지혜의 골짜기는 이미 흠뻑 젖어 있는 것이다. 곧 이광은 윤지혜의 몸 위에 올랐고 윤지혜의 두 손이 이광의 어깨를 움켜쥐었다. 받아들일 자세가 되어 있다는 표시다.

"아아!"

다음 순간 윤지혜의 입에서 커다란 신음이 방안으로 퍼졌다.

가쁜 숨소리가 가라앉는 중이지만 방안은 소나기가 쏟아진 후처럼 눅눅한 열기에 덮여 있다. 달콤한 애액의 냄새가 맡아진다. 윤지혜의 가쁜 숨소리 끝에 아직도 앓는 신음이 섞여 있다. 한 쌍의 알몸은 아직도 엉켜 있었는데 배어 나온 땀이 불빛에 반사되어 반짝였다. 각각 두 쌍의 사지는 엉킨 채 그대로다. 다만 옆으로 누워 빈틈없이 붙었다. 이광이 윤지혜의 이마에 입술을 붙이면서 말했다.

"너, 아름답다."

"사랑해요."

금방 대답한 윤지혜가 손을 뻗어 이광의 남성을 감싸 쥐었다.

"하지만 걱정 마세요. 회사에서는 철저하게 가릴 테니까."

"너, 참 좋았어."

"뭐가요?"

윤지혜가 남성을 쥔 손에 힘을 주었다.

"그러지 마요."

"너나 지금 그러지 마, 색골아."

"나 경험이 거의 없어요, 아시죠?"

"그런 것 같더군."

"대학 1학년 때 두 번뿐이에요."

"그런 말 그만."

"보스가 내 첫 남자나 같아요."

"고맙다."

"나 가끔 여기와도 돼요?"

"내가 부를 때만."

"그럴게요."

윤지혜가 두 팔로 이광의 목을 감싸 안더니 입을 맞췄다.

"거기 준비되었으니까 한 번 더 해줘요."

또다시 폭풍이 휘몰아친 후에 윤지혜는 풍랑에 지친 배가 안전한 항구에 안착한 것처럼 평온한 얼굴로 깊은 잠에 빠져들었다. 이광은 윤지혜의 머리에 팔을 베어준 자세로 끌어안은 채 생각에 잠겨 있다. 부하 직원과의 육체관계는 실질적으로 윤지혜가 처음이다. 그러나 억지로 뗀다는 것도 무리가 따른다. 윤지혜는 리스타상사를 중심으로 뻗어 나갈 기둥의 하나인 것이다. 평생을 함께할 동반자로 생각했기 때문에 이곳에 데려온 셈이다. 그렇다, 그렇게 계산했기 때문에 데려왔다. 이광이 다시 깊게 잠이 든 윤지혜의 이마에 입술을 붙였다. 그리고 석 달 후면 윤지혜를 쿠웨이트로 보낼 것이다.

나흘 후인 신년 시무식 때 이광은 정식 중동부장으로 임명장을 받았다. 중동부의 각 과장대리 역도 과장대리로 승진을 했다. 윤지혜, 박형우도 과장대리가 된 것이다. 이미 책상 배열, 충원까지 된 상황이어서 중동부는 업무만 계속하면 되었다. 그러나 이광에게 축하 전화가 쇄도했다. 공식적으로 중동부가 발족되었기 때문이다.

"축하해요."

오전 11시경 직통전화로 걸려온 여자 목소리에 이광이 이맛살을 모았다. 귀에 익은 목소리지만 누구인가? 그때 여자가 웃음 띤 목소리로 말했다.

"나요, 강인숙, 강인숙 소좌."

"아!"

놀란 이광이 숨부터 들이켰다.

"지금 어디요?"

"서울이지 어디겠어요?"

"마침내 들어왔군."

"부장 진급하셨다는 말 듣고 전화드릴 핑계를 잡았죠."

"기다렸는데."

이광이 전화기를 고쳐 쥐었다.

"만납시다."

강인숙에게는 자신이 유일한 사적(私的) 남자일 것이었다. 그 기대감에 상처를 주면 안 된다. 부장 진급 후에 만든 첫 약속이다.

<2권 계속>